月亮与六便士

【英】威廉·萨默塞特·毛姆 著

黄臛鋆 译

民主与建设出版社

图书在版编目（CIP）数据

月亮与六便士 /（英）威廉·萨默塞特·毛姆著；黄蒿鋆译. -- 北京：民主与建设出版社，2017.3
ISBN 978-7-5139-1422-2

Ⅰ.①月… Ⅱ.①威… ②黄… Ⅲ.①长篇小说—英国—现代 Ⅳ.① I561.45

中国版本图书馆CIP数据核字(2017)第040842号

© 民主与建设出版社，2017

月亮与六便士
YUE LIANG YU LIU BIAN SHI

出 版 人	许久文
总 策 划	丁焕朋
作 者	【英】威廉·萨默塞特·毛姆
译 者	黄蒿鋆
责任编辑	刘树民
封面设计	三石工作室
出版发行	民主与建设出版社有限责任公司
电 话	（010）59417747　59419778
社 址	北京市海淀区西三环中路10号望海楼E座7层
邮 编	100142
印 刷	三河市天润建兴印务有限公司
版 次	2017年3月第1版　2021年7月第3次印刷
开 本	630mm × 910mm　1/16
印 张	12印张
字 数	195千字
书 号	ISBN 978-7-5139-1422-2
定 价	59.80元

注：如发现质量问题，请联系调换。电话：010-59424657

译者导言

1. 人们说威廉·萨默塞特·毛姆是"最会讲故事的人"。至少从这部《月亮与六便士》来看,毛姆是实至名归的。

这部小说以第一人称的叙述方式,大量借用著名后印象派绘画大师高更的传奇经历作素材,虚构了查理斯·斯特里克兰这个人物。也正因为大量采用了高更的生平经历,所以被误认为是高更的传奇故事。但在处理人物的最终结果时,作者做了不同安排。高更的确也身患疾病,但他死于自杀;而在小说里,斯特里克兰死于麻风病,去世前双目失明,却完成了那幅奇异的巨幅壁画。从结构以及叙述方式来看,这部小说属于传统小说范畴;但同时,这样围绕一个明确主题,来进行更多的心理探讨,又很近似于现代小说的手法。

毛姆很善于讲故事,他懂得故事的首要前提是有趣;这也是他一贯对待书的看法,他坚持认为他推荐的书:"我首先要求的就是它的可读性;因为我希望读者真正去读这些书,而文学专业者与批评家往往以他们自身的训练,将可读性视为理所当然之事。其实可读性不该被视为理所当然。"对于"可读性"毛姆是这样定义的:"一本具有可读性的书必定是意味着书中有某些事物与你有所关联,这只是它所拥有的许多特质之一,但这种特质正与读者的兴趣成正比。"毛姆是这样定义的,他对自己的作品也是这样要求的,并按照这个定义去创作。

这部《月亮与六便士》正是这样一部书,书中所讲的故事包含着很多与我们息息相关的东西。我们大多数人既不是画家,很多甚至对绘画完全不熟悉,同时我们谁也不是查理斯·斯特里克兰那样的天才,但通过书中人物,不仅仅是斯特里克兰,还有其他围绕着斯特里克兰的如施特勒夫,施特勒夫的妻子布兰奇,大溪地的艾塔、蒂阿瑞、布吕诺船长、库特拉斯医生等等,毛姆讲述了一个关于人、人性的故事。而尽管经历会不一样，但这些经历所展现的本质，却是我们每个人都具有的。正如作者借用书中人物布吕诺船长的嘴说出来的："我不是告诉你了，从某种角度讲，我也是个艺术家吗？我在自己身上也深深感到激励着他的那种热望。但是他的手段是绘画，我的却是生活。"

这也正是毛姆自己所强调的："这些书中所蕴含的人性对我们而言，都是熟悉而亲切的。"

2.《月亮与六便士》自始至终围绕这样一个主题，那就是斯特里克兰奇怪的一生，他究竟是在追求什么。斯特里克兰从起初那个令人厌恶的家伙，到故事讲完后变得值得人同情，这个改变的过程就像是一个生长的过程。不过也可以看作是生命复杂的展现。他前后对待三个女人的不同与相同之处，他看待事物的方式，都能很好地体现这种复杂性。

这个人受到某种神奇的天启，成为了某种神秘力量的对象、工具，一切都是为了那个来自宇宙世界的本质的展现。对于这种本质，无论用什么概念、哪种手段来表达，美也好，奥秘也好，神圣也好，都一样。"他就像一个终生跋涉的苦行僧，永远被找到他的那片圣地的渴望驱使着。盘踞在他心头的魔鬼对他毫无怜悯。世上有些人渴望寻求到真理，他们的要求非常强烈，为了达到这个目的，不惜打碎一切阻碍着自己的东西，整个生活全都被他们颠覆了。斯特里克兰就是这样一个人；只不过他追求的是美而不是所谓的真理。对于像他这样的人，我从心里感到怜悯。"

斯特里克兰是独特的，也是孤独的。这个人所具有的人性，在作者笔下所展现出的是超出了常规社会所能接受的范围的；但不能因此就看作是扭曲，是变态，而应看作是对人类本性归纳的必然结果。这个人物在某种程度具有历史上那些先行者们的特质。在这类人眼里不存在区别对待，也不仅仅局限于人类，而是把宇宙万事万物都看作是同等的存在，因此也没情感、理想、道德这类属于人类的属性。斯特里克兰就像一个跋涉者，他具有着盗火者普罗米修斯的精神。但这个人的精神又同时不属于一般意义上的人的范畴，在某种程度上更接近神性。而神性即使是爱也是泛爱的，并不会厚此薄彼，正如荀子所言："天行有常，不为尧存，不为桀亡。"这正是阅读这部小说需要留意的。

我想，这部小说的书名"月亮与六便士"本身就是在传递作者的意图。在小说最后，亨利叔叔这样说："魔鬼要干坏事总可以引证《圣经》。"然而这位亨利叔叔"怎么都没法忘了一个先令就可以买到十三只大牡蛎的那些日子"。这种矛盾被融合在了一个人身上，正是作者所谓的目的所在。毛姆在谈到自己为何选择这样一个书名时这样告诉我们说："有些人年轻的时候只看到天上的月亮，却从来看不到那六便士。现在我们仍然看到天上的月亮，但我们是站在地上仰望到月光。而且当我们的爱情不是憧憬和幻想的时候，却发现被月光照耀的现实也是美好的。只是我们谈起我们的生活曾有那么多的快乐，但在当时却从来都不觉得快乐，那么最重要的一点：在新的生活里要懂得让自己快乐。"

难怪弗吉尼亚·伍尔芙会这样评价这本书："读《月亮与六便士》就像一头撞在了高耸的冰山上，令平庸的日常生活彻底解体！"

目 录

译者导言 / 1
第 01 章 / 1
第 02 章 / 13
第 03 章 / 25
第 04 章 / 39
第 05 章 / 51
第 06 章 / 65
第 07 章 / 77
第 08 章 / 89
第 09 章 / 101
第 10 章 / 114
第 11 章 / 129
第 12 章 / 143
第 13 章 / 156
第 14 章 / 172
作者简介 /183

第 01 章

即使是斯特里克兰最差的作品，也能让你发现他内心那种神奇、复杂、煎熬，我想那些不喜欢他绘画作品的人，也许正因为这个才拒绝接受

一

我承认，刚认识查理斯·斯特里克兰时，我没看出他有什么与众不同；但现在，很少会有谁不承认他的伟大。

这里所谓的"伟大"不是政治家或立下赫赫战功的军人的那种；这类人显赫一时，与其说是本身具有的特质造成的，还不如说是沾了所处地位的光；一旦时过境迁，他们所谓的"伟大"就很快会黯然失色。人们常发现，一位离职了的首相当年只不过是个夸夸其谈、毫无原则的演说家；某个解甲归田的将军，原本只是个市井英雄。但查理斯·斯特里克兰的伟大是真的伟大。

你可以不喜欢他的艺术，但没法不对它感兴趣。他的作品能让你的内心失去平静，心灵被它紧紧抓住。斯特里克兰受人揶揄讥嘲的时代已经过去了，现在可以为他辩护，赞誉他，不会再害怕被人看作是怪癖。甚至他的那些瑕疵在世人眼里也成了他的优点所不可或缺的伴生物。他在艺术史上的地位当然可以继续辩论。无论是崇拜者的赞颂还是贬抑者的诋毁，对他都可能是出于偏执和任性，但有一点不容置疑，那就是他是一个天才。

在我看来，艺术最令人感兴趣的就是艺术家的个性；如果一个艺术家拥有独特的性格，哪怕他有一千个缺点，我也可以原谅。我认为，尽管委拉斯凯兹[①]是比

[①] 迪埃戈·罗德里盖斯·德·西尔瓦·委拉斯凯兹（1599—1660），西班牙画家。

埃尔·格列柯①更好的画家，可也许是他的作品见到得太多了，使我们感到有些乏味。而相反，那位克里特岛画家的作品有种肉欲和悲剧性的美，似乎是在把自己灵魂的秘密献祭给永恒。一个艺术家，无论是画家还是诗人、音乐家，都是在用自己崇高美丽的作品装点这个世界，满足人们的审美需求，而这种需求很像人的性本能，有着粗野狂暴的一面。在把作品奉献给世人的同时，艺术家们也把自己的伟大才能呈现出来。对一位艺术家的秘密的探索，很有些阅读侦探小说的感觉。这种秘密如同大自然一般，绝妙之处就在于无处能找到答案，或者根本就没有答案。即使是斯特里克兰最差的作品，也能让你发现他内心那种神奇、复杂、煎熬；我想那些不喜欢他绘画作品的人，也许正因为这个才拒绝接受。但也正是这一点，使得那么多人对他和他的生活充满好奇心。

直到斯特里克兰去世四年以后，莫利斯·于勒才写了那篇文章发表在《法兰西信使》上，使这位不为人知的画家不致被时间湮没。在他这篇文章发表之后，那些原本害怕被人说是在标新立异的作家才敢步其后尘。很长一段时间里，法国艺术评论界没有谁享有比于勒更无可争辩的权威。于勒的论点不可能不引起人们的注意，起初看起来他对斯特里克兰的评价似乎有过誉之嫌，但后来却证实他的评价十分公正；从这时起，查理斯·斯特里克兰声名鹊起，在艺术领域拥有了牢固的地位。这在艺术史上实在是最富传奇与浪漫味道的事例。但我在这不想对查理斯·斯特里克兰的作品做任何评论，除非是涉及画家性格的作品。我对某些画家的意见一向不敢苟同，他们傲慢地认为外行根本不懂绘画，门外汉要表示对艺术的鉴赏，最好的方法就是闭上嘴，老老实实地掏出支票簿。但实际上，认为艺术是只有能工巧匠才能理解和掌握的技巧，纯粹是一种荒谬误解。艺术是什么？艺术是情感的流露，它使用的是一种人人都能理解的语言。但我也承认，如果艺术评论家对技巧没有实际知识，的确很难作出有价值的评论；而我承认自己对绘画非常无知。

幸好，对此我不用冒任何风险，因为我的朋友爱德华·雷加特先生既是一位文章高手，又是了不起的画家，他用一本小书②对查理斯·斯特里克兰的作品作了详尽的探讨；这本书的文风堪称典范。不过很可惜，这种文风在今天的英国远不

---

① 埃尔·格列柯（1541—1614？），西班牙画家，生于克里特岛。
② 《一位当代画家，对查理斯·斯特里克兰绘画的评论》，爱尔兰皇家学院会员爱德华·雷加特著，1917年马丁·塞克尔出版。

如在法国那样流行。

  莫利斯·于勒在他那篇很有名的文章里，简单勾勒了查理斯·斯特里克兰的生平；作者有意吊足读者好奇的胃口。他对艺术的热情没掺杂任何个人情感，这篇文章的真正目的是唤起那些理智的人，希望他们不要忽视这样一个极为独特的天才画家。但作为个中高手的于勒不会不知道，只有引起读者"兴趣"的文章才最容易达到目的。后来，那些在斯特里克兰生前曾和他有过接触的人（有些人是在伦敦就认识他的作家，有些是在蒙特玛特尔咖啡座上和他有过一面之交的画家）吃惊地发现，当初那个被他们认为很失败、跟无数个落魄艺术家没什么不同的家伙，竟然是个真正的天才，而他们却与之失之交臂。从这时起，法国和美国的一些杂志就开始连篇累牍地刊登各类文章：这个写对斯特里克兰的回忆，那个写对他作品的评述。这些文章更提高了斯特里克兰的声誉，挑起了读者的好奇心，却无法满足这种好奇心。斯特里克兰这个话题一时间大受欢迎，于是魏特布瑞希特·罗特霍尔兹下了不少功夫，写出一篇洋洋洒洒的专题论文①，开列了一张篇目，列举出富有权威性的一些文章。

  或许是生活太平淡无奇，需要制造点新奇，所以人们才对那些出类拔萃的人物的生活格外感兴趣。一旦有什么奇怪的事发生，就会抓住不放，编造出种种神话，接着就对自己的编造深信不疑，直到近乎疯狂。这大概算是浪漫情怀对平淡生活的小小反抗吧。当然，传奇中的一些小故事，也成为了英雄通向不朽的护照。瓦尔特·饶利爵士②之所以被人们记住，不是因为他曾把英国国名传播到太多新的国土，而是因为他曾把披风铺在了地上让伊丽莎白女皇踏过；一个玩世不恭的哲学家在想到这事时肯定会哑然失笑。

  在查理斯·斯特里克兰生前，知道他的人并不多。他除了到处树敌、让人讨厌外，实在没交下几个朋友。我想，那些给他写文章的人，必须要靠想象来弥补事实的匮乏，也够难为他们的了。不过，尽管对斯特里克兰的生平知道得很少，人们还是能从中找到足够的材料，要知道他的生活中有太多离奇古怪的行为，性格也足够荒诞怪僻，而且命运也还算悲怆多舛。我想要不了多久，人们就会从这

---

① 《查理斯·斯特里克兰，生平与作品》，哲学博士雨果·魏特布瑞希特－罗特霍尔兹，莱比锡，1914年，施威英格尔与汉尼施出版，原书德文。
② 瓦尔特·饶利爵士（1552？—1618），英国历史学家及航海家。

一系列穿凿附会中制造出一个神话来,我认为这样的神话,即使是那些明智的历史学家也不敢贸然反对。

可惜偏偏作为历史学家,罗伯特·斯特里克兰牧师一点都不明智。他坚持认为人们对他父亲的后半生误解太多,公开申明自己写这部传记①就是为了"排除某些成为流传的误解",这些流传"给生者带来很大的痛苦"。谁都清楚,在外界传播的斯特里克兰生平逸事中,有许多会让一个体面的家庭难堪。我读这本传记时忍不住想笑,但也暗自庆幸,好在它枯燥乏味。斯特里克兰牧师在传记里描绘了一个体贴的丈夫和慈祥的父亲,一个善良、勤奋、品行端正的君子。教士们在研究《圣经》诠释这门学问时,大都学会了粉饰的本领。因此,说不定罗伯特·斯特里克兰牧师"解释"他父亲的行为(都是一个孝顺的儿子值得记住的)的精思巧辩,时机成熟时能帮他在教会中荣获显职。我都已经看到了他筋骨强健的小腿套上了主教的皮裹腿。不过我想他做的是件危险,但或许勇敢的事,因为斯特里克兰之所以名闻遐迩,很大程度上归功于人们普遍接受了的那些有关他的传说。他的艺术今天能对很多人产生魅力,也许是因为人们对他性格的嫌恶,也许是对他惨死的同情;而作为儿子,在传记里为父亲遮掩丑闻,这对于父亲那些崇拜者很有可能会像当头浇了一盆冷水。斯特里克兰最重要的作品《萨玛利亚的女人》②,九个月前卖给了一位名收藏家。由于收藏家突然逝世,这幅画再度拍卖,又被克利斯蒂买走。这次拍卖刚好遇上斯特里克兰牧师这部传记出版,在人们议论纷纷之际,这幅名画的价格竟比九个月前低了二百三十五镑,这显然不是巧合。如果不是人们对神话的喜爱,而这个故事又让他们的猎奇心大失所望的话,只靠斯特里克兰个人的形象也许不足以挽回大局。说来也巧,没多久魏特布瑞希特·罗特霍尔兹博士的文章就问世了,艺术爱好者们的疑虑终于打消。

魏特布瑞希特·罗特霍尔兹博士隶属的这一历史学派不只相信"人性本恶",还认为其恶的程度远超人们的想象;但比起那些把富有浪漫色彩的人物写成道貌岸然君子的作家,这一派历史学者的著作自然能给读者更大乐趣。对于我这样的读者,如果把安东尼和克莉奥佩特拉的关系只写成经济上的联盟,是会觉

---

① 《斯特里克兰,生平与作品》,画家的儿子罗伯特·斯特里克兰撰写,1913年海因曼出版。
② 根据克利斯蒂画目录的描述,这幅画的内容是:一个裸体女人,社会岛的土人,躺在一条小溪边的草地上,背景是棕榈树、芭蕉等热带风景。60英寸×48英寸。

得非常遗憾的；要想劝说我把泰伯利欧斯①看作是同英王乔治五世同样毫无瑕疵的君主，那需要拿出多得多的证据才行（谢天谢地，这种证据看来很难找到）。魏特布瑞希特·罗特霍尔兹博士在评论罗伯特·斯特里克兰牧师那部天真的传记时所用的词句，很难叫人对这位不幸的牧师不生出同情。这位牧师为维护体面而含糊其词的地方，都被攻击为虚伪，他那些辩解陈述的章节则被毫不留情地说成是谎言，在某些事上保持缄默则干脆被斥之为背叛。从一个传记作家的层面来看，作品中某些不足和缺陷的确该受指摘；但作为传记主角的儿子，倒也情有可原。倒霉的是，竟连盎格鲁－撒克逊民族也连带遭了殃，被魏特布瑞希特·罗特霍尔兹博士批评为假正经、装腔作势、自命不凡、狡猾欺心，只会烹调倒人胃口的菜饭。关于我个人的意见，我认为斯特里克兰牧师在驳斥外间一种深入人心的说法，也就是关于他父母间某些"不愉快"事件时，实在不够慎重。他在传记里引证查理斯·斯特里克兰从巴黎发来的一封家信，说父亲称自己妻子——也就是他母亲是"了不起的女人"，而魏特布瑞希特·罗特霍尔兹把原信复制出来，戳穿了他。斯特里克兰牧师引证的原文是："叫上帝惩罚我的妻子吧！这个女人太了不起了，我真希望叫她下地狱。"

魏特布瑞希特·罗特霍尔兹博士是查理斯·斯特里克兰的崇拜者，如果他想为斯特里克兰涂脂抹粉，本来是不会有什么不方便的。但他一眼就看穿了隐含在天真无邪下的那个动机。他既是个艺术研究者，同时又是个心理——病理学家，对人的潜意识了如指掌。要知道，当你企图探索人的心灵，你也许能够看到某些语言难以表达的东西，但只有心理病理学家能看到根本不能表达的事物。这位学识渊博的作家如此热衷于搜寻能让我们这位英雄人物丢脸的事，真让人难以理解。奇怪的是，每当他列举出斯特里克兰冷酷无情或卑鄙自私的一个例证，他的心就对斯特里克兰增加一分同情。在找到斯特里克兰某件为人遗忘的逸事，拿出来嘲弄罗伯特·斯特里克兰牧师的一片孝心时，他就像宗教法庭法官审判异教徒一样心花怒放。他那孜孜不倦的精神着实令人赞叹，无论多细小的事情也不会被他遗漏，即使是查理斯·斯特里克兰有一笔洗衣账单没付清，也被他详细记录下来；对了，读者完全可以放心，如果查理斯·斯特里克兰欠谁钱没偿还，债务的每个细节也绝不会遗漏。

---

① 泰伯利欧斯·克劳迪乌斯·尼禄（公元前42—公元37），罗马皇帝。

二

对于那些写查理斯·斯特里克兰的文章,我觉得没必要再说什么。能够为画家树碑立传的终究是他自己的作品。当然,我承认自己比大多数人更熟悉他;我第一次见到他是在他改行学画前。那段时间他在巴黎过得有点失魂落魄,我经常和他见面。但如果不是因为战争造成的动乱使我有机会踏上大溪地岛,我也不会把这些回忆写在纸上。众所周知,正是在大溪地岛上,他度过了自己生命中的最后几年;也正是在那里,我遇见过不少熟悉他的人。因此我觉得,他悲剧的一生中这段最模糊的日子,我有责任清理一下,好像也是做这个最合适的人。这有点像拂去出土文物表面的尘埃一样。如果斯特里克兰的确是一个足够伟大的人,与他有过亲身接触的人对他的追述就不会显得多余。这就像如果有人像我熟悉斯特里克兰那样熟悉埃尔·格列柯,那些崇拜埃尔·格列柯的人也会希望他写点关于埃尔·格列柯的回忆的。

我不记得是谁曾建议过,为了使灵魂宁静,一个人每天要做两件他不喜欢的事。说这句话的人是个聪明人,我也一直在一丝不苟地按照这条格言行事:每天早上都起床,每天也都上床睡觉。我还有苦行主义的性格,每个星期让自己经受一次肉体的磨难。《泰晤士报》的文学增刊我也一期没漏读。想到有那么多书被辛勤地写出来,作者总是在殷切希望自己的书被人接受,却无法预知会遭到怎样的命运,这样的等待真是种有益身心的事情。一本书要能从无数在写以及已经写出来,出版了或等着被出版的书籍的汪洋大海中挣扎出来,这希望也太渺茫了些!即使获得成功,那成功也过于瞬息即逝!天晓得作者为一本书花费了多少心血,受了多少折磨,尝了多少辛酸苦辣。即使最终能印出来出版,也仅仅是为了给某位偶然读到的人几小时的休憩,或是驱除一下旅途的疲劳。如果那些书评说的是真的,那么很多书都是作者呕心沥血、绞尽脑汁写出来的,有的甚至为此耗费一生。我从中得到的教训是:作者应该从写作的乐趣中,从郁积在他心头的思想的发泄上取得写书的报酬;而不该去过于在意出版、发行、版税之类的。无论作品成功还是失败,受到称誉还是诋毁,都该淡然处之。

战争来了。战争带来了对生活新的态度。年轻人开始求助我们老一辈不了解的一些神祇，已经能看出，继我们之后的人将朝向何方。年轻一代意识到自己的力量，吵吵嚷嚷，早已经不再叩击门扉了。他们径直闯进房子里，坐到我们的宝座上，空气中充斥着他们喧闹的喊叫声。老一代的人有的也模仿年轻人的滑稽动作，努力叫自己相信他们尚未落伍；他们同那些最活跃的年轻人比赛喉咙，但是他们的呐喊听起来却是这样空洞，他们像一些可怜的浪荡女人，虽然年华不再，却仍然希望靠涂脂抹粉，靠轻浮狂荡来保留住青春的幻影；聪明一点儿的则摆出一副端庄文雅的样子。他们让自己的微笑流露点宽容的讥诮。他们记起了自己当初也曾这样把宝座上的人践踏在脚下，那时也正是这样大喊大叫、蛮横傲慢；他们自然能预见到，这些高举火把的勇士，有朝一日同样会跟自己一样。在时间的长河中，谁的话也不能算最后的断言。当尼尼微城还繁荣昌盛时，新福音书就已经老旧了。说出豪言壮语的人，很可能觉得自己是在说一些前所未有的真理，殊不知这些话都被前人一百次地说过了，甚至连声调都没有一点改变。就是这样，钟摆摆过来又荡过去，时间之旅永不停歇。

总有些人会活过了属于自己那个时代，还浑然不知自己已进入到一个全新时代。比如乔治·克莱布[①]，今天还有谁记得他呢？尽管在他那个时代他被当时的人一致承认是伟大的天才，但在今天这样一个多样化的时代却是很难想象的事。他写诗的技巧来自亚历山大·蒲柏[②]，他用押韵的双行体形式写了很多说教的故事。后来爆发了法国大革命和拿破仑战争，别的诗人早就开始创作新的诗歌。而克莱布先生仍在继续写他的押韵对句的道德诗。我想他也一定读过那些在年轻人中风靡一时的新诗，而且我还估计他一定认为这些诗没法读。当然，大多数新诗确实是这样子。但像济慈、华兹华斯写的颂歌，还有柯勒律治的一两首，雪莱更多的几首，确实发现了前人未曾探索过的广阔精神领域。而我们的克莱布先生，依然孜孜不倦地在继续写他的押韵对句诗。

我断断续续读了些今天这个时代年轻人的诗。他们中可能已经有了一位更深情的济慈，或者某位比雪莱还一尘不染的雪莱，而且已经发表了将会被人们长久铭记的诗章，这我可说不定。我赞赏他们的优美词句（他们尽管年轻，却已才华横溢，如果说他们仅仅是很有希望，那就太可笑了），惊叹他们精巧的文体；虽然他们显得拥有

---

① 乔治·克莱布（1754—1832），英国诗人。
② 亚历山大·蒲柏（1688—1744），英国诗人。

丰富的词汇（从他们的词汇看，倒仿佛这些人躺在摇篮里时，就翻读过罗杰特的《词汇宝库》）。我却没有发现什么新鲜东西。在我看来，他们知道得太多，但感觉过于肤浅；对于他们拍我肩膀跟我称兄道弟的亲热劲，还有恨不得对你投怀送抱的多情，我可无法消受。我不是在说他们的热情不好，我只是觉得这样的热情有些苍白，而且他们的梦想也有些平淡。我不喜欢他们。我承认自己过时了。我仍然要写押韵对句的道德故事。但是，如果我对自己写作除了自娱以外还抱有其他目的，我就是个双料的傻瓜了。

好吧，都是题外话。不说也罢。

三

写第一本书时我还很年轻。但很幸运，我这本书引起了人们的注意，不少人开始想要认识我。

想想刚刚被引荐进伦敦文学界那阵，我的确一开始有点迫不及待，但还是有些胆怯；现在回忆起，不知道为什么会有点伤感。我已经很久没去伦敦了，从最近出版的那些小说里，感觉到伦敦变化很大。文人聚会的地点也换了地方。切尔西和布鲁姆斯伯里取代了汉普斯泰德、诺廷希尔、高街和肯星顿的地位。从前一个人不到四十能成为人物被看作是年轻有为，如今才二十五岁就会让人认为很老！我觉得在过去那个时代，人们不太喜欢情怀，感情稍微多点就可能被嘲笑为幼稚，因此看上去都有点古板傲慢。那时我们说话讲究含蓄，女性们的地位还不如今天这么高。过去那些诗人作家一样风流放浪，但跟今天的比简直就是一本正经。不过我不认为那时的我们是虚伪，我们只是多了点矜持。

当年我是住在维多利亚火车站附近，还记得我到一些好客的文艺家庭去作客，总要乘车在市区兜个大圈子。估计是因为羞怯心理，我每次都会在街上来来回回走好几遍才敢去按人家门铃。然后，我被引进一间高朋满座、闷得透不过气的屋子，主人会把我介绍给那些大人物，接着就是对我作品的一番恭维话，我也不知道为什么我会觉得浑身不自在，坐立不安。我知道他们都在等着我冒出几句文艺的漂亮话，可怜的我总是直到茶会结束了都想不出一句来。为了掩饰，我主动为那些客人端茶送水，把切得不成形的面包抹上黄油递到人们手里。我希望谁都别注意我，让我安静观察一下这些知名人士，好好听听他们妙趣横生的谈话。

我记得我看见了不少身材壮硕、腰板挺得笔直的女人。这些女人通常都有大鼻头，目光炯炯，衣服穿在她们身上很像是盔甲；我也看到不少像小老鼠一样瘦小枯干的老处女，说话柔声细气，目光敏锐、四处窥探。可笑的是，不知道为什么她们要戴着手套吃黄油吐司，然后在没人注意时，不动声色地把粘在手套上的食物在椅背上揩干净。她们这样干的时候不动声色，让人佩服。这对主人的家具肯定不是好事，但我想，等这家的主人到这些人家里去作客，她也会干同样的事情的。这些女人有的衣着入时，她们说无法想象一个人只因为写了一本小说，就要穿得邋里邋遢。如果你的身段好，干吗不尽可能显露给人看到呢？俊俏的小脚配上时髦的鞋子，只会让那些编辑更愿意用你的稿件。当然有些人对此不以为然，他们认为这样不够庄重，这些人多半穿的是艺术性的纺织品，戴着原始风格的珠宝首饰。这种场合里的男人穿戴一般很正经，会尽量不让别人看出自己是作家，希望别人认为自己成熟有教养，被看成是某家大公司的管理人员是最好的。那之前，我跟作家从没有接触过，我发现他们都很怪，不像真实的人物。

一开始，我会觉得他们的谈话不同凡响。但当我听到他们对某个刚转身离开的同行，用些尖酸刻薄的话放肆评论时，我简直就不敢相信自己的耳朵。好像艺术家们都这样，不但可以嘲弄对方的作品，还能挖苦讥讽自己那些朋友脸上身上的一些缺陷。不过实话实说，他们那些有点恶毒刻薄的评论，总是恰到好处，让我由衷佩服。我可没这样的能力，为此我经常感到无地自容。

在那个时代谈话仍被看作是一种艺术，一句机智风趣的话，会比锅下面烧得啪啪响的荆棘①受人赏识，格言警句还不是普通人能用来装高雅的工具。遗憾的是，这些妙言隽语我现在都回忆不起来了。我只记得这些人谈起他们从事的行业的另一面——进行交易的一些细节来。比如在点评完毕一本新书的好坏后，自然要猜一下这本书能不能畅销，作者能得到多少预支稿费，最终能赚到多少钱；他们会讨论那些出版商，比较出版商是慷慨还是小气；争辩一下是把稿件给一个愿意付多点稿酬的人好，还是给更善于包装、宣传、推销的人好。有的出版商不善于宣传，有的很在行；有的出版商古板，另外一些很摩登；还要谈论一些出版代

---

① 见《圣经》旧约传道书第七章："愚昧人的笑声，好像锅下烧荆棘的爆声。"

理人的能力，他们都能为作家做些什么；编辑们各自喜欢哪类作品，一千字能付多少稿费，是很快付清呢，还是拖泥带水等等。这些对我来说都很新奇。跟这些人在一起，听他们谈话，我会觉得自己已经是他们那个兄弟会的成员。

四

那些日子里，没有谁比萝丝·沃特芙德更关心照料我了。她有男性的才智又有女人的怪癖。她的小说很有特色，读起来令人难以平静。也就是在她家，我第一次见到查理斯·斯特里克兰太太。那天沃特芙德小姐在她一间小屋子里举行茶话会，客人比往常来得要多。好像所有人都在相互交谈，只有我安静地坐在那，其实是我感到不自在；要知道大家都在谈自己的事，我可不会那么厚脸皮地挤进去掺和。还是沃特芙德小姐体贴，她注意到我，就走到我身边。

"我想让你去同斯特里克兰太太谈一谈，"她说，"她对你的书推崇备至。"

"她是干什么的？"我傻乎乎地问出这样一句来。

我这样问的主要原因，是我觉得如果斯特里克兰也是一名作家的话，我在同她谈话之前最好弄清楚情况。

估计是想让我产生神秘感，沃特芙德故意眼帘一垂，一副一本正经的样子：

"她专门招待人吃午餐。你只要别那么腼腆，多吹嘘自己几句，她准会请你去她那吃饭。"

萝丝·沃特芙德有点玩世不恭。她把生活看作是写小说的机会，所有人都是她作品的素材。如果读者中有谁欣赏她的才华而且还大方地宴请过她，她偶尔也会把他们请到自己家招待一番。只是背地里她对这些人崇拜一个作家觉得可笑，不过这不影响她跟这些人周旋，还十足一副名作家的派头。

我被带到斯特里克兰太太面前，同她谈了十来分钟。她的声音很好听，但除此之外我没发现什么特别的地方。她告诉我，她在威斯敏斯特区有套房子，正对着当时还没完工的大教堂。刚好我也住在那一带，于是我对她就有了邻居的那种亲切感。对于所有住在泰晤士河和圣詹姆斯公园之间的人来说，陆海军商店好像是一个把他们连接起来的纽带。斯特里克兰太太要了我的住址。过了几天，我收到了她的一张午餐会的请柬。

很少有谁跟我约会,我当然很高兴能被邀请。到她家的时候稍微晚了一些。我怕去早了让人笑话,就围着大教堂先走了三圈。进门后,我才发现客人们早就到齐了。沃特芙德也来了,还有杰伊太太、理查·特维宁和乔治·娄德。来的都是作家。这是早春的一天,天气很好。大家兴致高昂,东扯西拉个不住。来之前,沃特芙德小姐说自己最初拿不定主意,不知道是该打扮得更年轻些,还是最好打得成熟些好;如果是前者,那就要一身淡绿、手持一枝水仙;后者的话最好穿上高跟鞋、披上巴黎式的外套。犹豫半天,结果她只戴了一顶帽子。这帽子使她情绪很高,所以,我有幸第一次见识到了她的刻薄,那些没到场但大家都熟识的朋友挨个遭到了她的调侃嘲讽。杰伊太太对此的观点是,所有机智的灵魂都不会循规蹈矩,应该时不时用略高于耳语的音调说些荤段子。理查·特维宁则滔滔不绝地发表些荒唐离奇的谬论。乔治·娄德知道世人皆知自己妙语如珠,没必要再向谁显示自己的才华了,因此他的嘴只用来填塞食物。斯特里克兰太太话不多,不过看得出她有种本领,能引导大家的谈话总是围绕着一个共同话题;一出现冷场,她总能巧妙地让谈话继续下去。斯特里克兰太太这一年三十七岁,身材略高,体态丰腴但不显胖。她那双和蔼的棕色眼睛,让并不很美的她讨人喜欢。她的皮肤不是太好,有些晦暗,满头黑发梳理得精巧。在三个女性里,她是唯一没用化妆品的,但反而显得更朴素、自然。

餐室按照当时崇尚的风格布置。高高的白色护墙板,绿色墙纸上挂着嵌在精致黑镜框里的惠斯勒[①]蚀刻画。印着孔雀图案的绿色窗帘,地毯也是绿色,上面有白色小兔在浓郁树荫中嬉戏的图画,让人想起威廉·莫利斯[②]的风格。壁炉架上摆着白釉蓝彩陶器,整体上淡雅、别致,但问题是多少有些沉闷。说实话,在当时的伦敦,不会少于五百家餐厅有和这一样的装饰。

聚会结束后,我是同沃特芙德小姐一起走的。当时天气很好,加上那天那顶新帽子让她兴致勃勃,于是我们决定散一会步,从圣杰姆斯公园穿出去。

"刚才的聚会很不错。"我说。

"你觉得菜做得不坏是吧?我告诉过她,如果她想同作家来往,就得让他们吃好。"

[①] 杰姆斯·艾波特·麦克奈尔·惠斯勒(1834—1903),美国画家和蚀刻画家,长期定居英国。
[②] 威廉·莫利斯(1834—1896),英国诗人和艺术家。

"你这主意真妙,"我说,"可她为什么要同作家来往呢?"

沃特芙德小姐耸耸肩。

"她喜欢他们,喜欢这种活动。可怜的人儿,我觉得她头脑有些简单。她多半是把我们这些作家看得过高了。不管怎么说,她很善良,喜欢请人吃饭又不会伤害谁。我喜欢她这点。"

回想起来,比起那个时代那些喜欢附庸风雅的人,斯特里克兰太太要算心地单纯的。有些人为了达到目的,会像猎狮人猎捕狮子那样,从稍微有些远离尘世的汉普斯特德,一直追寻到切恩街人行道边地下室最简陋的画室。斯特里克兰太太年轻的时候住在乡间,从穆迪图书馆借来的书籍不只使她阅读到不少浪漫故事,而且让她满脑子都是伦敦这个大城市的浪漫故事。她打心眼里喜欢读书(这在她这类人中很少见。这类人大多对作家比对作家写的书、对画家比对画家画的画兴趣更大),她幻想出了一个只属于自己的小世界,生活其中乐不思归,感到了现实生活中不可能有的自由、快乐。她在真认识那些作家后,就像过去只能隔着脚灯在观众厅里瞭望舞台,现在可以亲自登台了一样。看着这些人粉墨登场,好像自己的生活也扩大了。她不仅招待他们,还居然闯进了这些人深锁的幽居里。她认为这些人的游戏人生无可厚非,这些人的伦理标准稀奇古怪,他们的奇装异服、荒唐的言论让她觉得非常有趣。但她不认为那是属于自己的世界,比起去过这样的生活,她更安于做一个旁观者。

"有没有一位斯特里克兰先生啊?"我问。

"怎么没有啊。他在伦敦做事。我想是做个证券经纪人吧。一点也不风趣那种。"

"他们俩感情好吗?"

"两个人互敬互爱。如果在他们家吃晚饭,你会见到他。但她很少请人吃晚饭。他不太爱说话,对文学艺术毫无兴趣。"

"为什么讨人喜欢的女人总是嫁给蠢货呀?"

"因为有脑子的男人是不会娶讨人喜欢的女人的。"

我想不出怎样回答才好,就把话头转开,打听斯特里克兰太太有没有孩子。

"有,一个男孩一个女孩。两个孩子都在上学。"

看来这个话题也没什么好说的了。于是我们开始扯别的。

第02章

是的，后来发生的事情让人目瞪口呆。我不禁要经常这样自问：是不是我过于迟钝，那时候没看出查理斯．斯特里克兰身上存在着的这种独特的东西？

五

那之后整个夏天我跟斯特里克兰太太经常见面。

我隔三岔五地到她家去吃午饭，要不就是去参加茶会；午饭总是吃得很好，茶点也非常丰盛。我同斯特里克兰太太相处得不错。我不知道原因，很可能是当时我年轻，刚进入那个圈子，也许她是想扮演我的领路人的角色吧。而我呢，正好很孤单，也希望能有一个倾诉对象。在这一方面，她是一个很好的倾听者，总是那样认真地听我说些蠢话，不时也会给我一些合乎情理的劝告。斯特里克兰太太属于那种富有同情心，善解人意的女人。一般来说，同情心与善解人意是难得的天赋，却常常被人滥用。那类人通常表现得过于热情，每当看到朋友有不幸发生，就会凶猛地扑上去，把自己所有的同情一股脑地倾注到对方身上，这很让人尴尬，甚至非常可怕。同情应该像一口油井一样自然喷出，太主动了反倒让人难以承受。别人胸口上已经洒满了泪水，你还要不管不顾地把自己的继续浇上去，这会让人尴尬，最好忘了哪个才是那个需要同情的人。

斯特里克兰太太很懂得怎样得体地运用自己的同情，知道什么时候需要运用，什么时候应该适可而止。总之，她让你觉得接受她的同情是在帮助她。我年轻的时候也好冲动，所以我对萝丝·沃特芙德说了这事，她说：

"牛奶很好喝，特别是加上几滴白兰地。但母牛却巴不得赶快让它流出去。乳头总是肿胀着并不舒服。"

这形容真是没谁了，萝丝·沃特芙德的嘴真刻薄！这话也说得出口。但做起事来谁也比不了她。

我喜欢斯特里克兰太太还有一个原因。她的屋子布置得很优雅，房间也总是干干净净，摆着鲜花，让人感到舒适安逸。客厅的印花布窗帘图案有些古板，可色彩淡雅宜人。在她那间小餐厅里吃饭是种享受；餐桌式样简洁大方，两个侍女干净利落，菜肴总是烹调得精致可口。谁都能看出，斯特里克兰太太是位能干的主妇，另外，从客厅里摆着的她儿女的照片能看出，她也是位好母亲。她儿子罗伯特十六岁，正在罗格贝学校读书；照片中的他穿一套法兰绒衣服，戴着板球帽，还有一张照片里他穿的是燕尾服，戴着硬领。跟母亲一样，他有着光洁的前额和目光略显沉思的眼睛，看上去整洁健康。

"我想他不算太聪明，"有一天我正在看照片，斯特里克兰太太说，"但我知道他是个好孩子，性格很可爱。"

女儿十四岁，跟母亲一样有一头浓密的黑发披在肩膀上。面相温顺、端庄，一双会说话的明净大眼睛也更像母亲。

"他们两个人长得都像你。"我说。

"可不是，他们随我不随父亲。"

"为什么一直不让我同他见面？"

"你愿意见他吗？"

这样说时她笑了。她的笑容很甜，笑的同时脸上泛起一层轻微的红晕；像她这样年纪的女人这么容易脸红很少见。我开始认为，她的迷人来自她的纯真。

"你不知道，他没有一点文学修养，"她说，"就是个小市民。"

她用这个词时，我看不出一点儿贬义，恰恰相反，她神情中有一种深深的眷念，感觉这样说了，她就能很好地保护起那个她爱的人似的。

"他是一个经纪人，在证券事务所上班。我想，他一定会让你觉得厌烦。"

"你对他感到厌烦吗？"

"不，我刚好是他的妻子，很喜欢他。"

她用微笑掩饰自己的羞涩。我想她可能担心我会说什么调侃她的话，换了是萝丝·沃特芙德,肯定会挖苦讽刺几句。一会儿,她的眼神变得更加温柔了。

"他从不想假装自己有什么才华。就是在证券交易所里他赚的钱也不多。但他心地非常善良。"

"我想我会非常喜欢他的。"

"等哪天没外人时,我请你来吃晚饭。但我把话说在前头,可是你自愿冒这个风险的;如果那天晚上你觉得无聊死了,别怨我。"

六

最后,我终于第一次见到了查理斯·斯特里克兰先生。

一天晚上斯特里克兰夫人要宴请一些人。一大早她派人给我送来张便条,告诉我晚上请的客人中有一位临时有事无法出席,她想请我去补这个空缺。她在字条上写道:

"我想必须要预先声明:你一定会无聊死的。一开始我就知道是枯燥乏味的。但如果你能来,我还是会非常感激。咱俩总还可以谈谈。"

我怎么可能不帮她这个忙呢?当然就接受了邀请。

当斯特里克兰太太把我介绍给她丈夫后,他不冷不热地同我握握手。斯特里克兰太太情绪很高,转身对他说了一句玩笑话:

"我请他来是要叫他看看我真的是有丈夫的。我想他已经开始怀疑了。"

斯特里克兰很有礼貌地笑了笑,像每一个并不觉得某个笑话好笑,但又不得不应付的人那样。又有别的客人来了,我被扔在一边。当所有客人都已到齐,只等宣布开饭时,我一边跟那位安排由我"陪同"的女客闲谈,一边有点哲学地想:文明社会里的人这样把自己短促的生命浪费在无聊的应酬上实在令人费解。拿这次宴请来说,你很难理解女主人为什么要请这些客人,这些客人也不嫌麻烦地接受邀请。这是那种流行的"社交宴请",斯特里克兰夫妇接受过别人的邀请,算是"欠下"许多人情,因此不管愿不愿意,被邀请的人也当然没法拒绝,告诉你自己根本不感兴趣。于是每个人都得邀请与接受邀请,勉强着说话、吃饭,然后在分手时如释重负。当然,算是圆满完成了一次社交。人们为什么要这样呢?是不是夫妻对坐久了就会生厌,或者是为了让仆人有半天休息?还是有别的难以解释的理由？谁也说不清。

餐厅显得有些拥挤。来的人中有一位皇家法律顾问和他的夫人，一位政府官员和他的夫人，斯特里克兰太太的姐姐和姐夫麦克安德鲁上校，还有一位议员的妻子。正是因为议员发现自己不能离开议院，我才被临时被拉来补缺。这些客人都有高贵的身份。那些女太太似乎并不太讲究自己的衣着，或许是知道自己身份高贵，完全没有讨好谁的需要。而男人们个个都踌躇满志，面带殷实富足的神色。

宴会开始后，这些人慢慢活跃了起来，交谈时的嗓门也开始越来越大。但没有谁是在跟他人说同一件事，每个人都在同自己的邻座谈话。大家喝汤、吃鱼和品小菜时，就跟右边的人说几句；吃烤肉、甜食和开胃小吃时，换成左边的人。他们谈政治，谈高尔夫球，谈孩子和新上演的戏，谈皇家艺术学院展出的绘画，谈天气，谈度假的计划。总之谈话一刻也没有中断过，声音也越来越响。最后的结果当然是斯特里克兰太太的宴会非常成功。我偷偷观察，发现她丈夫举止还算得体，但整个晚上他话都很少。快结束时，我发现了坐在他两边的女客人脸上的倦容。我想那一定是因为男主人很难交流造成的。有一两次，我看见斯特里克兰太太的目光落在他身上，有些焦虑。

最后，她站起来，带着一群女客离开了餐厅。她们走出去后，斯特里克兰先生把门关上，走到桌子的另一头，在皇家法律顾问和那位政府官员中间坐下。他又把红葡萄酒传过来，给客人递雪茄。皇家法律顾问称赞酒很好，斯特里克兰告诉他自己是从什么地方买来的。我们开始谈论起酿酒和烟草。皇家法律顾问给大家说他正在审理的一个案件，上校谈起打马球的事。我没什么好说的，所以只是坐在那，很有礼貌地装出一副津津有味听别人谈话的样子。但没人注意到我，我跟这些人毫无关系，他们对我也不会有兴趣。这样也好，我可以安静地打量他们，后来我开始仔细打量斯特里克兰先生。

我也不清楚以前我为什么会认为斯特里克兰先生比较纤弱，实际上他是一个身材魁梧的人，大手大脚，晚礼服穿在身上显得很有些笨拙，让你觉得他就是一个送主人来的马车夫。他年纪约四十岁，相貌谈不上英俊，但因为五官都很端正，所以也不算难看。他胡须刮得很干净，不过脸太大，光光的看着不是很舒服。他的头发颜色有些红，剪得很短，身上所有东西都显得比别人要略大点，眼睛除外，他的眼睛有点小，颜色是蓝色或者灰色的。我现在开始理解，为什么斯特里克兰太太谈起他时总有些不好意思；对一个想在文学艺术界取得一个位置的女人来说，他很难给她增加光彩。很明显，他一点儿也没有社交本领，这当然也不一定是人人都要有；但他甚至连一点能让自己免于平庸的怪癖都没有，这可就是个问题了。他不过是个忠厚诚实的经纪人，一个恪尽职守的丈夫和父亲；一个索然无味的普通人；一个你可以钦佩他的为人，却不愿同他待在一起的人。

七

喧闹的社交季节接近尾声，我认识的每个人都开始在忙着准备离开城里。斯特里克兰太太计划把一家人带到诺佛克海滨去。孩子们可以在那里洗海水浴，她的丈夫可以打高尔夫球。我们告了别，说好秋天再见后，我也准备离开伦敦。最后一天我去买点东西，刚从陆海军商店里出来，就又遇上了带着一儿一女的斯特里克兰太太。同我一样，她也是在离开伦敦前买最后一批东西。我们都又热又累，我提议一起到公园去吃一点冷食。

我猜想斯特里克兰太太很高兴让我看到她的两个孩子，她立刻就接受了我的邀请。孩子们比照片上看到的更招人喜爱，她为他们感到骄傲是很有道理的。我的年纪也很轻，所以他们在我面前一点也不拘束，只顾高高兴兴地谈他们自己的事。两个孩子都健康活泼。大家在树荫下歇息，都感到非常愉快。

一个钟头后，这一家人挤上一辆马车回家去了，我一个人懒散地往俱乐部踱去。我也许感到有点寂寞了，回想刚才这种幸福家庭的生活，心里不无艳羡。这一家人感情似乎非常融洽，经常说一些外人无从理解的小笑话，然后自顾自地笑得要命。由这点我想到了查理斯·斯特里克兰先生。他不善言辞，也不是很聪明，但在他自己那个环境下，他的智慧应付起来还是绰绰有余，这不仅是事业成功的保证，也是生活幸福的保障。斯特里克兰太太是个招人喜爱的女人，她很爱她的丈夫。我想这对夫妻的生活，如果不受任何干扰，诚实、体面，两个孩子中规中矩，正在健康成长着；而不知不觉间，他俩会慢慢变老，儿女逐渐长大成人，一个出息成美丽的姑娘，将来会结婚生子；另一个则成为仪表堂堂的男子汉，很可能会成为一名军人。最后这对夫妻告老引退，子孙绕膝，过着富足、体面的晚年生活。他们会尽享天年，安详度过一生。

这是世间无数对夫妻的故事。这种生活有着一种和谐安静的美，使人想到一条平静的小河，蜿蜒流过绿草茵茵的田野、牧场，流过河岸边郁郁的树荫，最后汇入浩瀚的大海；可大海是如此平静，如此沉默，我突然有了某种无法名状的不安，某种失落。这也许只是我自己的感触（这种感触在那时那些日子里，经常出现在我心里），我总觉得人这样度过一生似乎缺点什么。

我不否认所看到的这种生活的社会价值，也看到了它井然有序的幸福。但我血液里却有种强烈的躁动，某种对未知世界的渴望。这种宁静安详的生活，让我不时会产生焦虑与恐惧。我渴望改变，无论怎样的改变，只要不是这样按部就班地活着就行。为此，我愿意面对任何的艰险。

八

回过头来读读我写的这些关于斯特里克兰夫妇的故事，我觉得这两个人被我写得完全没有血肉。我知道要使书中人物生动，就要把他们的性格特征描绘出来。而我却没能做到这点，他们在我笔下显得毫无特色。我想知道原因，为此我苦思冥想，希望能回忆起一些表现他们性格的鲜明特征。我认为如果我能更详细地写出他们的独特，比如言谈举止那些细微的与众不同，或许就能让他们鲜活起来。像现在这样写，这两个人就像一幅古旧挂毯背景下的两个很难分辨的人形；如果从远处看，就连轮廓也会失去，只剩下一团花花绿绿的颜色。这只能有一种解释：他们给我的就是这样一个印象。有些人的生活只是社会有机体的一部分，他们只能生活在这个有机体内，依靠它而生活；这种人通常都会是平庸的，没有任何独特之处。我想斯特里克兰夫妇正是这样的人。他们有如人体的细胞，细胞构成人的身体，却是被吞没在一个整体里的。斯特里克兰一家跟无数普普通通的中产阶级家庭一样：一个并不很聪明、但能在上帝安排给他的生活中兢兢业业、恪尽职守的丈夫；一个和蔼可亲、殷勤好客的妻子，有着喜欢结交文学界小名人的无害癖好；两个漂亮、健康的孩子。没有什么比这一家人更为平凡的了，我实在想不出这一家人有什么足以引起他人注意的地方。

是的，后来发生的事情让人目瞪口呆。我不禁要经常这样自问：是不是我过于迟钝,那时候没看出查理斯·斯特里克兰身上存在着的这种独特的东西?也许是吧。从那时起到现在,很多年过去了,在此期间我对生活了解了不少,但我还是坚信,即使当初认识他们夫妇时,我已经拥有今天的阅历,我也不认为自己就能看出什么新的不同来。一定要说会有所不同的只能是:在我更多地知道了人性的复杂与多变后,我不会像那年初秋刚回到伦敦听到那个消息时那样大惊失色,也不会很长时间难以释怀。

那个初秋我回到伦敦后,不到二十四小时就在杰尔敏大街上遇见了萝丝·沃特芙德。

"看你今天喜气洋洋的样子,"我说,"遇到什么开心事了吗?"

她笑了起来,眼神中有着惯常的幸灾乐祸。这一般意味着她又听到了某个朋友的丑闻。这位女作家的直觉已经处于极度敏锐状态里。

"你见过查理斯·斯特里克兰是不是?"

这时,很奇怪不仅她的面孔,就连她全身都显得很紧张。我点了点头。我怀疑这个倒霉鬼是不是在证券交易所蚀了老本,要不就是让公共汽车撞伤了。

"你说,是不是太可怕了?他把他老婆扔下了,自己跑掉了。"

沃特芙德小姐肯定觉得,在杰尔敏大街马路边上讲这个故事有辱这样一个好题目,所以她只是像个艺术家通常所做的那样,只是抛出了主题,然后宣称自己对细节一无所知。而我可不想让她因此埋没了口才,环境不是问题,不会妨碍她把完整的故事讲出来,然而她坚持说自己不清楚。

"我说了我什么也不知道,"她对我的焦急毫无怜悯,俏皮地耸耸肩,加了一句,"我相信伦敦哪家茶点店准有位年轻姑娘一准刚把活儿辞了。"

她朝我诡谲地笑了下,说跟牙医生约了时间,扬长而去,扔下我一个人在街边。听到这消息我不是难过而是感兴趣。那时候我的见闻大多还是间接得来的,因此不小心碰到这样一件跟书本里故事差不多的事,简直不能再好了,我有点小小的兴奋。我承认,现在我早已习惯了在生活中遇到各式各样稀奇古怪的事。但我当时还是有些惊讶,因为我知道斯特里克兰先生差不多有四十岁了。像他这样年纪的人再扯到这种爱情瓜葛里,未免有些让人难以接受。想想那时我还是太年轻,自以为一个人陷入爱情而又不至于沦为笑柄,年龄应该是在三十五岁以前。也不知道我这种年龄观来自哪里。除此以外,这个新闻也给我个人添了点儿小麻烦。原来我在乡下就给斯特里克兰太太写了信,通知她我回伦敦的日期,并且在信中说如果她不回信另作安排的话,我将在某月某日去她家喝茶。而我遇见沃特芙德小姐正是在这一天,可是斯特里克兰太太并没有给我回信。她到底想不想见我呢?非常可能,她在心绪烦乱中把我信里订的约会忘到脑后了。也许我不该在这个时候去打搅她,她很可能不想让我知道这件事,如果让她发现我已经听说了,那就太不慎重了。

我怕伤害这位夫人的感情,怕去她家做客惹她心烦,心里非常矛盾。我知道她这时一定很痛苦,我可不愿看到别人受苦,而自己无能为力;但另一方面我又很好奇,想看看斯特里克兰太太有何反应,尽管我对自己居然有这种念头感到有点丢人。我真不知该怎么办好了。

最后我决定:像什么事也没发生似的到她家去,先让女仆进去问一声斯特里克兰太太方便不方便会客;如果她不想见我,那我就离开。尽管如此,在我到了斯特里克太太家后,对使女说出事前准备的那套话时,还是窘得要命。当在幽暗的过道等回话时,我不得不鼓起全部勇气才没有中途跑掉。看见使女从里面走出来,也可能是我太过敏感,我觉得使女的神情告诉我,她已经知道这家人遭遇的不幸了。

"请您跟我来,先生。"她说。

我跟在她后面走进客厅。客厅窗帘没有完全拉开,光线很是黯淡。斯特里克兰太太的姐夫麦克安德鲁上校站在壁炉前,借着还没完全燃起来的炉火烤自己脊背。他看着我,让我觉得自己太莽撞,不该在这时闯进这家里来。我想我的到来一定让这家人感到意外,斯特里克兰太太多半是忘了和我另约个日子,才不得不让我进来。我有点不敢看烤脊背的上校,因为我认为他一定很生我的气。

"我不太清楚,你是不是在等着我来。"我说,故意装作若无其事的样子。

"当然在等着你。安妮马上就把茶拿来。"

尽管屋里光线很暗,我也能看出斯特里克兰太太的眼睛已经哭肿。她的面色本来就不太好,现在更是难看。

"还记得我姐夫吧?度假以前,你在这吃饭那天和他见过。"

我们握了握手。我想不出一句该说的话来,但斯特里克兰太太搭救了我;她问起我消夏的事。她提了这个头,我多少也找到些话说,直挨到使女端上茶点来。上校要了一杯苏打威士忌。

"你最好也喝一杯,艾米。"他说。

"不,我还是喝茶吧。"

这似乎是暗示发生了一件不幸事的最合适的第一句话。我故意装出什么都不知道,尽量同斯特里克兰太太东拉西扯,上校仍然站在壁炉前面保持沉默。这时候,我突然很想离开,但我不知道怎样做才能不失礼,这很难。我奇怪地问自己:斯特里克兰太太让我进来究竟是为了什么?屋子里既没有鲜花,度夏前收拾起的一些摆设也没重新摆上。一向舒适愉快的房间显得有些凄凉,那种气氛让人感到压抑,感到仿佛是墙的另一边停着一个死人似的。我勉强把茶喝完。

"要不要吸一支烟?"斯特里克兰太太问我。她四处看了看,想找烟盒,但是没找到,"怕已经没有了。"

她的眼泪扑簌簌落下来,匆匆跑出了客厅。

我吃了一惊。可能是因为过去一直都是她丈夫安排烟的,现在突然找不到,一下子勾起了她的记忆。在这间房子里,一些东西被改变了,也许再也不会跟从前一样组织聚会、开办宴会招待大家,社交从夏天时离开后,就再也不会回到这个房子里。这很可能深深刺痛了她。

"我看我该走了吧。"我站起身对上校说。

"我想你已经听说那个流氓把她甩了的事吧?"他的话几乎是吼出来的。

我好一会的犹豫不决。

"你知道人们都是怎样爱扯闲话的,"我辩解着,"有人闪烁其词地对我说,这里出了点儿事。"

"他跑了。同一个女人跑到巴黎去了。把艾米扔了,一个便士也没留。"

"我感到很难过。"我说。我实在找不到别的话可说。

上校一口气把威士忌灌下。他五十岁左右,身材高大、消瘦,胡须向下垂着,头发已经灰白。他的眼睛是浅蓝色的,嘴唇轮廓分明。上一次见到他就记得他长着一副傻里傻气的面孔,并且自夸离开军队以前每星期打三次马球,十年没有间断过。

"我想现在我不必再打搅斯特里克兰太太了,"我说,"能不能请您告诉她,我很为她难过?如果有什么能做的,我很愿意为她效劳。"

他没有理会我的话。

"我不知道她以后怎么办。而且还有孩子。难道让他们靠空气过活?十七年啊!"

"什么十七年?"

"他们结婚十七年了,"他气冲冲地说,"我一开始就不喜欢他。她根本就不应该嫁给他。你以为他是绅士?我只是尽量容忍,谁让他是我的连襟呢。"

"没法挽回了吗?"

"她现在要做的就是:离婚。你刚进来时我就是这样对她说的。'把离婚申请书递上去,亲爱的艾米,为了你自己,为了孩子。'他最好还是别让我遇到,我怕我会把他的灵魂都揍出窍。"

我想,麦克安德鲁上校做这件事不是很容易,斯特里克兰可是身强力壮,但是我并没有说出来。如果一个人受到侮辱而又无法惩罚对方,的确是件很痛苦的事。我还是觉得自己应该马上离开,就在我再次准备告别时,斯特里克兰太太又回来了。她已经把泪水擦干,在鼻子上扑了点儿粉。

"真对不起,我感情太脆弱了,"她说,"我很高兴你没走。"

她坐下来。我不知道说什么。要知道这件事跟我没有什么关系,我仅仅是认识这家人。要过很久我才会知道,女人有种不是很好的习惯,她们喜欢向每个倾听对象讲述自己的私事。看上去斯特里克兰太太在努力克制自己。

"是不是都在议论这事?"她突然问。我吃了一惊,看来她的确是认为我已经很清楚对她来说那件很不幸的事。但我还能说什么呢?

"我刚回来,就见到了萝丝·沃特芙德一个人。"

斯特里克兰太太手指交叉在一起,用力握紧。

"快把她的原话一个字不差地告诉我。"但我有点犹豫,而她却坚持要我说,"我很想知道她怎么看待这件事。"

"你知道她这个人说话靠不住,对不对?她说你的丈夫扔下你跑了。"

"就这些吗?"

我可不想告诉她萝丝·沃特芙德分手时说的茶点店女侍那句话。

"她说没说他是跟一个什么人一块走的?"

"没有。"

"我想知道的就是这件事。"

对此我很难理解,难道她不知道他是跟谁一起走的?但我想我可以告辞了。在跟斯特里克兰太太握手告别时我对她说,如果有什么需要我做的,我一定为她尽力。她的脸上出现了一丝笑意。

"非常感谢你。我现在不需要做什么。"

我不知道是不是应该对她表示一下同情,于是我转身跟上校道别。上校并没同我握手,而是问我:

"如果你从维多利亚路走,那我们正好同路。"

"那好,"我说,"我们一起走。"

九

"太可怕了!"

刚到街上,他就说。

看来,他和我一起离开的目的,就是想跟我继续谈这件事。我想之前他一定已经跟他小姨子谈了几小时。

"我们不清楚是哪个女人,你知道,"他说,"我们只知道那个流氓跑到巴黎去了。"

"我一直以为他们感情挺不错。"

"是不错。哼,你来以前,艾米还跟我说结婚这么多年就没吵过一次。你知道艾米的,世上没有比她更好的女人了。"

我想,既然他主动对我说这家人的秘密,那我不妨问他几个问题。

"你是说她起先什么也不知道?"

"是的,一点都不知道。整个八月他都是跟她和孩子们一起在诺佛克度过的。这段时间他跟平时一样,没看出有什么反常。我和妻子去他们那过了两三天,我还和他一起打高尔夫球。九月,他提前回到城里来,为了让合伙人去度假。乡下房子他租了六个星期,房子满期前她给他写了信,告诉他自己哪天回伦敦。他的回信是从巴黎发的,说他已经打定主意不再跟她一起生活了。"

"他没做任何解释吗?"

"根本没有解释，小朋友。那信我看了，不到十行字。"

"这真奇怪。"

我们正要过马路，谈话被过往车辆打断。麦克安德鲁所说的有点令人难以置信，我怀疑斯特里克兰太太出于某些原因把一部分事实隐瞒起来了。我在想，一对结婚十七年的夫妻，其中一个人无缘无故就离家出走，一定有原因。比如夫妻间的情感问题，生活并非很圆满等。上校从后面跟上来。

"当然了，除了坦白自己是跟另外一个女人私奔外，他没有别的解释。我看他是认为她早晚能自己弄清。他就是这样一个人。"

"斯特里克兰太太有什么打算没有？"

"首先是要找到证据。我准备去一趟巴黎。"

"他的业务现在怎么办？"

"这正是他狡诈的地方。一年来他一直都在缩小业务。"

"他合伙人不清楚吗？"

"一句也没透露。"

麦克安德鲁上校对证券交易的事不太内行，我更是一窍不通，因此我没法明白斯特里克兰是怎样丢下了他经营的业务的。我后来得到的消息是，他的合伙人快被他这样突然出走气疯了，威胁说要提出诉讼。看来债务清偿会让这人的腰包损失四五百镑。

"幸好住房跟全套家具都是在艾米名下的。这些东西她还都能留下。"

"刚才你说她连一个便士都没有了，是真的吗？"

"当然是真的。她手头就只有两三百镑和那些家具。"

"那以后她怎样生活？"

"天知道。"

事情越来越复杂了，上校骂骂咧咧的很是气愤，不但没能把事情说清楚，反而让我越听越糊涂。好在他看到陆海军商店上面的大钟时，突然记起俱乐部玩牌的约会来，就自顾自地穿过圣詹姆斯公园朝另一个方向走了。

第03章

"那你到底是为什么离开她?"
"我要画画儿。"

十

　　一两天后,我收到斯特里克兰太太寄来的短信,说如果有可能,让我晚饭后去看看她。我到她家时,发现只有她一人在家。她一身黑衣服,朴素到严肃,这让人想到她遭遇的不幸。我想尽管她的悲痛是真实的,也能不忘要合乎礼仪地穿着。这让当时还不谙世事的我很是吃惊。
　　"你说过,要是我有事需要你帮助,你乐于帮忙。"她说。
　　"这是真的。"
　　"那么你愿意为我去趟巴黎看看斯特里克兰的情况吗?"
　　"我?"
　　我吓了一跳。想到我只见过斯特里克兰一面,实在想不出我能帮她做什么。
　　"弗雷德决心要去。"弗雷德就是麦克安德鲁上校,"但我知道他不是办这种事的人,只会把事弄得更糟。我不知道该求谁陪他一起去。"
　　她的声音有些颤抖,我感觉哪怕我只是稍微犹豫一下,也会显得太没人情味了。
　　"可我同你丈夫只说过不到十句话。他几乎不认识我,很容易就能把我打发了。"
　　"这对你也没损失呀。"斯特里克兰太太笑了。
　　"你想叫我去干什么?"

她没有直接回答。

"我认为他不认识你反而更好。你不知道,他从来都不喜欢弗雷德。他认为弗雷德是个傻瓜。他不了解军人。弗雷德会大发雷霆。两个人会大吵一通,事情反而会更糟。如果你对他说你是代表我去的,他不会拒绝跟你谈谈的。"

"我认识你们的时间并不长,"我说,"除非了解全部详情,这种事是很难处理的。我可不愿打探跟我没有关系的事。为什么你不自己去看看他呢?"

"你忘了,他在那不是一个人。"

我没再说什么。我想到要去拜访查理斯·斯特里克兰,递上自己的名片,想到他走进屋子里来,用两个指头捏着我的名片。

"您有何贵干?"

"我来同您谈谈您太太的事。"

"是吗?等您再长几岁后,就会懂得不该管别人的闲事了。如果您把头稍微向左转转,您会看到那里有扇门。再见。"

可以预见的是,走出那扇门时我很难保持尊严。我真希望自己能晚几天回伦敦,等斯特里克兰太太料理好这事后再回。我偷偷看她一眼,她在沉思。但不一会她就抬起头来看着我,叹了一口气,笑了一下。

"太突然了。"她说,"我们结婚十七年,我做梦也没想到查理斯会迷上了什么人。我们相处得一直很好。当然了,我们的兴趣爱好有些许差异。"

"你没发现是什么人?"——我有些拿不准该怎么说——"那人是谁,同他一起走的?"

"没有。好像谁都不知道。太奇怪了。一般情况下,男人如果同什么人有了爱情,总会被人看到,比如出去吃饭之类。总有几个朋友来把这事告诉做妻子的。可我却没有接到——没有任何警告。他的信对我像晴天霹雳。我还以为他一直生活得很幸福。"

她哭起来,可怜的女人,我替她难过。但一会儿她就平静下来。

"你一定当我是傻子。"她擦了擦泪,"唯一要做的就是快点决定到底该怎么做什么。"

接下去她有些语无伦次;一会儿说刚过去不久的事,一会儿又说起他们初次相遇和结婚的事。不过倒是让我脑海里开始形成一幅有关他们生活的清晰画面。我现在确定自己的臆测是正确的,斯特里克兰太太的父亲在印度当过文职官吏,退休以后定居在英国偏远的乡间,但每年八月他总要带一家老小到伊斯特本去换一换环境。她就是在那里认识的查理斯·斯特里克兰。那一年她二十岁,斯特里克兰二十三岁。他们一起打网球,在滨海大路上散步,听黑人流浪歌手唱歌。在他正式向她求婚前一个星期,她已决心接受他的求婚了。结婚后他们在伦敦定居下来,开始时住在汉普斯特德,后来生活逐渐富裕起来,便搬到市区里来。他们有两个孩子。

"他好像一直很喜欢这两个孩子。即使对我厌倦了,我也很难理解他怎么会忍心把孩子也抛弃了。这简直令人无法置信。到了今天我也不能相信这是真的。"

最后,她把他写的那封信拿出来给我看。实际上我早就想看看,但一直没好意思提出来。

亲爱的艾米:

我想你会发现家中一切都已安排好。你嘱咐安妮的事我已转告她。你们到家后晚饭会准备好。我将不能迎接你们了。我已决心同你分居,明晨就去巴黎。这封信我会等到了巴黎后再发出。我不回来了。我的决定不能更改了。

你永远的,查理斯·斯特里克兰

"没有一句解释的话,也没有歉疚不安。你是不是觉得这人太没人性了?"

"在这种情况下,这封信是很奇怪,"我回答。

"只有一个解释,那就是他变了心了。我不知道是哪个女人把他抓在了手掌里,但她肯定把他变成另外一个人了。非常清楚,这件事已经进行了很长一段时间。"

"你这么想,有什么根据吗?"

"弗雷德已经发现了。我丈夫每星期有三四个晚上要去俱乐部打桥牌。弗雷德认识那个俱乐部的一个会员,有一次同他说起查理斯喜欢打桥牌的事。这个人非常惊讶,他说他从来没有在玩牌的屋子看见过查理斯。这就非常清楚了,我以为查理斯在俱乐部时,实际上他是在同那个女人厮混。"

我对此无话可说。后来,我想起了孩子们。

"这件事一定很难向罗伯特解释。"我说。

"噢，他俩我谁也没告诉，一个字也没有说。你是知道的，回城第二天他们就回学校了。我没有惊慌失措，我对他们说父亲有事到外地去了。"

心里揣着这样大一个秘密，还要让自己显出一副坦然无事的样子，实在不容易。再说，为了打发孩子上学，还得花精力整理各式各样的东西，这也让她心力交瘁。斯特里克兰太太的声音哽咽了。

"他们以后可怎么办啊，可怜的宝贝。我这一家人以后怎么活下去啊？"

她拼命克制着，我注意到她的两手一会儿握紧，一会儿又松开。那种痛苦简直太可怕了。

"如果你认为我到巴黎去有好处，我当然会去的，但是你一定要同我说清楚，你想要我去做什么。"

"我要叫他回来。"

"我听麦克安德鲁上校的意思，你已决心同他离婚了。"

"我永远也不会同意离婚。"她突然恶狠狠地说，"把我的话告诉他，他永远也别想同那个女人结婚。我同他一样，是个倔性子。不，我永远也不会同他离婚。我要为我的孩子着想。"

我想她最后的话是为了向我解释她为什么要采取这种态度，但是我却认为她这样做，与其说是出于母爱，还不如说是因为天性里的嫉妒。

"你还爱他吗？"

"我不知道。我要他回来。如果他回来了，我可以既往不咎。不管怎么说，我们是十七年的夫妻。我不是个心胸狭窄的女人。过去我一直被蒙在鼓里，只要我不知道，我也就不会介意这事。他应该知道这种迷恋是长不了的。如果他现在就回来，事情会很容易弥补过去，谁也发现不了。"

看到斯特里克兰太太对流言蜚语这样介意，我心里有些寒意，因为当时的我还不知道别人的看法对女人有这么大的影响。这使得她们原本深厚的情感蒙上了层阴影。

斯特里克兰住的地方家里人是知道的。他的合伙人曾通过斯特里克兰存款的银行给他写过一封措辞严厉的信，谴责他藏匿自己行踪的行为；斯特里克兰在一封回信里对这位合伙人大肆嘲讽，并告诉合伙人可以在什么地方找到自己。那个地址是巴黎一家旅馆。

"我没听说过这个地方，"斯特里克兰太太说，"但弗雷德很熟悉。他说这是家很贵的旅馆。"

她脸涨得通红。我猜想她似乎看到自己的丈夫住在一间豪华套房里，在一家又一家考究的饭店吃饭。她无法想象他正过着怎样花天酒地的生活，或者是天天去赛马厅，夜夜去剧场。

"像他这样的年龄，不能老过这种生活，"她说，"到底是四十岁的人了。如果是年轻人我是能理解。可他这种年纪就太可怕，他的孩子都快长大成人了。再说他的身体怎么能扛得住。"

我从她眼中和身体上看到了愤怒同痛苦。

"去告诉他，他的家在召唤他回来。家里一切依旧，唯独缺少了他。没有他我没法生活下去。我宁可杀死自己。同他谈谈往事，谈谈我们的共同经历。告诉他我没法跟孩子们说，我该怎么说呀？他的房间跟他走前一模一样。他的房间在等他。我们都在等着他。"

这就是了，她把我见到斯特里克兰后需要说的话，句句都告诉了我。她甚至还想到斯特里克兰会如何对我说，她也教给我如何应答。

"你会尽你所能帮我办好这件事是吗？"她可怜巴巴地看着我，几乎是在央求，"把我现在的处境告诉他。"

我想她是希望我用怜悯打动他。她的眼泪一个劲儿往下落。我心里难过极了。现在，我开始感觉到自己对斯特里克兰的冷酷、残忍的气愤，我答应了她我要尽一切努力把他弄回来。我同意再过一天就启程，不把事情办出结果决不回来见她。这时天色已晚，我们两人也都有些疲惫不堪，于是我就向她告辞了。

在去巴黎的途中，我终于可以静下心来认真考虑这份差事，我开始有些困惑。现在，我已看不到斯特里克兰太太痛苦的模样，不用再受感情的侵扰。我回忆起，在斯特里克兰太太的举动里有些矛盾的地方。她的确很不幸，但为了激起我的同情，她也是在把自己的不幸表演给我看。她显然准备要大哭一场，因为我发现她预备好了大量的手帕；这让我很是佩服她，但现在回想起来，她的泪水的感染力不得不在我这打了折扣。我已经看不透，她要丈夫回来是因为爱他，还是因为害怕别人的流言蜚语；我很怀疑她的痛苦里掺杂了多少虚荣心受到伤害的因素。如果是这样，对还年轻的我来说就有点龌龊；这种疑心使我惶惑。那时的我还不了解人性的复杂，不懂得真挚中总会存在虚假，有多少低贱是隐藏在高尚中的，又有多少善良藏在堕落里。

离巴黎越近，我就越感到这趟巴黎之行有着冒险成分，我的情绪也因此高涨起来。我开始欣赏自己所扮演的这个角色——受友人重托，去把出轨丈夫带回给宽恕的妻子。到了巴黎后，我决定第二天晚上再去找斯特里克兰，因为我本能地觉得，这种事时间很关键，想用感情打动一个人，在午饭前是很少会成功的。在那个年代里，我自己也常常遐想一些有关爱情的事，但都只有在喝过晚茶后，我才能开始这类幻想。

我在下榻的旅馆打听了一下查理斯·斯特里克兰住的那家叫贝尔热的旅馆。奇怪的是看门人竟然没听说过这个地方。我从斯特里克兰太太那听说，这家旅馆很大、很阔气，是在里沃利街后边。我们查了一下旅馆指南，叫这个名字的旅馆只有一家，在摩纳路。这不是有钱人居住的地区，甚至都不能算体面的地方。我摇摇头。

"不可能是这一家。"我说。

看门人耸耸肩。巴黎再没有另一家叫这个名字的旅馆了。我想起来，斯特里克兰本来是不想叫别人知道他的行踪的。他给他的合伙人这个地址也许是在故意跟对方开玩笑。不知道为什么，我觉得这很符合斯特里克兰的幽默感，把一个怒气冲冲的证券交易人骗到巴黎一条下穷街陋巷上的某家声名狼藉的旅馆去。尽管如此，我还是决定去看看。

第二天早上六点左右，我叫了一辆马车把我拉到了摩纳街。在街角我打发走了马车，我想还是步行到旅馆为好，先在外面看看情况。这条街都是为穷人开设的小店铺，大约走了一半，在我左手边就是那家旅馆。说起来我自己住的就是一家普通旅馆，可同这家旅馆比起来简直就是豪华酒店。那是栋简陋的小楼，楼显得又高又细，外墙多年没有粉刷过，跟两边的房子一比，它看上去脏兮兮的格外显眼。那些破烂肮脏的窗子全关着。我想，查理斯·斯特里克兰显然不会跟一位能让他抛弃家庭、职业、名声的女人，住到这种地方来，这地方完全不能与豪华生活，更不可能与寻欢作乐联系起来。

我有种受骗了的感觉，开始恼火。我差一点扭头就走。但我还是走了进去，我不能不兑现自己的承诺，我必须要对斯特里克兰太太有个交代，告诉她我已经尽力了。

旅馆的入口在一家店铺的旁边。门开着，门里有一块牌子写着：前台在二楼。我沿着狭窄的楼梯走上去，楼梯平台上有个用玻璃隔起来的隔间，里面有一张办公桌和两三把椅子。隔间外面有条长凳，守夜人多半就在这里过夜。没有一个人影，我在一个电铃按钮下看到有"侍者"字样，我按了一下，马上从什么地方钻出一个人来。这人很年轻，鬼鬼祟祟的，阴沉着脸，身上只穿一件衬衫，趿着一双毡子拖鞋。

我也不知道为什么我向他打听斯特里克兰时，要装出一副漫不经心的样子。

"这里住着一位斯特里克兰先生吗？"我问。

"32号，六楼。"

我倒吸一口凉气，大吃一惊，说不出话来。

"他在吗？"

侍者看了看前台里的一块木板。

"钥匙不在这里。自己上去看看。"

我想不妨再问他一个问题。

"太太也在这里吗？"

"只有先生一个人。"

我走上楼梯时，侍者一直用怀疑的目光跟着我。楼道又闷又暗，一股污浊的霉味扑鼻而来。三楼有一扇门开了，我经过时，一个披着睡衣、头发蓬松的女人一声不吭地盯着我。最后，我走到六楼，找到了32号房。我在门上敲了敲，屋里传来一阵响动，房门打开了一条缝。查理斯·斯特里克兰出现在我面前。他站在那看着我，显然没认出我是谁来。

我通报了姓名。我尽量装得很随便。

"你不记得我了？今年六月我有幸在你家吃过饭。"

"进来吧，"他突然兴致高涨，"很高兴见到你。请坐。"

我走进去。这是间很小的房间，几件被法国人称之为路易·飞利浦式的家具把屋内挤得转身都有些困难。除了一张堆着没有整理的大红鸭绒被的大木床，房间里还有一个大衣柜，一张小圆桌和一个很小的脸盆架，两把软椅上包着红色菱纹平布。所有的东西最典型的特征就是肮脏破烂。麦克安德鲁上校煞有介事地描述的那种浮华放浪在这里连一点儿影子也没有。斯特里克兰把乱堆在椅子上的衣服随便扔到地上,请我坐下。

"你来找我有事吗?"他对我的突然到来似乎一点都不觉得吃惊。

在这样一间狭小的房间内,斯特里克兰比记忆中更加高大。他穿着一件诺弗克式旧上衣,胡须有很多天没有刮了。上次见到他,他修饰得整齐干净,可看上去却不很自在;现在他邋里邋遢,神态却非常自然。我不知道他听了我准备好的一番话后会有什么反应。

"我是受你妻子所托来看你的。"

"我正预备在吃晚饭前到外边去喝点什么。你最好同我一起去。喜欢苦艾酒?"

"可以喝点儿。"

"那我们就走吧。"

他戴上一顶圆顶礼帽,看上去很久没刷洗了。

"我们可以一起吃饭。你还欠我一顿饭呢,记得吗?"

"当然了。你就一个人?"

我有些得意,这么重要的一个问题我就这样随口说出来了。

"啊,是的。我已经有三天没同人说话了。我法文不行。"

当我在前头顺着那道狭窄昏暗的楼梯往下走时,突然想起那位茶点店女郎来,我很想知道她出了什么事。是他们吵架了,还是他迷恋的热劲儿已经过去了?从我见到的情形看,很难相信他处心积虑了一年只是为了这样没头没脑地跑到巴黎来。我们步行到克里舍林荫路,在一家咖啡馆外摆在人行道上的许多桌子中拣了一张坐下。

十二

这时正是克里舍林荫路最热闹的时候,只需一点想象力,就能在来来去去的行人中发现很多类似低俗言情小说中的人物。那些小职员和女售货员,简直就是从巴尔扎克小说中走出来的旧人物,当然四周还有一些依靠人性的弱点赚钱糊口的那的男男女女。巴黎这些贫穷地区的大街上人群总是这样熙熙攘攘,充满生机,让你的血液加速流动起来,这种地方随时都可能有意想不到的事情发生。

"你对巴黎熟悉吗?"我问。

"不熟悉。度蜜月的时候来过,以后再没来过。"

"那你怎么会找到这家旅馆的?"

"别人介绍的。我要找一家便宜的。"

苦艾酒被送过来,我们一本正经地把水往正在溶化的糖上滴。

"我想我还是坦白对你讲我为什么要来找你吧。"我有一些尴尬。但说出来了要好受很多。他的眼睛闪闪发亮。

"我想迟早会有个人来的。艾米给我写了一大堆信。"

"那我要对你讲的,不用我说你也清楚了。"

"她那些信我都没有看。"

我不得不点上一支烟,好给自己一点思考的时间。我现在已经完全不知道该怎样继续下去,好把这件差事做完。所有那些我预先准备的说辞,无论是哀婉的也罢,慷慨激昂的也好,跟这个时间的克里舍林荫道一点都无法合上拍。猛然,斯特里克兰咯咯笑起来。

"交给你办的事很叫你头疼对不对?"

"啊,我不知道。"我说。

"好吧,听我说,快把肚子里那点事倒出来,然后我们可以痛快地玩一个晚上。"

我犹豫不定,但我还是说了。

"你想过没有?你妻子痛苦极了。"

"会过去的。"

他说这话时的那种冷漠无情,我无法描述。我被他搞得心慌意乱起来,但我还是尽量掩饰自己的慌乱。我采用了我叫亨利的叔叔说话的腔调;亨利叔叔是个牧师,每逢他请求哪位亲戚给候补副牧师协会捐款时,总是用这种语调。

"我说话不同你转弯抹角,你不介意吧?"

他笑着摇了摇头。

"你这样对待她说得过去吗?"

"说不过去。"

"你有什么不满意她的地方吗?"

"没有。"

"那么,你们结婚十七年,你又挑不出她毛病,你这样离开了,扔下她跟你的孩子们,岂不是很荒唐吗?"

"是很无理。"

我感到吃惊。我看看他,发现他的态度是诚恳的,没有丝毫调侃跟嘲笑。我相信他是打心眼里赞同我说的这些的,这让我一时哑口无言。他使我的处境很尴尬,还有点滑稽可笑。本来我准备说服他、打动他、规劝他、训诫他、同他讲道理,如果需要的话还要斥责他,发一通脾气,把他好好冷嘲热讽一番;问题是,如果罪人对自己所犯的罪供认不讳的话,还有什么事情好做呢?我从没遇到过他这样的人,不知道如何应对,要是我自己做错事了,总是会矢口否认或者辩解。

"你想听我说什么?"斯特里克兰说。

我撇了撇嘴。

"没什么了,如果你都承认了,好像也没有什么要说的了。"

"我想也是。"

我为自己的笨拙而生气,我有些激动。

"你总不能一个铜板也不留就把你的女人甩了啊!"

"为什么不能?"

"她怎么活下去呢?"

"我已经养了她十七年。为什么她不能换换样,自己养活自己呢?"

"她养活不了。"

"她可以试试。"

我当然可以辩解。可以谈谈妇女的经济地位,谈谈男人结婚后公开或约定俗成应该承担的义务,还有这样那样的道理,但我认为重要的只有一点。

"你一点都不关心她?"

"一点儿也不。"他回答。

这本该是件严肃的事,可他却有点幸灾乐祸,真够厚颜无耻的;但我为了不笑出来,拼命咬住嘴唇。我一再提醒自己他的行为是可恶的。

"该死的,你得想想自己的孩子。他们从没做过对不起你的事。他们不是自己要求到这个世界上来的。如果你这样把一家人都扔了,他们就只好流浪街头了。"

"他们已经过了很多年舒服日子。大多数孩子都没享过这么大的福。再说,总有人养活他们。必要时,麦克安德鲁夫妇可以供他们上学。"

"可是,你难道不喜欢他们吗?你的两个孩子多可爱啊!你的意思是,你不想再同他们有任何关系了?"

"孩子小的时候我确实喜欢他们,可现在长大了,我对他们没什么特别感觉。"

"这太不人道。"

"我看也是。"

"你一点儿也不觉得害臊。"

"我不害臊。"

我想试试别的方法。

"谁都会认为你是个没有人性的坏蛋。"

"让他们这样想好了。"

"所有的人都讨厌你、鄙视你,这对你一点儿也无所谓?"

"无所谓。"

他那简短的回答让我提出的问题(尽管我的问题提得很有道理)开始变得非常荒谬。我思考了一两分钟。

"我很怀疑,当一个人知道自己所有的亲戚朋友都责骂自己,他还能心安理得地活着。你难道就断定自己能毫无感觉?人不可能没有感情,早晚会受到自责的折磨的。你妻子要是因此死了,你也不悔恨?"

这次他不再回答我。我等了他一会儿,他还是没回答。我只好自己来打破这种让人尴尬的处境。

"你有什么要说的?"

"我想说你是个该死的傻蛋。"

"不管怎样,法律可以强迫你抚养你的妻子儿女,"我有些生气,"我想法律会提供保障的。"

"法律能够从石头里榨出油来吗?我没有钱,只有百十来镑。"

我比以前更糊涂了。当然,从他住的旅馆看,他的经济情况的确不妙。

"把这笔钱花完了你怎么办?"

"再去挣。"

这家伙冷静得要命，眼里始终跳跃着讪笑，仿佛我说的都是些蠢话似的。我停下来，需要考虑下接下去该怎么办。但这次他先开口了。

"为什么艾米不重新嫁人？她并不老，也还吸引人。我可以推荐一下：她是个贤妻。如果她想同我离婚，我完全可以给她制造需要的理由。"

现在该轮到我笑了。他很狡猾，但他谁也瞒不过，这才是他的真正目的。由于某种原因，他必须把自己同另一个女人私奔的事隐瞒起来，他多半是采取了预防措施把那个女人的行踪隐藏起来。我斩钉截铁地说：

"你妻子说，不论你用什么手段她也不会同你离婚。她已经打定主意了。我劝你还是死了这条心吧。"

他非常惊讶，就那么盯着我，这可显然不是在装假。笑意从他嘴角消失了，他严肃地说：

"但亲爱的朋友，我才不管她怎么做呢。她同我离也好，不离也好，我都无所谓。"

我笑了。

"噢，算了吧！别把我当傻瓜。我们凑巧知道你是同一个女人一起走的。"

他一愣，紧接着哈哈大笑起来。他的笑声那么响，坐在我们旁边的人都好奇地转过头来，甚至还有几个人也跟着笑起来。

"我看不出这有什么可笑的。"

"可怜的艾米。"他说。

他的脸上浮现出不屑。

"女人的智商真让人着急！她们就知道爱情。认为男人离开她们就是因为新欢。你认为我是这么一个傻瓜，会把做过的事为另一个女人再做一遍？"

"你是说根本没有另外一个女人？"

"当然没有。"

"你发誓？"

我不知道我为什么会这样要求他。说出这句话时我完全没动脑子。

"我发誓。"

"那你到底是为什么离开她？"

"我要画画儿。"

我半天没能缓过神来，就那样盯着他。我无法理解。我想这人准是疯了。读者应该还记得我那时很年轻，我把他看作是中年人。我除了惊诧外什么都没有。

"可你都四十岁了。"

"正因为这我才决定，现在再不开始就太晚了。"

"你过去画过画？"

"小时候很想成为画家，可我父亲叫我去做生意，因为他认为学艺术赚不了钱。一年以前我开始画了点儿。去年一直在夜校上课。"

"斯特里克兰太太以为你在俱乐部玩桥牌的时间你都是去上课吗？"

"对。"

"那你为什么不告诉她？"

"我觉得还是别让她知道的好。"

"你能够画了吗？"

"还不行。但是我将来能够学会。我到巴黎来就是为了这个。伦敦没有我要的东西。也许在这里能找到。"

"你认为像你这样年纪的人开始学画还能够学得好？大多数人都是十八岁前就开始学的。"

"如果我十八岁学，会比现在学得快一些。"

"你怎么会认为自己有绘画才能？"

他没马上回答我。他的目光停在大街上来往的人群上，但我认为他什么也没看见。最后他说的话我认为算不上是回答。

"我必须画画儿。"

"你这样做是不是在碰运气？"

他看着我，眼里有种奇怪的神情，让我感觉不太舒服。

"你多大？二十三岁？"

我觉得这时候他提出这个问题，与我们所谈的事毫不相干。如果是我想碰碰运气做一件什么事的话，这似乎很正常；但他已经不再年轻，是一个有身份、有地位的证券经纪人，家里有老婆和两个孩子。对我说来很自然的事情，在他那就会显得很荒谬。但我还是想尽量对他公道一些。

"当然了，也许会有奇迹发生，你也许会成为一个大画家。但你得承认，这种可能性微乎其微。假如最后你把事情搞得一塌糊涂，那就难以弥补了。"

"我必须画。"他强调着。

"假如你最多只能成为一个三流画家，你还会认为你这样抛弃一切值得？不管怎么说，对别的行业来说，有没有才华也许不这么重要；只要还能过得去，你就能舒舒服服地过日子；但当一个艺术家完全是另外一回事。"

"你真是个傻瓜。"他说。

"我不知道你为什么这么说，除非你认为我说出这样明显的道理是在做傻事。"

"我告诉你了我必须画画。这可由不得我。一个人要是跌进水里，他游泳游得好不好无关紧要，反正他得挣扎，不然就会被淹死。"

他语调中有股子热诚，我说不准为什么被他感动了。我发现了有股力量正在他身体里面奔突；这力量非常强大，足以压倒一切，在操控他的意志，把他紧紧抓住。对此我无法理解。他似乎是被魔鬼附体了，我感觉他随时有可能被那东西撕得粉碎。但表面看，他却很平静。我好奇地看他，他一点也不难为情。就那样坐在那，穿一件破旧的诺弗克上衣，戴着顶早就该刷刷的圆顶礼帽，我不知道在不认识他的人眼里他会是什么样。裤子穿在他身上像两条口袋，他的手看上去不是很干净，下巴上的红胡子也没梳理，小眼睛，大鼻头，面相显得笨拙粗野。他的嘴很大，厚厚的嘴唇让人有种肉欲的感觉。这很难，我无法判定他是哪一类人。

"你不准备回到你妻子那里去了？"我最后一次问。

"永远不回去。"

"她可是愿意把发生的这些事全都忘掉，一切从头开始。她一句话也不责备你。"

"让她见鬼去吧！"

"你真不在乎被当作彻头彻尾的坏蛋？不在乎你的妻子儿女去讨饭吗？"

"一点也不在乎。"

我们沉默了会儿。我接下来为了使我的话显得更有力量，故意用力把字一个个说出来。

"你是个不折不扣的浑蛋。"

"好了，现在你终于把心里话说完了，我们可以去吃饭了。"

第04章

"如果他为了一个女人离开你,你是可以宽恕他的。

如果他为了一个理想离开你,你就不能了,对不对?你认为你是前者的对手,可是同后者较量,你就无能为力了。"

十三

我知道最好是拒绝他的邀请,我也想过也许该表现一下我的愤怒。如果这样,回去后我可以告诉那些人,我怎样拒绝跟一个有这样品行的人共进晚餐,至少麦克安德鲁上校会为我骄傲,感谢我。但我更害怕这戏自己演得不像,而且没法一直演下去,这会影响我努力表现得道貌岸然。我肯定知道,我的表演在斯特里克兰身上引起不了任何反应,这就更加使我没法开口拒绝他的邀请。只有诗人跟圣徒才坚信,在沥青路面上辛勤浇水能培植出百合花来。

我付了酒账,跟着他来到一家廉价的餐馆。我们在这家顾客拥挤的餐馆里痛痛快快地吃了一顿晚餐。我们俩胃口都很好,我是因为年轻,他是因为良心已经麻木。这之后我们去了一家酒店喝咖啡和甜酒。

至于我来巴黎的公事,该说的我都说了,虽然就这样半途而废,我会觉得有点背叛了斯特里克兰太太,问题是我无法跟斯特里克兰的冷漠继续抗争。只有女性才能以不息的热情把同一件事重复三遍。我安慰自己,说这样可以进一步了解一下斯特里克兰,这对我的差事也许有好处。而且,我对这个也很感兴趣。但这不太容易,斯特里克兰是个不善言辞的人。他说起话来有些困难,好像语言并不是他能运用自如的工具。你必须通过他的那些单调、枯燥,很有些粗陋的俚语,那些含混不清的手势来猜测他内心的想法。虽然他不会使用优雅准确的语言表达自己，可在他的身上显露出某种性格中的特质，让你感兴趣。他至少给人以不做作的真挚感。他对自己第一次来到巴黎（我没有算他度蜜月那次）似乎没有什么感觉，对那些对他肯定是新奇的景象一点都不惊异。我自己来巴黎少说有一百次了，可每次来都免不了兴奋，走在巴黎街头我总觉得随时都会遇到点什么。斯特里克兰却不动声色。现在想，我认为他根本什么也没去看，他只专注于自己内心的那些幻景。

这时发生了件有些荒唐的事。酒馆里有几个妓女；有的同男人坐在一起，有的独自坐在那。我们进去没多久，我就注意到其中的一个在看我们。她同斯特里克兰的目光相遇时，我相信她对他微笑了。我想斯特里克兰根本没有注意她。过了一会她从酒馆里走了出去，但是马上又走进来；在经过我们座位时她很有礼貌地请我们给她买点喝的。她坐下来，我同她闲聊起来，但她的目标显然是斯特里克兰。我告诉她他只会几个法文单词。她试着同他讲了几句，一半用手势，一半用外国人的洋泾浜法语，不知为什么，她认为这样他更容易懂。另外，她倒也会说几句英语。有些话她请我给她翻译，而且热切地向我打听他的回答是什么意思。斯特里克兰很有耐心，甚至还觉得这件事有些好玩，但显然没把她当回事。

"我想你把一颗心征服了。"我笑着说。

"我可一点都不得意。"

如果换成是我就会窘迫，不可能像他这样平静。这个女人很年轻，生着一双会笑的眼，嘴看上去很可爱。我奇怪斯特里克兰身上有什么吸引她的地方。她一点儿也不想隐瞒自己的要求，她叫我把她说的都翻译出来。

"她要你把她带回家去。"

"我用不着女人。"他说。

我尽量委婉地转达他的回答；我觉得直接拒绝这种邀请有些不礼貌。我向她解释，他是因为没有钱才拒绝的。

"但我喜欢他，"她说，"告诉他是为了爱情。"

当我把她的话翻译出后，斯特里克兰不耐烦地耸耸肩。

"告诉她叫她快滚蛋。"

他的表情说明了他的意思，那女孩把头向后一扬。很可能她的脸红了，但被过浓的脂粉遮住。她站了起来。

"这位先生太不懂礼貌。"她用法语说。

然后她离开了酒馆,我觉得她一定是在生气。

"我看不出你有什么必要这样侮辱她,"我说,"不管怎么,她这是看得起你。"

"这种事让我恶心。"他没好气地说。

我好奇地打量他。他的脸上确实有种厌恶的神情,然而这却是张粗野、肉欲的男人的脸。我猜想吸引了那个女孩子的正是这些。

"想要女人在伦敦就行,我可不是为这个到巴黎来的。"

十四

在回伦敦途中,关于斯特里克兰我又想了很多。我试着把要告诉他妻子的事理出个头绪。事情办得并不妙。我能想象出,她会对我很不满意,其实我对自己也不满意。斯特里克兰叫我困惑,我很难理解他的动机。当我问他,他最初为什么想起要学绘画时,他没给我说清楚,也许他根本就不愿告诉我。我一点儿也搞不清。我企图这样解释这件事:在他迟钝的心灵中,逐渐产生了一种模糊的反叛意识。但一个事实驳斥了上述解释:他对自己过去那种单调的生活从来没有流露出厌烦。如果他只是无法忍受无聊的生活而决心当一个画家,以图摆脱平庸枯燥,这是可以理解的,也是平常的事;但问题在于,我觉得他绝不是一个平常的人。最后,也许我有些浪漫了,想出一个解释来,尽管有些牵强,却是唯一能使我满意的。那就是:我怀疑是否在他的灵魂中埋藏着某种创作的欲望,这种欲望尽管为环境所掩盖,却一直在偷偷膨胀壮大,正像肿瘤在有机组织中不断长大一样,直到最后完全控制住他,逼他必须采取行动,而他毫无反抗能力。杜鹃把蛋下到其他鸟的巢里,当雏鸟孵出后,就把窝里别的雏鸟挤出巢外,最后还要把庇护它的巢毁掉。

但奇怪的是,这种创作欲竟会出现在一个证券经纪人迟钝的大脑里,这很可能导致他的毁灭,从而使得那些依靠他的人陷入不幸。但跟上帝神秘的启示偶尔被人们得到相比,这也就不算什么奇迹了。这些人有钱有势,可是上帝却极其警觉地对他们紧追不舍,直到最后把他们完全征服,这时他们就会抛弃世俗的一切,甘心情愿地去过一种清苦的生活。皈依能以不同的形态出现,也可以通过不同的途径实现。有些人通过激变,有如激流把石块一下子冲击成齑粉;另一些人则因日积月累,好像不断的水滴迟早会把石块滴穿。斯特里克兰有着盲信者的直截了当和使徒的狂热。

但是以我讲求实际的眼睛看来,使他着迷的这种热情是否能产生相应的有价值的作品,还有待时间去证明。记得我问起他在伦敦学画时的同学们对他的绘画如何评价时,他笑了笑说:

"他们觉得我是在闹着玩。"

"你到了这里以后,开始在哪个绘画学校正式学习了吗?"

"是的。今天早晨那个笨蛋还到我住的地方来过,我是说那个老师,你知道的;他看了我的画,把眉毛一挑,连话也没说就走了。"

斯特里克兰咯咯笑起来。他似乎一点也不会灰心丧气。别人对他毫无影响。

正是这点使我狼狈。有人也说过自己不在乎别人的看法,但多半是自欺欺人。一般说来,他们能够各行其事都是因为相信别人不理解自己的那些怪异想法;最甚者也是因为有几个好友知交表示支持,才敢不顾大多数人的意见。一个人如果做一些违背传统的事,而实际上这是他所属那个群体的常态的话,人们对此也就不会觉得不可思议。相反,这个人还会为此扬扬自得,因为他既可以标榜自己有足够的勇气,又不致冒太大风险。我觉得渴望得到他人的认可,是文明人类的天性。一个做出了有悖传统的事的女人,招致大众的非议后,再没有谁会比她还快地跑到尊严体面那里寻求庇护。我是绝不相信那些说自己不在乎他人说什么的人的。这不过是一种虚张声势。他们的意思是:他们相信别人根本不会发现自己的那些小的过错,就算是被人指责一下也不会造成什么太大损失。

但这里却有一个真正不在乎别人看法的人,传统规则丝毫奈何不了他。他像是个浑身涂满油的角力者,你根本抓不住他。这给了他一种自由,却让所有人感到愤怒。我还记得我对他说:

"如果每个人都照你这样,地球就运转不下去了。"

"你说这样的话实在是太蠢了。并不是每个人都要像我这样。大多数人对他们的平常感到心满意足。"

我想挖苦他一下。

"有一句格言你显然不信：人之所作所为，皆应可为众人之规。"

"我没听说过，但这是胡说八道。"

"你不知道，这是康德说的。"

"随便是谁说的，反正是胡说八道。"

对这样一个人，诉诸良心毫无效果。这就像不借助镜子而想看到自己一样。我把良心看作是一个人心灵的守卫。社会需要一套规则来维持自己的稳定，能否得到执行，多半靠的就是良心。良心在那监视着我们别做出违法的事来。它等于是安插在我们内心城堡的暗探。通常来说，人们是如此渴望被他人认可、接受，以至于所作所为都要根据别人的需要，这反倒会把良心的敌人引到城堡里来；正是良心在那里监视着，高度警觉地守护着主人的利益，一旦这个人懈怠了，就会提醒他，使他保持对自己的警觉。它促使我们把社会利益置于我们自己的利益之上。它就是把个人拴在整体上的一条锁链。人们说服自己，相信存在一个远比自己利益重要的对象，甘心为它效劳，沦为这个对象的奴隶。自己把这个对象托举到荣誉的宝座上。最后，如同宫廷弄臣赞颂皇帝放在自己肩头的御杖一样，他也为自己有着敏感的良心而异常骄傲。到了这一地步，对那些不肯受良心约束的人，他会觉得无论怎样责罚都不过分，因为作为社会的一员，他十分清楚绝对没有力量去造自己的反。当我看到斯特里克兰对自己所作所为完全处之泰然，对可能引来的斥责无动于衷时，这让我像见到一个怪物，吓得赶紧跑掉。

记得那天晚上在我向他告别时，他最后对我说的话：

"告诉艾米，来找我是没有用的。反正我要搬家了，她找不到我。"

"我倒觉得她能摆脱你，未尝不是件好事。"我说。

"亲爱的朋友，我就希望你能让她看清这一点。可惜女人都没脑子。"

十五

回到伦敦家里，我发现有封急信在等着我，要我一吃过晚饭就到斯特里克兰太太家去一趟。到她家后，我看到了麦克安德鲁上校和他妻子也在。斯特里克兰太太的姐姐比斯特里克兰太太大几岁，姐妹俩长得很像，只是姐姐更老一些。这个女人处处显出自己的精明能干，好像整个大英帝国都揣在她口袋里了；一些高级官员的太太很懂得自己的社会地位，大多数都有着她这样的神气。麦克安德鲁太太精神抖擞，言谈举止表现得很有教养，却很难掩饰她那根深蒂固的偏见：如果你不是军人，就连站柜台的小职员还不如。她还讨厌近卫军军官，认为这些人傲气；对于他们的夫人她通常不屑一谈，认为她们出身低微。麦克安德鲁上校太太的衣服款式不是很时兴，但价钱却很昂贵。

斯特里克兰太太显然很紧张。

"好了，给我们讲讲你的新闻吧。"她说。

"我见到你丈夫了。我担心他已经拿定主意不再回来。"我停了会，"他想画画儿。"

"你说什么？！"斯特里克兰太太喊叫起来，受到了惊吓。

"你难道一点儿也不知道他喜欢画画儿？"

"这人简直精神失常了！"上校大声说。

斯特里克兰太太皱了皱眉头。她在苦苦搜索自己的记忆。

"我记得我们结婚前他常常带着个颜料盒到处跑。可是他画的画儿很难看。我们常常打趣他。他对画画可以说一点天赋也没有。"

"当然没有，这不过是个借口。"麦克安德鲁太太说。

非常清楚，斯特里克兰太太对我带来的这个消息完全不能理解。现在她已经把客厅略微收拾了一下，不像出了事后我第一次来时那样凌乱冷清，像是准备着带家具出租的房子那样。在我同斯特里克兰在巴黎会过面后，反倒很难想象他属于这种环境。我不信之前他们都对斯特里克兰的怪异没有丝毫察觉。

"但是如果他想当画家，为什么不告诉我呢？"斯特里克兰太太最后开口说，"我想，对于他这种……这种志趣我是绝不会不支持的。"

麦克安德鲁太太的嘴唇咬紧了。我猜想，她妹妹喜好结交文人艺术家，她多半从不赞成。她一提到"文艺"这个词，就满脸鄙夷不屑。

斯特里克兰太太接着说：

"不管怎样，要是他有才能，我会第一个出头鼓励他。什么牺牲我都不会计较的。同证券经纪人比起来，我还更愿意嫁给一个画家。如果不是为了孩子，我什么也不在乎。住在切尔西一间破旧画室里我会像住在这所房子里同样快乐。"

"亲爱的，我可真要生你气了！"麦克安德鲁太太叫喊起来，"看你的意思，这些鬼话你真信了？"

"可我认为这是真实情况。"我婉转地表达自己的意见。

她又好气又好笑地看了我一眼。

"一个四十岁的人是不会为了要当画家丢弃工作，更不会抛弃妻子，除非这里面掺和着一个女人。我猜想他一定是遇见了你的哪个——艺术界的朋友，被她迷住了。"

斯特里克兰太太苍白的面颊上突然泛起一层红晕。

"她是怎样一个人？"

我没有立刻回答。我知道我给他们准备了一颗炸弹。

"没有，根本就没什么女人。"

麦克安德鲁上校和他妻子表示不能相信；斯特里克兰太太从椅子上跳了起来。

"你是说你一次也没见过她？"

"根本就没有，叫我去看谁？他只是一个人。"

"这是不符合情理的。"麦克安德鲁太太喊着。

"我就知道我得自己跑一趟。"上校说，"我敢打赌，我一定能把那个女人揪出来。"

"我也希望你自己去。"我很不客气，"你会看到你的那些猜想没有一点是对的。他并没住在什么时髦旅馆里。他住的是一家极其寒酸的小客店。他离开家绝不是去过花天酒地的生活。他几乎没什么钱。"

"你想他会不会做了什么我们都不知道的事，怕警察找他的麻烦，所以躲起来避避风？"

这个提示使每个人心头燃起一线希望，但我却认为这纯粹是想入非非。

"如果是这样，他就不会做出那种傻事来，把自己的地址告诉他的合伙人。"我的语气有点尖酸，"不管怎么说，有件事我可以保证，他并不是同别人一块走的，也没有爱上谁。他脑子里一点儿也没想到这种事。"

谈话不得不中断一会儿，他们在思考我说的这些。

"好吧，如果你说的是真的，"麦克安德鲁太太说，"事情倒不像我想的那么糟。"

斯特里克兰太太看了她一眼,没有吭声。她的脸色这时变得苍白,秀丽的眉毛显得很黑,向下低垂着。我不能理解她脸上这种神情。

"艾米,你为什么不自己去找他?"上校出了个主意,"你完全可以同他一起在巴黎住一年。孩子由我们照管。我敢说他不久就会厌倦了。早晚有一天他会回心转意,回伦敦来。一场风波就算过去了。"

"要是我就不这么做。"麦克安德鲁太太说,"他爱怎么样就让他怎么样。有一天他会灰溜溜地跑回家来,老老实实地过日子的。"麦克安德鲁太太看了她妹妹一眼,满脸都是责备,"你也许有时候太不聪明。男人是奇怪的动物,你该学会驾驭他们。"

和大多数女性的见解相同,麦克安德鲁太太认为男人们都是些没心肝的畜生,总想抛开爱他们的女人,一旦真出这种事,过错大多是在女人。感情不能被理智所理解是有理由的。

斯特里克兰太太的目光扫过屋内每个人的脸,她的神情有些发呆。

"他永远也不会回来了。"她说。

"亲爱的,你要记住刚才听到的。他过惯了舒适生活,过惯了有人照料的日子。你想他在那种破烂的小旅馆里能待多久?再说他没什么钱。他会回来的。"

"他要是跟一个女人跑掉的,我知道还有回来的可能。我不相信这类事能闹出什么名堂来。不出三个月他对她就会讨厌死了。但是如果他不是因为这,一切就都完了。"

"哎,你说得太玄乎了。"上校说,他的职业传统决定他这种人无法理解这类事,他对所有自己无法理解的事,都会采用"玄乎"这个词,"别相信这一套。他会回来的,而且像陶乐赛说的,让他在外头胡闹一阵,我想也不会有什么坏处。"

"不,我不要他回来了。"她说。

"艾米!"

一阵狂怒在斯特里克兰太太身上爆发,她气得脸色煞白,一点血色也没有。下面的话她说得很快,每说几个字就喘一口气。

"他要是爱上什么人,同她逃跑,我是能原谅他的。我会认为这种事很自然。我会想他是被拐骗走的。男人心肠软，女人又什么手段都使得出来。但现在却不同了，现在我恨他，永远也不会原谅他。"

麦克安德鲁上校和他的妻子一起劝解她。他们感到吃惊，说她发疯了。这当然是他们不可能理解的。斯特里克兰太太绝望地看着我。

"你明白我的意思吗？"她喊道。

"我不敢说。你的意思是：如果他为了一个女人离开你，你是可以宽恕他的；如果他为了一个理想离开你，你就不能了，对不对？你认为你是前者的对手，可是同后者较量，就无能为力了，是不是这样？"

斯特里克兰太太恶狠狠地瞪了我一眼，没有说什么。也许我的话击中了她的要害。她用低沉、颤抖的声音说：

"我还从没有像恨他这样恨过一个人。你知道，我一直宽慰自己，不管这事持续多久，最终他还是要我的。我想在他临终时他会叫我去，我也准备去。我会像一个母亲那样看护他，最后我还会告诉他，过去的事我不记在心里，我一直爱他，他做的任何事我都原谅他。"

女人们总是喜欢在她们所爱的人临终前表现得宽宏大度，她们的这种偏好叫我实在难以忍受。有时候我甚至觉得她们不愿男人寿命太长，就是怕把演出这幕好戏的时机拖得太久。

"但现在……现在都完了。我对他就像对一个路人，什么感情也没有了。我真希望他死的时候贫困潦倒、饥寒交迫，一个亲人也不在身边。我真希望他染上恶疮，浑身腐烂。"

我想我不妨趁这个时候把斯特里克兰的建议说出来。

"他说如果你想同他离婚，他很愿意给你制造离婚所需要的任何口实。"

"为什么我要给他自由？"

"我认为他不需要这种自由。他不过是认为这样做可能对你好些。"

斯特里克兰太太耸耸肩。我觉得我对她有些失望。那时候的我还总认为人的性格是单一的；当我发现这样一个温柔可爱的女性报复起来会如此可怕，我对人性感到沮丧。那时我太年轻，没法意识到人性的复杂。今天的我已经认识到这一点了：卑鄙与伟大、恶毒与善良、仇恨与热爱是可以相安无事并存在同一颗心里的。

我不知道我能说点什么，减轻一些当时正在折磨着斯特里克兰太太的屈辱。我想还是该试试。

"你知道，我不敢肯定你丈夫的行动是不是要由他自己负责。我觉得他已经身不由己，被一种什么力量控制了，正在被利用来完成这种力量所追逐的目标。他像蛛网里的一只苍蝇，失去挣扎的能力。他使我想起人们常常说的那种奇怪的故事：别人的灵魂走进一个人的躯体里，把他自己的赶了出去。在躯体内人的灵魂总是不稳定的，常发生神秘的变化。这要是在过去，查理斯·斯特里克兰会被看作是魔鬼附体了。"

麦克安德鲁太太用力捋一下衣服的下摆，金钏滑落到手腕上。

"我觉得你说得太离奇了点，"她有点尖刻，"我不否认，艾米对她丈夫也许太放任了。如果她不是只顾自己的事，我想她一定会发觉斯特里克兰行为的那些异样。如果阿莱克有什么心事，我不相信过一年了还不被我看清。"

上校的眼望向空中，我很想知道有谁能像他这样胸襟坦荡、心地清白。

"但这改变不了查理斯·斯特里克兰的冷酷。"她面孔板紧了，看我一眼，"我可以告诉你为什么他抛弃自己的妻子，是自私，没有其他理由。"

"人们当然更能接受这种解释。"我说。但我心里却在想：这等于什么也没有说。最后我说身体有些劳累，便起身告辞。斯特里克兰太太并没有留我多坐一会的意思。

十六

以后发生的事表明了斯特里克兰太太性格的坚强。她从不让内心的委屈显露出来。她很聪明，人们会厌烦一个总是诉说自己不幸的女人，这样会遭到人们的厌弃。她外出做客时——因为同情她的遭遇，很多朋友有意邀请她，举止总是十分得体。她的勇敢表现得一点都不露骨；她更愿意听别人诉说自己的烦恼而不想议论她自己的不幸。每逢谈到自己丈夫，她都会表示可怜他。她对他的这种态度最初让我困惑。直到有一天她对我说：

"你告诉我说查理斯一个人在巴黎，你肯定弄错了。据我听到的消息——我不能告诉你消息来源——我知道他不是独自离开英国的。"

"要是这样的话,他真可以说是伪装大师,是个天才了。"

斯特里克兰太太避开我的目光,脸微微红了。

"我的意思是说,如果有人同你谈论这件事,要是说他是同哪个女人私奔的话,你最好不要反驳。"

"我当然不会。"

她迅速换了话题,好像刚才说的是件无关紧要的小事。不久后我就发现,在她的朋友中流传着这样一个奇怪的故事。她们说查理斯·斯特里克兰迷恋上了一个法国女舞蹈家,他是在帝国大剧院看芭蕾舞时首次见到那个女人的,后来,两人一起去了巴黎。这个故事怎么会流传起来我无法得知,但奇怪的是,它为斯特里克兰太太赚得了不少同情,同时也使她增加了不少名望。这对她决定今后从事的行业很有好处。当初麦克安德鲁上校说她分文不名并没有夸大。她需要尽快找一条谋生途径。于是她决定利用认识不少作家这一有利条件,一点儿没耽误就开始学起速记和打字来。她所受的教育远高于这一行业的从事人员,使她显得很不同,同时,她的遭遇也能为她招揽不少主顾。朋友们都答应把活拿给她,而且还要尽心地把她推荐给各自认识的人。

麦克安德鲁夫妇没有子女,生活条件优裕,承担了抚养她子女的事,斯特里克兰太太只需要维持自己一个人的生活就够了。她卖掉了家具,把住房租了出去。在威斯敏斯特附近找了两间小房安置下来,重新把生活安排好。她非常能干,一定会成功的。

十七

大约五年后,我决定到巴黎去住一段时间;在伦敦天天做同样的事,单调极了。朋友们也都过着老一套的生活,平淡无奇,再也无法引起我的好奇。有时候跟他们见面,不需要开口我就知道他们要说什么。就连他们的那些桃色事件也令人倒胃口。大家像从起点到终点循环行驶的有轨电车,连乘客多少也能估计个大概。生活的井然有序原来这样可怕。我退掉了住房,卖掉为数不多的几件家具,决定开始另外一种生活。

临行前我到斯特里克兰太太家去辞行。有不少日子没见到她了,我发现她有不少变化，人变得苍老消瘦，皱纹比以前多，就连性格都有些改变。她的事业很兴旺，在大法官法庭小路开了一个事务所。她雇了四名打字员，自己打字不多，时间主要用在校改打字稿上。她想尽办法把稿件打得讲究，很多地方使用蓝色和红色的字带，打好的稿件用各种浅色粗纸装订起来，看上去像带波纹的绸子。她打出的稿件以整齐精确闻名，因此生意很好。尽管如此，她却认为自己有失身份。同人谈话时，她也不忘向对方表明自己的高贵出身，忍不住提到她认识的一些人物。对自己经营打字行业的胆略和见识她从不多谈，但一提起第二天晚上要同南肯辛顿一位皇家法律顾问一起吃晚饭，就眉飞色舞。她很愿意跟你说她儿子在剑桥大学读书的事；还有她女儿刚步入社交界，要参加的舞会应接不暇，那时她的笑容里有着满足跟骄傲。我觉得我在和她聊天时问了一句蠢话。

"她会到你这做点儿事吗？"

"噢，不，我不让她做这个。"斯特里克兰太太着急地回答我，"她长得很漂亮，我认为她一定能结门好亲。"

"那对你会有很大帮助，我早该想到的。"

"有人建议她上舞台，我当然不会同意。所有名戏剧家我都认识，只要我愿意，马上就能给她在戏里派个角色，但我不愿意她同杂七杂八的人混在一起。"

斯特里克兰太太的孤芳自赏让我发凉。

"有你丈夫的什么消息吗？"

"没有，什么也没听到过。说不定他已经死了。"

"在巴黎我很可能遇见他。如果我有他什么消息，你想让我告诉你吗？"

她犹豫了会儿。

"如果他生活真的贫困不堪，我还是准备帮帮他。我会给你寄笔钱去，在他需要时，你可以一点一点给他。"

但我知道她答应做这件事并不是出于善心。有人说不幸可以使人性变得高贵，这句话并不总对；使人变得高尚的有时候反而是幸福，不幸在大多数情况下只会使人心胸狭窄，报复心强。

第05章

"我知道自己不是个伟大的画家,"他对我说,"我不是米开朗琪罗,不是,但是我有自己的东西。我的画有人买。我把浪漫情调带进各种人家里……"

十八

事实上,在巴黎住了不到两个星期,我就遇到了斯特里克兰。

我很顺利就在达姆路一所房子的五层楼上租到一间小公寓。在一家旧货店我花两三百法郎购置了几件家具,把屋子布置起来,跟看门的人商量好,让她每天早晨给我煮咖啡,替我收拾房间。这之后我就去看朋友戴尔克·施特勒夫。

关于戴尔克·施特勒夫是这样的:根据不同的性格特点,人们在想到他时有些会鄙夷地笑笑,另一些则会困惑地耸一下肩。他被造物主塑造成了一个滑稽角色。他是个画家,但是个蹩脚的画家。我是在罗马认识他的,我始终记得他画的画。他对平庸情有独钟。但他的灵魂却会因为对艺术的爱而悸动,他描摹悬挂在斯巴尼亚广场贝尼尼①式楼梯上的那些画,一点儿也不觉得它们美得有些失真。在他自己的作品里,有些是蓄着小胡须、大眼睛、头戴尖顶帽的农民,还有衣衫破烂但又整齐得体的街头顽童,以及穿着花花绿绿裙子的女人。这些画中人物有时候是闲站在教堂门口台阶上,有时的则是在碧空下的柏树丛中嬉戏追逐,要不就是在文艺复兴时期建筑风格的喷泉边调情,也有时是跟在牛车旁走在意大利田野上的。这些人物画得非常细致,而且色彩过于真切,摄影师的照片也不能比那更

---

① 乔凡尼·罗伦索·贝尼尼(1598—1680),意大利巴洛克派雕塑家、建筑家和画家。

逼真。住在美第奇家族别墅的一位画家，管施特勒夫叫"巧克力糖盒子画师"。看了他的画，你会认为莫奈①、马奈②和所有印象派画家都不曾存在过。

"我知道自己不是个伟大的画家，"他对我说，"我不是米开朗琪罗，不是，但是我有自己的东西。我的画有人买。我把浪漫情调带进各种人家里。你知道，不只在荷兰，挪威、瑞典和丹麦都有人买我的画。买画的主要是有钱的生意人。那些国家的冬天是什么样子你恐怕想象不出，阴沉、寒冷、长得没有尽头。他们喜欢看到我画中的意大利地中海景象。那是他们希望看到，也是我没来前想象中的意大利。"

我认为他永远也无法抛弃这种幻觉，这种让他眼花缭乱的幻景使得他看不见真实情景。他不顾眼前的严酷事实，总用幻想的目光凝视一个幻觉中到处是浪漫主义侠盗、美丽如画的废墟的意大利。他画的是他理想中的境界——尽管他的理想幼稚、庸俗、陈旧，但终究是个理想；这赋予了他的性格一种迷人色彩。

正因为这种感觉，所以戴尔克·施特勒夫在我的眼里不像在别人眼里那样是个用来嘲弄挖苦的对象。一些同行毫不掩饰他们对他作品的鄙视，但施特勒夫却能赚钱，而这些人把他的钱包就当作是自己的，动用时没有任何顾虑。他很大方；那些手头拮据的人一面嘲笑他天真地轻信了自己编造的不幸故事，一面厚颜无耻地伸手向他借钱。他还是个重感情的人，只是他那容易被打动的情感里含有某种愚蠢的东西，让你对他的好心肠没有感激之心。向他借钱就像从小孩手里抢东西一样；因为他太好欺侮，你反而有点儿看不起他。

我想，一个以自己的手快而自豪的扒手，一定会对一个把装满贵重首饰的皮包随意丢在车上的粗心大意的女人感到恼火。施特勒夫就是这样，造物主一面把他造成笑料，另一面又没有让他变得感觉迟钝。人们不停地拿他开玩笑，不论是善意的嘲讽还是恶作剧的挖苦，都让他痛苦不堪，但他又无法停下为他人制造嘲弄自己的机会，好像他是在故意这样做。他不断受人伤害，可性格又是那么善良，从不记恨谁；即便被毒蛇咬了，只要疼痛一过，他又会把蛇揣在怀里。他的生活像是按照滑稽剧格式写的一出悲剧。因为我没嘲笑过他，所以他很感激我；他常常把自己的烦恼倾诉进我富有同情心的耳朵里。最悲惨的还在于他受的委屈

---

① 克劳德·莫奈（1840—1926），法国画家。
② 埃多瓦·马奈（1832—1883），法国画家。

总是滑稽可笑的，他讲得越悲惨，你就越忍不住想笑。

虽然是一个不高明的画家，但施特勒夫对艺术却有一流的鉴赏力，和他一起参观画廊是种难得的享受。他热情真实，评论深刻。施特勒夫是天主教徒，他不仅对古典派的绘画大师由衷赞赏，对现代派画家也颇表同情。他善于发掘有才能的新人，从不吝惜给予自己的赞誉之词。我认为在我所见到的人中，再没谁比他的判断更中肯。他比大多数画家都更有修养，也不像他们那样对其他艺术一无所知。对音乐和文学的鉴赏力，使他对绘画理解得更深刻又别具一格。他的意见和指导对我这样的年轻人是可贵的。

离开罗马后我跟他继续保持书信来往，每两个月左右，我就会接到他用怪里怪气的英语写的一封长信。他那种急切热情、双手挥舞的神态总是跃然纸上。在我去巴黎前不久，他同一个英国女人结了婚，在蒙特玛特尔区一间画室里安了家。我已经有四年没同他见面了，他的妻子我还没见过。

十九

按门铃后，开门的是施特勒夫本人，他没能立刻认出我。我来巴黎并没有告诉他。但马上他就又惊又喜地喊叫起来，把我拉进屋子里。这样热情的欢迎真叫人高兴。他妻子正坐在炉边做针线活，看见我进来她站起身。施特勒夫把我介绍给她。

"还记得吗？"他对她说，"我常同你谈到他。"接着他又对我说，"可是你到巴黎来干吗不提前告诉我一声啊？你到多少天了？你准备待多久？为什么你不早来一个小时，咱们一起吃晚饭？"

劈头盖脸问了我一大堆问题后，他让我坐在一把椅子上，把我当靠垫似的拍打着，又是劝我吸雪茄，又是让我吃蛋糕、喝酒。一分钟也不叫我得闲。因为家里没有威士忌，他伤心极了。他要给我煮咖啡，绞尽脑汁地想还能招待我些什么。他乐得脸开了花，每个毛孔都往外冒汗珠。

"你还是老样子。"我笑着打量着他说。

跟我记忆中一样，他还是那么惹人发笑。他的一双小短腿让他显得又矮又胖。他最多也不过三十岁，可已经秃顶。他有一张圆脸，面色红润，皮肤白皙，两颊同嘴唇总是红通通的。他的一双蓝眼睛也是滚圆的，戴一副金边大眼镜，眉毛淡到几乎看不出来。看到他,你会想到鲁宾斯画里那些一团和气的胖乎乎的商人。

当我告诉他我准备在巴黎住段日子,而且已经租好公寓后,他开始责备我没事前和他商量,否则他会替我找到一处合适的住处,借给我家具。他责备我不该花一笔冤枉钱去买,而且他还可以帮我搬家。我没有给他这个替我服务的机会真是太不够朋友了,他说的是真心话。在他同我谈话时,施特勒夫太太一直安安静静地坐在那里补袜子。她什么也没说,只是在听着,脸上挂着安详的笑容。

"你看到了,我结婚了,"他突然问,"看我的妻子怎么样?"

他看着她,笑容满面。汗水使他的眼镜往下滑落,他不得不反复把眼镜在鼻梁上架好。

"我该怎样回答这个问题呢?"我笑了。

"可不是,戴尔克。"施特勒夫太太插了一句,微笑起来。

"可是你不觉得她太好了吗?告诉你,老朋友,不要耽搁时间,结婚吧。我现在是世上最幸福的人。你看她坐在那儿,不就是一幅绝妙的画吗?一幅夏尔丹①的画,对吗?世界上最漂亮的女人我都见过了,可我还没有见过有比戴尔克·施特勒夫夫人更美的。"

"戴尔克,你再不住口我就出去了。"

"我的小宝贝。"他说。

她的脸红了,他的热情让她不好意思。在给我的信里施特勒夫提到过他非常爱自己的妻子,现在我看到,他的眼睛一刻也舍不得从她身上离开。她是不是爱他我说不上来。可怜的傻瓜,他可不是个能让女人喜欢的家伙。但施特勒夫太太眼里的笑是满含爱怜的,在她的缄默后面很可能藏着深挚的爱。她算不上是他幻想中的美女,但她有种端庄秀丽的美。她个子比较高,一身剪裁得体的朴素衣衫掩盖不住她美丽的身段。她这种体型对雕塑家来讲可能比对服装商更有吸引力。她的棕色浓发梳理得简单整洁,五官秀丽,皮肤白皙,但并不美艳。她差一点儿就可以称得上是个美人,但是正因为差这一点儿,所以漂亮也算不上了。

施特勒夫提到夏尔丹的画并不是随口一说,她的样子就是让你联想到这位大画家那幅不朽之作——《集市归来》里戴头巾式女帽、系围裙的可爱主妇。闭上眼睛我可以想象出她在锅碗瓢盆间安详忙碌的情景,像仪式般操持着家务,赋予

---

① 让·西麦翁·夏尔丹(1699—1779),法国画家。

这些日常琐事一种崇高意义。我并不认为她如何聪明或者活泼风趣，但她那种严肃、专注的神情却使人感兴趣。她的稳重沉默里似乎蕴藏着某种神奇的东西。我不知道为什么她要嫁给戴尔克·施特勒夫。虽然她和我是同乡，我却猜不透她是怎样一个人。完全看不出她的出身，受过什么教育，也说不出她在结婚前是干什么的。她说话不多，但声音很悦耳，举止也大方自然。

我问施特勒夫最近画没画什么。

"画画？现在我比过去任何时候画得都好。"

我们当时是坐在他的画室里的；他朝画架上一幅没有完成的作品一挥手。我大吃一惊。他画的还是一群意大利农民，身穿罗马近郊居民的传统服装，正在一座罗马大教堂的台阶上懒洋洋地斜躺着。

"这就是你现在画的？"

"是啊。在这里我也能像在罗马一样找到模特儿。"

"你不认为他画得很美吗？"施特勒夫太太问。

"我这傻妻子总认为我是个大画家，"他说。

他的歉意的笑声里有着来自内心的喜悦。他的目光停在自己的画上。在评论别人的作品时，他有敏锐、准确的眼光，艺术品位很高，却看不出自己那些画有多么俗不可耐，这真是件怪事。

"让他看看你别的画。"她说。

"人家想看吗？"

尽管戴尔克·施特勒夫不断受到朋友们的嘲笑，却从来克制不了自己，总要把自己的作品拿给人家看，满心希望得到夸奖，他的虚荣心很容易得到满足。他先给我看了一张两个鬈头发的意大利穷孩子玩玻璃球的画。

"多好的两个孩子！"施特勒夫太太的赞叹是由衷的。

接着，他拿出更多的画来。我马上发现他在巴黎一点都没有改变，完全跟当年在罗马时一样。这些画毫无艺术价值，只是世界上没有谁比这些画的作者——戴尔克·施特勒夫更心地善良、真挚的了。这种矛盾谁解释得了呢？

我自己也不知道为什么会突然问他：

"我问你一下，你遇见过一个叫查理斯·斯特里克兰的画家没有？"

"你是说你也认识他？"施特勒夫惊叫起来。

"这人太没教养了。"他的妻子说。

施特勒夫大笑了起来。

"可怜的宝贝。"他走过去吻了吻她的手,"她不喜欢他。真奇怪,你居然也认识斯特里克兰。"

"我不喜欢不懂礼貌的人。"施特勒夫太太说。

戴尔克笑个不停,转身给我解释。

"你知道,有一次我请他来看我的画。他来了,我把我的画都拿给他看了。"说到这,施特勒夫有些不好意思,犹豫了一下。我至今都很难理解他为什么讲这样一个对他说来并不光彩的故事;当时他甚至都不知道该怎样讲这个故事,"他看着……我的画,一句话也不说。我本以为他是等着把画看完再发表意见。最后我说:'就是这些了!'他说:'我来是为了向你借二十法郎。'"

"戴尔克居然把钱给他了。"他妻子气愤地说。

"当时我听了他这话吓了一跳。我不想拒绝他。他把钱放在口袋里,朝我点了点头说了声'谢谢',扭头就走了。"

说这个故事时,戴尔克·施特勒夫的胖脸蛋上有着一种困惑跟惊讶,你看了会想笑。

"如果他说我画得不好我一点也不在乎,可他什么都没说,一句话也没说。"

"你还挺得意地把这个故事讲给人家听,戴尔克。"他妻子说。

可悲的是,不论是谁听了这个故事,都只会笑这位荷兰人,而不会为斯特里克兰的粗鲁生气。这真奇怪。

"我再也不想看到这个人。"施特勒夫太太说。

施特勒夫笑了笑,耸耸肩。

"实际上他是个了不起的画家,非常了不起。"

"斯特里克兰?"我喊起来,"咱们说的不是一个人。"

"就是那个身材高大,留着一把红胡子的人。查理斯·斯特里克兰。一个英国人。"

"我认识他时他没留胡子。但是如果留起胡子来,很可能是红色的。我说的这个人五年前才开始学画。"

"就是这个人。他是个伟大的画家。"

"不可能。"

"我哪一次看走眼过？"戴尔克问我，"我告诉你他有天赋。我有绝对的把握。一百年后，如果还有人记得我俩，那一定是因为我沾了查理斯·斯特里克兰的光。"

我现在更加吃惊了，但同时我也有点兴奋。我忽然想起同他的最后一次谈话。

"在什么地方可以看到他的作品？"我问，"他有了点儿名气没有？他现在住在什么地方？"

"没名气。我想他一幅画也没卖出过。你要是和人谈起他的画，没有一个不笑他的。但是我知道他是个了不起的画家。他们还不是笑过马奈？柯罗也是一张画也没卖出去过。我不知他住在什么地方，但是我可以带你找到他。每天晚上七点钟他都会到克里希路的一家咖啡馆去。你要是愿意的话，明天就可以去。"

"我怕我会使他想起一段他宁愿忘掉的日子。我不知道他是不是愿意看到我。但是我还是想去一趟。可能看到他的什么作品吗？"

"从他那里看不到。他什么也不给你看。我认识一个小画商，手里有他的两三张画。但你要是去，一定得让我陪着；你不会看懂的。我要亲自指点给你看。"

"你简直叫我失去耐性了，戴尔克，"施特勒夫太太说，"他那样对你，你怎么还能这样谈论他的画？"她转过身对我说，"你不知道，有一些人到这里来买戴尔克的画，他却劝他们去买斯特里克兰的。他非让斯特里克兰把画拿到这里给他们看不可。"

"你觉得斯特里克兰的画怎么样？"我笑着问她。

"糟糕极了。"

"噢，亲爱的，你不懂。"

"哼，你的那些荷兰老乡认为你是在同他们开玩笑。他们简直气坏了。"

戴尔克·施特勒夫摘下眼镜擦了擦。他通红的面孔因为兴奋而闪着亮光。

"为什么你认为美——世界上最宝贵的财富——会跟沙滩上的石头一样，一个漫不经心的过路人随随便便就能发现？美是种美妙奇异的东西，艺术家只有通过灵魂的痛苦折磨，才能从宇宙混沌中塑造出来。在美被创造出以后，它也不是为了叫每个人都能认出。要想认识它，一个人必须重复艺术家所经历过的。他唱给你的是一个美的旋律，要想在自己心里重听一遍就必须有知识、有敏锐的感觉和想象力。"

· 57 ·

"戴尔克,为什么我总觉得你的画很美呢?你的画我第一次看到就觉得好得了不得。"

施特勒夫的嘴唇颤抖了一下。

"宝贝,去睡觉吧。我要陪我的朋友散会步,一会儿就回来。"

二十

戴尔克·施特勒夫答应第二天晚上带我去斯特里克兰经常会去的那家咖啡馆。到了那个地方后,我觉得非常有趣,因为那正是上次我跟斯特里克兰喝苦艾酒的地方。这么多年,他连晚上消闲的地方也没有换,这说明他很难改变自己的习惯,我认为这也正是他的个性。

"他就在那。"施特勒夫说。

虽然是十月,晚饭后还是很暖和,人行道上的咖啡座都坐满了。我朝人群张望,并没有看到斯特里克兰。

"看哪,他就在那边,那个角落。他在同人下棋呢。"

远远地我看见那边那个角落下棋的人,其中一个人俯身在棋盘上,我只能看到大毡帽和红胡须。我们从桌子中穿过,走到他跟前。

"斯特里克兰。"

他抬头看了一眼。

"哈啰,胖子。有事吗?"

"我给你带来一位老朋友,他想见你。"

斯特里克兰看了我一眼,显然没认出我是谁。他的眼睛又回到棋盘上。

"坐下,别出声音。"他说。

他走了一步棋,注意全部回到了棋局上。可怜的施特勒夫焦虑地望了我一眼,但我却没觉得有什么不自在。我要了一点喝的东西,坐在那等斯特里克兰下完棋。对能有这样一个可以从容观察他的机会,我很高兴。如果是我一个人来,我肯定认不出他了。首先,他的大半张脸都藏在了乱蓬蓬的胡须下,头发也非常长;最令人吃惊的是他如今极度消瘦,这使他的大鼻子更加显眼,颧骨也更加突出,眼睛比从前大了。他的太阳穴下面出现了两个深坑。他仍然穿着五年前我见到他时的那身衣服，已经破烂不堪，沾满油渍，我想他瘦得只剩了皮包骨，衣服在他身上显得空荡荡的，就像是别人的一样。他的手很脏，指甲很长，除了筋就是骨头，显得大而有力，我不记得他的手曾经这么优美。他专心致志地下棋，给我奇特的印象——他身体里蕴藏着一股力量。我不知道为什么，他的消瘦使这一点更加突出。

他走一步棋后，把身体往后靠，凝视着对手，目光是令人奇怪的心不在焉。他的对手是一个蓄着长胡须的肥胖法国人。这个法国人考虑了一下棋局的形势，突然笑着骂了几句，气恼地把棋子收起来，扔到棋盒里。他不留情面地咒骂着斯特里克兰，接着就把侍者叫来，付了两人的酒账后离开。施特勒夫把椅子往桌边挪了挪。

"我想现在我们可以谈话了。"他说。

斯特里克兰的目光落到他身上，闪着某种恶意的讥讽。我敢说他正想找到一句挖苦话，因为没找到所以只好不开口。

"我给你带来位老朋友，他要见你。"施特勒夫笑容满面地重复了一遍。

斯特里克兰把我端详了几乎有一分钟。我始终没开口。

"我一生中从没见过这个人，"他说。

我不知道为什么他要这样说，因为从他的眼神我肯定他认出我来了。而我，也不再像当年那样容易激动。

"前几天我见到了你妻子，"我说，"我想你一定愿意听听她最近的消息。"

他尴尬地笑了一声，目光闪烁。

"我俩曾一起度过过一个快活的晚上，"他说，"那是多久前？"

"五年。"

他又替自己要了杯苦艾酒。施特勒夫开始滔滔不绝地解释他和我如何会面，如何无意中发现我们都认识斯特里克兰。我不知道斯特里克兰是否在听。因为除有一两次他好像想起什么似的看了我一眼外，大部分时间都在沉思。如果不是施特勒夫唠唠叨叨说个没完，这场谈话肯定冷场。半个钟头后这位荷兰人看了看表，声称他必须回去了。他问我要不要同他一起走。我想剩下我一个人也许还能从斯特里克兰的嘴里打听到些什么，所以我说我还要坐会儿。

这个胖子走后，我开口说：

"戴尔克·施特勒夫说你是个了不起的画家。"

"我才不在乎他怎么说！"

"你可以不可以让我看看你的画?"

"为什么我要给你看?"

"说不定我想买一两幅。"

"说不定我不想卖。"

"你过得不错吧?"我笑着问。

他咯咯笑了两声。

"你看我像过得不错吗?"

"你像连肚皮也吃不饱。"

"我连饭也没吃。"

"那我们去吃点什么吧。"

"你干吗请我吃饭?"

"不是出于好心,"我冷冷地说,"你吃没吃跟我无关。"

他的目光再度开始闪烁。

"那干吗还不去,"他站了起来,"我倒想好好吃一顿。"

二十一

我让他挑选一家餐厅。在路上我买了份报纸。点好晚餐后,我把报纸支在一瓶圣·卡尔米耶红酒瓶上开始读报。我们一言不发地吃着饭。我发现他不时看我一眼,但是我不理睬他。我准备逼他自己开口。

"报纸上有什么消息?"在这顿沉默的晚餐将近尾声时他开口问。

也许这只是我的幻觉吧,从他的声音里我好像听出来他已经有些沉不住气了。

"我喜欢读戏剧评论。"我说。

我把报纸叠起来,放在一边。

"这顿饭很不错。"他说。

"就在这喝咖啡好不好?"

"好吧。"

我们点起雪茄,一言不发地抽着烟。我发现他的目光会经常停留在我身上,闪着笑意。我耐心等待。

"从上次见面后你都做什么了？"最后他开口问。

我没太多好说的。我的生活是每日辛勤工作，没有奇闻艳遇。我在不同方向进行了摸索试验，逐渐积累了不少书本知识和人情世故。在谈话中，我装出不感兴趣的样子，对他这几年的生活闭口不问。最后，这个策略生效了。他开始主动谈起自己的情况。但他口才太差，对自己这段时间的经历讲得支离破碎，我不得不靠自己的想象去填补那些空白。对这样一个我深感兴趣的人没法完全了解，真是件吊人胃口的事，这就像是读一部残缺不全的手稿。我的印象是，这个人一直在跟各种困难做艰苦斗争；但我同时也发现，对大多数人来讲是无法忍受的事，在他却不以为意。

斯特里克兰与多数英国人不同的地方在于，他不关心生活上是不是舒适。我想要是让他一辈子住在破烂的屋子里，他也不会感到不舒服。我想他从没注意过，我第一次拜访时他那间屋子里的糊墙纸有多肮脏。他也不需要一张舒适的椅子，坐在硬靠背椅上他似乎觉得更自在。他的胃口很好，但并不关心吃什么。对他说来吞咽只是为了填饱肚子，他好像还有挨饿的本领。从他的谈话中我知道他已经有六个月每天只靠一顿面包、一瓶牛奶过活。他是个可以耽于饮食声色的人，但对这些又毫不在意。他不把忍饥受冻当作苦难。他过着一种精神生活，你很难不被打动。

当从伦敦带来的那点钱花完后，他没有气馁。我想他对出售自己的作品也不是很感兴趣。他开始找一些挣钱的门路。他用自嘲的语气告诉我，有段日子他曾给那些想领略巴黎夜生活的伦敦人当向导。由于他惯爱嘲讽挖苦，这倒是个适合他脾气的职业。对这座城市那些不体面的地区他渐渐熟悉起来。他告诉我自己如何在马德琳大道上走来走去，希望遇到个想看看法律所不允许的事物的英国老乡，最好是那种带几分醉意的人。如果运气好他就能赚一笔钱。但后来他再也找不到敢把自己交到他手里的冒险家了，因为他那身破烂衣服把人都吓跑了。后来一个偶然的机会让他找到了一个翻译专卖药品广告的工作，这些药要在英国医药界进行推销，需要英语说明。有一次赶上罢工，他甚至还当过粉刷房屋的油漆匠。

只是他一直没停下过绘画，但不久他就没兴致到画室去了；他把自己关在屋子里一个人埋头苦干。因为一文不名，有时他连画布和颜料都买不起，而这两样东西恰好是他最需要的。从他的谈话里我了解到，他在绘画上遇到很大困难，因为他不愿接受别人的指点，所以在很多技巧上不得不浪费许多时间去自己摸索，其实这些问题过去的画家早已解决。

他在追求一种我不太清楚的东西，或许连他自己也并不清楚。过去我有过的那种印象这一次变得更加强烈：他像是个被什么迷住了的人，心智不很正常。他不肯把自己的画拿给别人看，我觉得这是因为他对这些画实在不感兴趣。他生活在幻梦里，现实对他一点意义也没有。我感觉他是在把自己强烈的欲望倾注在画布上，在奋力描绘自己心灵所见的那个景象时，把周围的一切都忘记了。而一旦绘画的过程结束——或许并不是画本身，因为据我猜想，他很可能很少把一张画画完，我是说他把那一阵子燃烧着心灵的激情发泄完毕后，他对自己画出来的东西就再也不关心。他从来也没满意过自己画的那些；他在意的是那种纠缠自己灵魂的东西，而不是绘画。

"为什么你不把自己的画送到展览会上去呢？"我问他，"我想你会愿意听听别人的意见的。"

"你愿意听吗？"

他说这话时那股鄙夷不屑劲我无法形容。

"你不想成名吗？大多数画家对这点没法无动于衷的。"

"真幼稚。如果你不在乎某一个人对你的看法，一群人对你有什么意见又有什么关系？"

"并不是人人都是理性的啊！"我笑着说。

"成名的是些什么人？评论家、作家、证券经纪人还是女人？"

"想到那些你从不认识、从没见过的人被你的画打动，或者产生各种遐想，情感被激荡，难道你不感到欣慰？人人都喜爱权力。如果你能打动人们的灵魂，让他们感动，这不也是种行使权力的奇妙方法吗？"

"滑稽。"

"那么你为什么还要对画得好或不好介意呢？"

"我不介意。我只不过是想把我所见到的画下来。"

"如果我置身于一座荒岛，知道除了我自己的眼睛外，再没有人能看到我写出来的东西，我很怀疑我还能不能写下去。"

斯特里克兰很久没有作声，但他的眼里闪着一种奇异的光，仿佛看到了某种点燃他灵魂、使他神往的东西。

"有些时候我就想到一座被无边无际的大海包围着的小岛上，我可以住在岛上一个山谷里，四周是不知名的树木，我能安静地生活在那里。我想在那样一个地方，我能找到我需要的东西。"

这不是他的原话。当时他更多的是用手势而不是词语，结结巴巴没有一句话说完整。我现在是在试图用我的语言去陈述出他想要表达的意思。

"你觉得这五年你这样做值得吗？"我问他道。

他看看我，我知道他没明白我的意思："我是说你抛开舒适的家庭，放弃一般人过的那种幸福生活。你本来过得很不错。可你现在在巴黎连饭都吃不饱。再叫你选择一次，你还愿意走这条路吗？"

"还是这样。"

"你知道，你根本没打听过你的老婆和孩子。难道你从没想过他们？"

"没有。"

"我希望你别老一个词一个词地往外蹦。你给他们带来这么多不幸，难道你就一分钟也没有后悔过？"

他摇了摇头，咧嘴笑了。

"我能想象，有时候你还是会不由自主地想起过去。我不是说想起六七年前的事，我是说更早前，比如你和你妻子刚认识时，你爱她，同她结婚。你难道就忘了第一次把她抱在怀里时感到的喜悦？"

"我从不回忆过去，对我说来最重要的是永恒的现在。"

我想了想他这句话的意思。也许他的语义很隐晦，但是我想我还是大概能知道他想表达的意思。

"你快活吗？"我问。

"当然。"

我若有所思地审视着他。他也看着我，一会儿他的目光又开始带着嘲笑。

"你对我有点儿不满是吧？"

"你的话没意义，"我说，"我对蟒蛇的习性并不反对，我只对它的心理感兴趣。"

"这就是说，你纯粹是从职业角度对我产生兴趣？"

"纯粹是这样。"

"你的性格也真讨厌，不反对我很正常。"

"也许这正是你跟我在一起感到轻松的原因。"我反唇相讥。

他显然有些尴尬。笑了下没再说什么。他笑的样子我真希望我能形容一下。他的笑容我不敢说有多好看，但他笑了脸就马上明朗起来，不再那么阴沉，表情有了种调侃式的顽皮。他的笑容绽开得很慢，常常是从眼睛开始，很快在眼角那消失。同时，他的笑给人一种色欲感，既不残忍也不仁慈，十分类似森林之神潘的那种兽性的喜悦。正是他这种笑容让我提出了一个问题。

"你到巴黎后恋爱过吗？"

"我没有时间干这种无聊的事。生命太短促了，哪能既谈恋爱又搞艺术。"

"你过得很像隐士。"

"这种事叫我作呕。"

"人性本来就是个讨厌的累赘，对不对？"我说。

"你为什么对我傻笑？"

"因为我不相信你。"

"那你就是个大傻瓜。"

我没有马上答话。我用探索的目光盯着他。

"你骗我有什么用？"我说。

"我不知道你是什么意思。"

我笑了。

"我来说吧。我想你是这样一种情况。你脑子里一连几个月都不想这件事，你甚至使自己相信，你同这件事已经彻底没关系。你为获得了自由而高兴，你觉得终于成为自己灵魂的主人了。你觉得自己正漫步于星空里。但突然间，你忍受不住了。你发觉自己从来就没能从污泥里拔出过双脚。你索性在烂泥塘里翻滚。于是你就去找一个女人，一个粗野、低贱、俗不可耐的女人，一个性感毕露、令人嫌恶、畜类般的女人。你像野兽那样扑到她身上。你拼命往肚里灌酒，你恨自己，简直快要发疯了。"

他凝视着我，一动不动。我也目不转睛地盯着他的眼睛。我说得很慢。

"我现在要告诉你一件看来一定是很奇怪的事：等到那件事过去后，你会感到自己出奇地洁净。你有一种灵魂把肉体甩脱了，一种出窍的感觉。你一伸手就能触摸到美，仿佛'美'是可以抚摸得到的实体。跟微风、冒出嫩叶的树木、波光潋滟的流水息息相通。你觉得自己是上帝。你能够给我解释这是怎么回事吗？"

他就那样一直盯着我的眼睛，直到我把话讲完。这以后他转过脸去。他的脸上有种死于酷刑折磨下的人才可能会有的奇怪神情。他沉默不语。我知道我们这次谈话已经结束了。

第06章

"我怕他。我也不知道为什么,他这个人叫我怕得要死。

他会给我们带来灾祸。我知道得非常清楚。我感觉得出来。如果你把他带回来,不会有好结局。"

二十二

我开始写一个剧本。在巴黎定居下来后,我的生活很有规律:每天早上工作,下午去卢森堡公园或者在大街上散步。我还把大把时间消磨在卢浮宫里,这是巴黎所有画廊中让我最感到亲切的一个,也是最适于冥想的地方。再不然就在塞纳河边悠闲地打发时间,翻看一些我从不想买的旧书。我随意读读,就这样熟悉了不少作家。对这些作家我有这么些零星的知识也就够用了。晚饭后我会去看看朋友。我常常到施特勒夫家去,有时在他家吃顿简便的晚餐。施特勒夫认为自己最擅长做意大利菜,我也承认他做的意大利通心粉远比他画的画高明。当他端上来一大盘香喷喷的通心粉,配着西红柿,我们一边喝红葡萄酒,一边就着通心粉吃他家自己烘烤的面包时,简直抵得上国王的御餐了。

我想,可能因为我是英国人,而布兰奇·施特勒夫在这里认识的英国人很少,所以她很高兴见到我。她单纯、快乐,只是不太爱说话。不知道为什么,她给我一种印象,觉得她心里藏着什么东西。但我也想过,这也许是因为她生性拘谨,加上她丈夫过于饶舌的缘故。戴尔克心里藏不住任何话,连那些本来是最隐秘的事也毫无避讳地公开和你讨论。他这种态度有时让他妻子感到难堪。我只见过她一次发怒。那次施特勒夫非要告诉我他服泻药的事,而且描述得绘声绘色。

在他给我描述时他一本正经，结果我差点笑破肚皮，而施特勒夫太太则窘得无地自容，终于冒火了。

"你是不是很享受这种做傻瓜的感受？"她说。

当看到老婆真生起气时，施特勒夫瞪圆了眼，眉毛也皱了起来。

"亲爱的，你生我的气了吗？我再也不吃泻药了。都是我肝火太旺。我整天坐着不动。我运动不够。我有三天没有……"

"老天，你还不闭嘴！"她打断了他，迸出眼泪来。

他的脸耷拉下来，噘起嘴来像个做错事遭到呵斥的孩子。他看向我，恳求我替他打圆场，可我却无法控制自己，笑得直不起腰来。

有一天我们一起到一个画商那里去，施特勒夫认为他至少可以让我看到两三张斯特里克兰画的画。但我们到了那里后，画商却说斯特里克兰已经把画取走。画商也不知道他为什么要这样做。

"不要认为我为这件事感到恼火。接受他的画都是看在施特勒夫先生的面上。我告诉他我尽量替他卖。但是说真的……"他耸耸肩，"我对年轻人有兴趣，可是施特勒夫先生，你自己也知道，你也并不认为他们中有什么天才。"

"我拿名誉向你担保，所有这些画家里再没谁比他更有天才。一笔赚钱的买卖叫你糟蹋了。他的这几张画，迟早有一天会比你铺子里所有的画加起来还值钱。你还记得莫奈吗？当时他的一张画只卖一百法郎都没人要。现在值多少钱了？"

"不错。但当时还有一百个画家一点也不比莫奈差，他们的画同样卖不掉。并且这些人的画如今还是不值钱。鬼知道为什么。画家只要画得好就能成名吗？千万别信这个。再说，你这位朋友究竟画得好不好也还没法证实。只有你施特勒夫先生一个人夸他，我还没听见别人说他好呢。"

"那你说说，怎样才知道一个人画得好不好？"戴尔克问，他的脸都气红了。

"只有一个办法，出名了就说明画得好。"

"市侩！"戴尔克喊道。

"想想那些大艺术家吧：拉斐尔、米开朗琪罗、安格尔①、德拉克罗瓦②。"

---

① 让·奥古斯特·多米尼克·安格尔（1780—1867），法国画家。
② 费迪南·维克多·欧仁·德拉克罗瓦（1798—1863），法国画家。

"我们走，"施特勒夫对我说，"再不走的话我会杀了这个人。"

二十三

我常常见到斯特里克兰，有时候同他下下棋。他的情绪时好时坏。有些时候他神思不定地坐在那一言不发，任何人都不理；另一些时候他的兴致比较好，就磕磕巴巴地同你闲扯。他说不出什么寓意深长的话来，但是他惯用恶毒的语言挖苦讽刺，很能打动你；此外，他总是把心里想的如实说出来，一点也不隐讳。至于别人能否承受，他毫不理会；如果他把人刺伤了，会非常得意。他总是不断嘲弄戴尔克·施特勒夫，每次施特勒夫都会气冲冲地走掉，发誓再也不同他谈话。但斯特里克兰身上有股强大的吸引力，总能把这位肥胖的荷兰人再度吸引到自己身边来，像只笨拙的小狗一样向他摇尾乞怜，尽管他心里清楚，接下来一切又会重新来一遍。

我清楚为什么斯特里克兰始终对我留情面。我们两人的关系有些特殊。有一天他开口向我借五十法郎。

"这真是我连做梦也没想到的事。"我回答说。

"为什么没有？"

"这不使我感到有趣。"

"我已经穷得叮当响了，知道吗？"

"与我无关。"

"我饿死你也管不着？"

"我为什么要管？"我反问。

他盯着我足足看了一两分钟，揪着他那乱蓬蓬的胡子。我对他笑了笑。

"有什么好笑的？"他说，目光中有了恼怒。

"你这人从来不懂欠了人家的情。因此谁也不欠你的情。"

"如果我因为交不起房租被撵出来，逼得上了吊，你不觉得心里不安吗？"

"一点也不会。"

他咯咯笑起来。

"你在说大话。如果我真上吊了你会后悔一辈子。"

"那你试一试，就知道我会不会后悔了。"

他的眼里流露出一丝笑意，默默搅着他的苦艾酒。

"想不想下棋？"我问他。

"我不反对。"

摆好棋子，他盯着棋盘一副自得其乐的样子。的确是这样，当你看到兵马进入阵地，就要开始一场厮杀了，总会有种兴奋感。

"你还认为我会借钱给你？"我问他。

"我想不出来你会不借给我的理由。"

"你真让我吃惊。"

"为什么？"

"你心里还有这么多人情味让我很失望。如果你想利用同情来打动我，我会更喜欢你一些。"

"如果你被我打动了，我会鄙视你。"他说。

"那就好了。"我笑了。

我们开始下棋。两人的注意力都被棋局吸引了。一盘棋下完后我对他说：

"你听我说，如果你缺钱花，让我去看看你的画怎么样？如果有我喜欢的，我会买一幅。"

"见鬼去吧！"他说。

他站起来准备走，我把他拦住了。

"你还没付酒账呢。"我笑着说。

他骂了我一句，把钱往桌上一扔就走了。

这件事后我有几天没见到他，但一天晚上我正坐在咖啡馆里看报纸时，斯特里克兰走过来在我身旁坐下。

"你没有上吊啊。"我说。

"没有。有人请我画一幅画。我现在正给一个退休的铅管工画像，可以拿到两百法郎。"①

"这笔买卖你怎么揽到的？"

---

① 这幅画原来在里尔的一个阔绰的厂商手里，德国人逼近里尔时他逃赴外地。现在这幅画收藏在斯德哥尔摩国家美术馆。瑞典人是很善于做这种浑水摸鱼的小把戏的。

"卖我面包的那个女人介绍的。他跟她说过,要找一个给他画像的人。我得给她二十法郎介绍费。"

"是怎样一个人?"

"很有特点。一张红脸像条羊腿,右脸有一颗大痣,上面还长着长毛。"

斯特里克兰这天情绪很好,当戴尔克·施特勒夫出现并且和我们坐在一起时,他马上就开始了对施特勒夫的冷嘲热讽。他很善于找到我们这位不幸的荷兰人的痛处,技巧的高超令我钦佩。他这次用的不是讽刺的细剑,而是漫骂的大棒。他的攻击来得非常突然。施特勒夫被打得措手不及,完全失去防卫能力。施特勒夫就像一只受惊的小羊般张皇失措,晕头转向。最后,泪珠扑簌簌地从他眼里滚下来。这件事最糟糕之处在于,尽管你恼恨斯特里克兰,尽管你感到这出戏的可怕,你还是禁不住要笑。有一些人很不幸,即使他们流露的是最真挚的感情,也会令人感到滑稽,戴尔克·施特勒夫正是这样一个人。

在回顾我在巴黎度过的这个冬天时,戴尔克·施特勒夫给了我愉快的回忆。他的小家庭有种魅力,他同他妻子是一幅你很难忘掉的图画;尽管他的举止是那么滑稽,但他对妻子的那种爱纯真优雅、令人感动。我可以理解他的妻子的反应,我很高兴她对他也温柔体贴。如果她有幽默感的话,看到自己的丈夫这样把她放在宝座上,像对偶像般顶礼膜拜,她一定也会觉得好笑;尽管她会笑他,却一定会觉得得意,被感动。他是一个忠贞不渝的爱人,当她老了,当她失去了圆润的线条和秀丽的容貌后,她在他眼里仍然会是美人,美貌一点不减当年。对他说来,她永远是世上最美的女人。他的生活安适井然,令人愉快。他们的住房只有一个画室,一间卧室和一个小厨房。施特勒夫太太自己做所有的家务事;在戴尔克埋头绘画时,她就去市场买东西,然后回到家开始做午饭、缝衣服,像勤劳的蚂蚁般终日忙碌。吃过晚饭,她会坐在画室里继续做针线活,而戴尔克则演奏一些我猜想她很难听懂的乐曲。他的演奏有一定的水准,但个人的情感常常过多了,他把自己的诚实、多情、纯真的灵魂完全倾注到了音乐里。

而某种程度上他们的生活本身就像一曲牧歌,有着一种独特的美。并且戴尔克·施特勒夫滑稽的天性还会为音乐添加上一些很奇怪的东西,像一个不和谐的音调,但这反而使这首乐曲更有人情味,这有点像在太严肃的场合里,出现一句插科打诨的粗俗笑话,使得音乐本身的美加倍地具有感染力。

二十四

圣诞节前，戴尔克·施特勒夫邀请我同他们一起过节。圣诞节总是让他有些伤感（这也是他性格的一个特点），他希望能同几个朋友一起按照适当的礼仪庆祝一下。有两三个星期我们没见到斯特里克兰了；我是因为忙着陪来巴黎短期逗留的几个朋友，施特勒夫则因为上次同他大吵一顿后决心不再跟他来往。斯特里克兰太不懂得人情世故，施特勒夫发誓不再理他了。但节日来临，施特勒夫的心肠又软下来，说什么也不让斯特里克兰一个人在家里过节。他坚信斯特里克兰同他一样，在这样一个人们理应互相恩爱的日子里，让这位画家独自一人简直就是一件残忍的事。施特勒夫在画室安放好一棵圣诞树，我猜想我们每个人都会在树枝上找到一件可笑的小礼品。但他有点不好意思去找斯特里克兰；这样就宽恕了使他觉得未免有失身份，他希望去拜访时我也在场。

我们一起步行到克里希路，但斯特里克兰并没在咖啡馆。天很冷，不能再坐在室外。我们走进去，在皮面座椅上坐下。屋里又热又闷，空气灰蒙蒙的，烟雾弥漫。斯特里克兰也没在屋里，但我们发现了偶尔同斯特里克兰下棋的那个法国画家。我同他也有过交往，他在我们的桌子旁边坐下，施特勒夫问他看见斯特里克兰没有。

"他生病了，"他说，"你没有听说吗？""严重吗？""据说很严重。"

施特勒夫的脸色一下白了。

"他为什么不写信告诉我？嘿，我同他吵嘴做什么？我得马上去看看他。没人照料他。他住在什么地方？"

"我说不清。"那个法国人说。

我们发现现在谁也不知道该到哪去找他。施特勒夫越来越难过。

"他说不定已经死了，他的事没人知道。太可怕了。我真受不了。咱们一定得马上找到他。"

我想叫施特勒夫明白，在巴黎找一个人，就像是想在茫茫大海找一根针一样荒谬。我们首先得有个计划。

"可是也许就在我们想办法时，他正在咽气，等我们找到他，一切都太晚了。"

"先安安静静地想想该怎么办。"我有点不耐烦了。

我知道的唯一地址是贝尔热旅馆,但是斯特里克兰早已从那搬走,那里的人肯定不会记得他。他一向行踪诡秘,不愿让别人知道自己的住址;搬走时多半也没留下新的地址。再说,这是五年前的事了。但我敢肯定他住的地方离那不会太远。既然住在贝尔热旅馆时他就总来这家咖啡馆,后来也没换地方,那就一定还是住在那附近。我突然想起来,他经常去买面包的那家店铺曾介绍他给人画像,说不定那家面包店会知道他的住址。

我叫人拿来电话簿,开始翻查这一带的面包店。一共找到五家,唯一的办法是挨家去打听一遍。施特勒夫本打算去跟克里希路相通的几条街上看看,现在也只能心有不甘地跟着我。一路上他见到每一家寄宿公寓都进去打听。结果就在我们走进的第二家面包店,柜台后面的女人说认识斯特里克兰。不太确定他住哪儿,但肯定是对面三座楼房中的一座。我们的运气不坏,头一幢楼的门房就告诉我们可以在顶层找到他。

"他可能害病了。"施特勒夫说。

"可能是吧,"门房语气冷冷的,"事实上,我有好几天没看见他了。"

施特勒夫抢先跑上楼梯,当我走到最高一层时,他已经敲开一个房间的门,正同一个穿衬衫的工人讲话。这个人指了指另外一扇门。他相信住在那里的人是个画家。他已经有一个星期没看见这位画家了。施特勒夫准备去敲门,但转过身来对我做了个手势,表示他不知道该怎么办。我发现他害怕得要命。

"他要是已经死了怎么办?"

"他死不了。"我说。

我们敲了敲门,没回应。我扭了一下门把手,发现门并没有锁。我走了进去,施特勒夫跟在我后面。屋里很黑,我只能看出这是间阁楼,天花板是倾斜的。从天窗射进一道朦胧的光线,并不比室内的昏暗亮多少。

"斯特里克兰。"我叫了一声。

没人回答。屋内的昏暗使得气氛显得很诡秘,施特勒夫紧挨着我站在我身后,我感觉到他正在发抖。犹豫中我还在想是不是要划一根火柴。模模糊糊中我看到墙角有张床,我真的不知道亮光下我会不会看到床上躺着一具尸体。

"没有火柴吗,你这笨蛋!"

黑暗里传来斯特里克兰的呵斥,把我吓了一跳。

施特勒夫惊叫起来。

"上帝,我还以为你死了。"

我划燃一根火柴,四处看了看有没有蜡烛。这时我看清这是间很小的屋子,屋子里只有一张床,面对墙放着的是一些画,一个画架,一张桌子和一把椅子。地板上没有地毯,屋里也没有火炉。桌上颜料瓶、调色刀和杂七杂八的东西胡乱地堆放在一起,在这一堆凌乱的物品中我找到半截蜡烛头。我把它点上。斯特里克兰躺在那张床上,他躺的姿势看上去很不舒服,因为床对他说来太小了。为了取暖,他的衣服都被盖在身上。能看出他正在发高烧。施特勒夫走到床前,因为激动连嗓子都哑了。

"可怜的朋友,你怎么啦?我一点也不知道你生病的事。你怎么不告诉我?你知道为了你我什么事都会做的。你还计较我说过的话吗?我不是那个意思。我错了。我生了你的气真是太不应该了。"

"见你的鬼去吧!"斯特里克兰说。

"别不讲理,好不好?没有人照料你吗?"

他在这间小阁楼里四处张望,不知从何下手。他把斯特里克兰的被子整了一下。斯特里克兰呼呼喘着气,忍着怒气一语不发。他恶狠狠地看了我一眼。我静静地站在那,盯着他。

"要是你想替我做点什么,就去给我买点牛奶吧。"最后他开口说,"我已经两天出不了门了。"

床旁边放着一只空的牛奶瓶,一张报纸上还有一些面包屑。

"你吃过什么了?"

"什么也没吃。"

"多久了?"施特勒夫喊道,"你是说两天没吃没喝了吗?太可怕了。"

"我还有水喝。"

他的眼睛在一个大水罐上停留了一会儿;这只水罐放在他一伸手就能够着的地方。

"我马上就去,"施特勒夫说,"你还想要别的东西吗?"

我建议给他买一只热水瓶,一串葡萄和一些面包。施特勒夫很高兴有这个帮忙的机会,马上跑下楼梯去。

"该死的傻瓜。"斯特里克兰咕哝了一句。

我摸了摸他的脉搏。脉搏很快,很弱。我问了他一两个问题,他不回答。我再一逼问,他赌气地把脸转过去冲着墙。没别的事可做了,我只能一语不发地在屋里等着。十分钟后,施特勒夫气喘吁吁地回来了。他是一个很会办事的人,除了我提议要他买的东西外,还买来了蜡烛、肉汁和一盏酒精灯。他进屋后立刻就煮了一杯牛奶,把面包泡在里面。我量了量斯特里克兰的体温,华氏一百零四度,他显然病得很厉害。

二十五

一会儿后我们就离开了。戴尔克要回家吃晚饭,我自告奋勇地去找医生,带他来给斯特里克兰看病。走到街上后——从那间阁楼出来感到外面空气特别清新,荷兰人要求我跟他到他的画室去一趟。有件事他此时不愿讲。我想了想,除了我们替斯特里克兰做到的那些事外,即使医生来了暂时也不会有更多好做的,于是我同意跟荷兰人一起去他家。

到了他家,布兰奇·施特勒夫正在准备晚饭。戴尔克走到她跟前握住她的手。

"亲爱的,求你一件事。"他说。

她有些困惑地看着他,表情有点严肃,这也正是她最迷人的地方。施特勒夫脸上的汗珠闪着亮光,激动不安的神情使他显得很滑稽,但他那双受到惊吓的眼里却有着热切的光芒。

"斯特里克兰病得很厉害,可能快要死了。他一个人住在一间肮脏的阁楼里,没有人照料他。我求你答应我把他带到咱们家来。"

她很快把手缩回来——我从来没有看到过她这样迅捷的动作,面颊一下子涨红。

"啊,不成。"

"哎呀,亲爱的,不要拒绝。让他一个人在那里,我会因为惦记他连觉也睡不着。"

"你去照顾他我不反对。"

她的声音听起来冷漠得拒人千里之外。

"但是他会死的。"

"让他死好了。"

施特勒夫倒吸了口凉气，抹抹脸。他转过身来请求我帮助，但我不知说什么好。

"他是个了不起的画家。"

"跟我有什么关系？我讨厌这个人。"

"我亲爱的，我的宝贝，你不是这个意思！求求你，让我把他弄到家里来吧。我们可以让他过得舒服一些。也许能救他一命。他不会给你带来麻烦的。什么事都由我来做。我们可以在画室里给他支一张床。不能让他像野狗一样死掉。那太不人道了。"

"为什么他不能去医院呢？"

"医院！他需要关爱，需要体贴。"

我发现布兰奇·施特勒夫的情绪有点奇怪。她继续往桌上摆餐具，但两只手却在发抖。

"对你简直没耐心了。你认为如果是你生病，他会动一根手指头来帮你？"

"那又有什么关系？我有你照顾啊，不需要他来帮忙。再说，我同他不一样；我这人一点也不重要。"

"你简直还不如一条杂种小狗有血性呢！躺在地上叫人往你身上踩。"

施特勒夫笑了。他自以为了解妻子为什么会是这种态度。

"啊，可怜的宝贝，你还想着那次他来看我画的事呢。如果他认为我的画不好又有什么关系呢？那天我真不应该把画给他看，我敢说我画的画并不很好。"

他沮丧地环顾了一下画室。画架上立着一幅未完成的油画：一个意大利农民笑容满面地手持一串葡萄，在一个黑眼睛的小女孩头顶擎着。

"即使他不喜欢你的画也应该有一点礼貌，没有必要羞辱你。他的态度很清楚地表现出对你的鄙视，可你却还要舔他的手。啊，我讨厌这个人。"

"亲爱的孩子，他是天才。不要认为我相信自己也有天分。我倒希望我有。但别人谁是天才我看得出来，我从心里尊重这种人。天才是世界上最奇妙的东西。对于他们本人说来，天分是一个很大的负担。我们对这些人必须容忍，非常耐心才行。"

我站在那听着，有些尴尬。也许这出家庭剧不是我该看的。我不了解施特勒夫为什么非要我同他一起来。我看到他妻子眼泪已经快流出来了。

"但并不只因为他是个天才我才求你让我把他带回来。我这样做是因为他是个人，是因为他在生病，因为他一个钱也没有。"

"我永远也不让他进我的家门，永远也不！"

施特勒夫转过身来，面对着我。

"你对她讲一讲吧，这是一件生死攸关的事。无论如何也不能把他扔在那个倒霉的地方。"

"事情非常清楚，让他到这里来调养要好得多，"我说，"但当然了，这对你们很不方便。我想得有一个人日夜照看着他。"

"亲爱的，你不是那种怕麻烦而不肯伸手帮忙的人。"

"如果让他来，我就走。"施特勒夫太太气冲冲地说。

"我简直认不出你来了。你不是一向心肠很软吗？"

"啊，上帝，别逼我了。你快把我逼疯了。"

最后，她哭了，瘫在一把椅子上，两手捂着脸，肩膀抽搐。戴尔克跪在她身边，搂着她，又是亲吻，又是叫着她各式各样的昵称，泪水也从他的面颊上淌下来。没过一会，她就从他怀里挣脱出来，揩干了眼泪。

"让我一个人好好待一会吧，"她语气平顺多了，强笑着对我说，"我刚才那样，真不知道你会把我看成是个怎样的人了。"

施特勒夫困惑地望着她，不知怎样才好。他紧皱眉头，噘着通红的嘴巴。那副怪样子使我联想到一只慌乱的豚鼠。

"那么你不答应吗，亲爱的？"最后他说。

她有气无力地挥了一下手。她已经精疲力竭了。

"画室是你的。这个家也是你的。如果你要让他搬来，我怎么拦得住呢？"

施特勒夫的胖脸上绽出笑容。

"你同意了？我知道你不会拒绝。噢，亲爱的。"

但是她立刻又克制住自己。她的目光暗淡无神，十指交叠着按在胸口，仿佛心跳得叫她受不了。

"戴尔克，从认识你开始，我没有求你做过什么事。

"你自己也知道，只要你说一句话，天底下没有一件事我不肯为你做的。

"我求你别让斯特里克兰到这里来。你叫谁来都成，不管是小偷、醉鬼，还是街头的流浪汉，我保证我都会尽我一切力量服侍他们。但我恳求你，千万别把斯特里克兰带回家。"

"可为什么呀？"

"我怕他。我也不知道为什么，他这个人叫我怕得要死。他会给我们带来灾祸。我知道得非常清楚。我感觉得出来。如果你把他带回来，不会有好结局。"

"你真是没有道理。"

"不，不，我知道我是对的。我们家会发生可怕的事的。"

"为什么？因为做了一件好事？"

她呼吸非常急促，神情中有种无法解释的恐惧。我看不出她在想什么。我感觉到她被无形的恐怖牢牢俘获了，失去了自控。她一向总是沉稳的，现在这种惊惧不安令人吃惊。施特勒夫困惑、惊愕地看着她。

"你是我妻子，对我说来，你比任何事物都宝贵。如果你没有完全同意，谁也不会到家里来。"

她闭上眼，我以为她要晕过去了。我对她有些不耐烦。我没想到她是这样神经质的女人。接着我听到了施特勒夫的声音，沉重的空气被他奇怪的声音打破。

"你自己是不是也一度陷于非常悲惨的境地，恰好有人把援助的手伸给你？你知道那对你是多重要。如果遇到同样情况，你不愿意也帮别人一下吗？"

他这番话一点也不新鲜，我甚至觉得这里面还有一些教训的味道；我差点儿笑了出来。但布兰奇·施特勒夫的反应却让我吃惊。她身体抖动了下，睁开眼凝视着她丈夫。施特勒夫紧紧盯住地面。我不懂为什么他显得非常窘迫。施特勒夫太太脸上出现一层淡淡的红晕，接着变白——变得惨白；你会觉得她身上的血液都从表面收缩回去，连两只手也一点血色都没有了。她全身颤抖。屋内悄无声息，好像那寂静变成了实体，只要伸手就摸得到。我大惑不解。

"把斯特里克兰带来吧，戴尔克。我会尽量照顾他。"

"我亲爱的。"他笑了。

他想抱住她，但是她却避开了。

"当着生人的面别这么多情了，戴尔克，"她说，"叫人多难堪。"

她的神情完全恢复自然；你很难相信就在十几秒钟前，她还是那样受到情绪的激烈影响。

第07章

这时候布兰奇开口了:"我同斯特里克兰一起走,戴尔克,"她说,"我不能跟你生活下去了。"

二十六

第二天我们就去给斯特里克兰搬家。劝他搬到施特勒夫那去,需要很大的毅力和耐心,好在斯特里克兰病得实在太重,没法做出有效的抵抗。在他软弱无力的咒骂声中,我们给他穿好衣服,扶着他走下楼梯,安置在一辆马车里,最终把他弄到了施特勒夫的画室。当到达后,他已经一点气力也没有了,只能任由我们把他放到一张床上。

在他生病的那六个星期里,其中最严重的时候,他看上去连几个钟头也活不过,我毫不怀疑,他之所以能活下来完全归功于荷兰人的精心护理。我从没见过比他更难伺候的病人。不是说他挑剔、抱怨;相反,他从不诉苦,也从不提要求,就躺在那很少说话。但是他厌恨别人对自己的照顾;谁要是企图问问他的感觉、有什么需要,他轻则挖苦你一句,重则破口大骂。我发现这人实在让人厌恶,他刚一脱离危险,我就把我的想法告诉了他。

"见鬼去吧,你!"他回敬了我一句。

戴尔克·施特勒夫把自己的工作全部撂下,整天服侍他。他的手脚非常利索,把所有该做的都悉心做好。医生开了药,我从没想到他的手段这么巧妙,总是能让斯特里克兰按时服用。无论做什么事他都不嫌麻烦。尽管他的收入一向只够维持夫妻两人的生活,从来就不宽裕,现在他却大手大脚,购买不合时令、价钱昂贵的美味，想方设法地叫斯特里克兰多吃一点东西（他的胃口时好时坏，叫人无法捉摸）。我忘不了他劝说斯特里克兰增加营养的那种耐心和手腕。不论斯特里克兰对他多么没礼貌，他也从不生气，要不就假装没看见；斯特里克兰身体好了些，情绪高起来，嘲笑他的时候越来越多，他就做出一些滑稽的举动，故意给对方更多讥笑的机会。我只能这样说，施特勒夫实在是个大好人。

但更使我吃惊的还是布兰奇。她证明了自己不仅能干，还是个优秀的护士。现在，你绝不会想到她曾激烈反对，坚决不同意把斯特里克兰接到家里来。她照料病人耐心细致。看到她给病人擦洗时、撤换床单时尽量不惊扰病人，我由衷地称赞她能干，她脸上露出惯有的微笑，告诉我她曾在一家医院做过一段时间。你从她的表情上看不出丝毫对斯特里克兰的反感。她同他说话不多，但不管他有什么需要，她都会很快满足他。有两个星期斯特里克兰整夜都需要有人看护，她就和她丈夫轮班守夜。我真想知道，在她坐在病床边度过漫漫长夜时，心里在想些什么。

躺在床上的斯特里克兰的样子古怪吓人，他的身躯更加瘦了，红色的胡子乱成一团，眼睛总是凝视着半空；因为生病，他的眼睛显得非常大，炯炯发光，但那光亮很不正常。

"夜里他跟你说过话吗？"有一次我问她。

"从来没有。"

"你还像过去那样不喜欢他？"

"比以前更厉害。"

她的表情恬静，用一双灰色的眼睛安详地看着我。这时的她，我很难相信就是拒绝丈夫把斯特里克兰接回家时的那个她。

"你替他做了这么多事，他谢过你吗？"

"没有。"她笑笑。

"这人真不通人情。"

"简直太可恶了。"

施特勒夫对她非常满意。她就这样不知不觉地把照顾斯特里克兰的担子接了过去，全心全意地履行自己的职责，施特勒夫觉得自己不知道该怎样感激她。但他对布兰奇同斯特里克兰之间的关系有些不解。

"你知道，我看见过他们在一起好几个钟头，一句话不说。"

有一次我和这家人一同坐在画室里，这时斯特里克兰的身体已经快好了，再过一两天就能起床。戴尔克同我闲聊。施特勒夫太太在缝补；我认出那是斯特里克兰的一件衬衣。斯特里克兰仰面躺着，一句话也不说。有一次我看到他的目光停在布兰奇·施特勒夫身上，带着一种奇怪的嘲弄。布兰奇感到他正在看自己，抬起眼睛，他们俩彼此凝视了一会儿。我不知为什么她脸上会有这样的表情。她的目光里有一种神情，也许是——但为什么呢？——惊惧。斯特里克兰马上把视线移开，悠闲地打量着天花板；但是她却一直注视着他，脸上的神情更加不可解释。

几天时间，斯特里克兰就下地了。他瘦得皮包骨，穿在身上的衣服让他看上去像田地里的稻草人。胡须凌乱，头发很长，他的五官原本就比较粗大，现在就显得更突出；由于太古怪了，他反而不显得那么丑陋了。他笨拙高大的身材有种威严。我真不知该如何表达他给我的印象。最明显的倒不是他几近透明的精神（虽然寄存着他精神的肉体几乎透明了），而是他脸上有的那种野蛮的肉欲。荒谬的是，这肉欲又好像是空灵的，与他的精神难以区分。他让人联想起古希腊神话里那些半人半兽的神、森林之神、牧神等等，这些神代表着自然世界隐秘的力量，也正是现在体现在斯特里克兰身上的力量。他使我想到马息阿斯①，居然敢同天神比赛音乐，所以才被活剥了皮。斯特里克兰内心存在着奇妙的天然和声和未经开发的原始原型。我预见到了他的结局将会多么悲惨。我心里有一种他被魔鬼附体的感觉；但你却不能说这魔鬼是邪恶的，因为它是来自宇宙的原初之力量。

他的身体仍然虚弱，无法作画。他整天沉默着坐在画室里，天晓得脑子里在想些什么。有时候他也看书。他喜欢看的那些书都很怪；有时候我也发现他在读马拉美②的诗。他读书的样子就像小孩那样一个字一个字地拼读。我很想知道那些精巧的韵律和晦涩的诗句给他怎样的感受。另一些时候，我看到他沉浸在加博里奥③的侦探小说里。我想，他对书的选择展现出了他性格中自相矛盾的一面；我对自己的这个想法觉得很有趣。他似乎有着苦行僧的秉性。施特勒夫喜欢把起

---

① 马息阿斯是古代小亚细亚弗里吉亚国的一个吹笛人，同阿波罗比赛吹笛失败，被大神杀死。
② 斯台凡·马拉美（1842—1898），法国象征派诗人。
③ 艾米尔·加博里奥（1835—1873），法国最早的侦探小说家。

居环境弄得舒服一些,画室里摆着一对非常柔软的扶手椅和一张长沙发椅。斯特里克兰尽管身体很弱,却从来不坐在上面;他绝非刻意,而是因为他就是不喜欢它们。有一次我来看他,画室里只有他一个人,那时我发现他正坐在一只三脚凳上。如果叫他选择的话,他会喜欢不带扶手的硬背椅。他的这种习性常常叫我恼火。我从来没有见过哪个人这么与周围的环境格格不入。

二十七

两三个星期后的一天早晨,我的工作正好告一段落,我觉得可以放自己一天假,便决定到卢浮宫去消磨一天。我在画廊里随便走着,一边欣赏我早已非常熟悉的那些名画,一边任凭自己沉浸在这些绘画激发起的想象里。我走进长画廊,突然看到了施特勒夫。他那圆胖的身躯、受了惊吓的神情总是让我忍不住发笑。但在我走近他后,我发现他非常沮丧。他的样子凄苦不堪,但又那么滑稽,太像一个衣冠齐楚的失足落水人刚被打捞上来。他转过身瞪着我,但我知道他并没看见我。他的一双碧蓝的圆眼睛在眼镜片后面,充满了忧伤。

"施特勒夫。"我叫了一声。

他吓了一跳,接着就露出笑容,但他的笑真凄惨。

"你怎么这样丢了魂似的在这里游荡?"我用快活的语调问他。

"我很久没到卢浮宫来了。想来看看他们展出了什么新东西没有。"

"可你不是告诉我,这星期得画好一幅画吗?"

"斯特里克兰在我的画室里画画呢。"

"哦?"

"我提议叫他在那里画的。他身体还不够好,不能回自己的住处去。我想我们可以共用那间画室。在拉丁区很多人都是合伙租用一间画室。我本以为这是个好办法。一个人画累了,身边有个伴儿可以说两句,我一直以为这样做会很有趣。"

这些话他说得很慢,每说一句话都要停歇好半响儿,与此同时,他拿温柔、有些傻气的大眼一直盯着我,我突然发现了里面充满了泪水。

"我不懂你说的话。"我说。

"斯特里克兰在身边有人的时候不能工作。"

"那是你的画室啊。他应该自己想办法。"

他胆怯地看着我,嘴唇在发抖。

"出什么事了?"我的语气很不客气。

他吞吞吐吐半天没说,脸涨得通红。他看看墙上挂的一张画,神情更加痛苦。

"他不让我画下去。他叫我到外边去。"

"你为什么不叫他滚蛋?"

"他把我赶出来了。我不能同他动手打架。他把我的帽子随后扔了出来,把门锁上。"

斯特里克兰的做法让我气得要命,但我也生自己的气,因为戴尔克·施特勒夫扮演了这样一个滑稽角色,我居然憋不住想笑。

"你的妻子说什么?"

"她出去买东西了。"

"他会不会也不让她进去?"

"我不知道。"

我不解地看着施特勒夫。他站在那里,像个正挨老师训的小学生。

"我去替你把斯特里克兰赶走怎么样?"我问。

他的身体抖了一下,闪闪发光的面孔涨得通红。

"不要。你最好什么也不要做。"

他向我点点头,走开了。非常清楚,由于某种原因他不想继续同我讨论这件事。我不懂他为什么要这样。

二十八

一个星期后我知道了原因。这天我一个人在外面吃了晚饭,回到住处大约十点,我正坐在起居间看书,门铃响起来。我走到过道打开门,施特勒夫正站在我面前。

"可以进来吗?"他问。

楼梯口光线很暗，我看不清他的模样，但他说话的声音使我吃了一惊。我知道他喝酒从来不过量，否则我会以为他喝醉了。我把他领进起居室里，让他坐下。

"谢天谢地，总算找到你了。"他说。

"怎么回事？"我问。他的情绪有些激动。

进屋后我可以看清他了。他衣冠不整，看上去有些邋遢，跟平时完全不一样，一般来说他总是穿戴得干净整齐。看来他的确喝醉了。我准备打趣他两句。

"我不知道该去哪儿，"他突然说，"刚才来了一次，你不在。"

"我去吃饭了。"我说。

看到他的神情，我改变了想法；他显然不是喝了酒。他的脸平常总是红扑扑的，现在却红一块、白一块，样子很怪。他的两只手一直在哆嗦。

"出什么事了吗？"

"我妻子离开我了。"

他费了很大力气才说出这几个字。他抽噎一下，眼泪顺着胖乎乎的面颊往下流。我不知道该说些什么。我最初的想法是，布兰奇是因为她丈夫对斯特里克兰的这种毕恭毕敬，还有斯特里克兰惯常的粗野与出言不逊，让自己再也无法忍受，所以坚决要把斯特里克兰赶走。我知道，尽管布兰奇性格娴静，但其实很执拗。假如施特勒夫仍然坚持要留下斯特里克兰，一怒之下，她很可能会离家出走。但不管事情真相如何，看到这个胖子痛苦不堪的样子，我实在不忍再讥笑他。

"亲爱的朋友，别难过了。她会回来的。女人们一时说气话，别太当真。"

"你不了解。她爱上斯特里克兰了。"

"什么！"我吓了一跳；我还来得及细想，只是不敢相信，这事过于荒谬了，"你怎么能这么傻？难道你是说你在吃斯特里克兰的醋？"我差点笑了出来，"你也知道，斯特里克兰这个人简直叫她无法忍受。"

"你不了解……"他呻吟着。

"你是头歇斯底里的蠢驴，"我有些不耐烦，"让我给你喝一杯威士忌你就会好一些了。"

我想，不知是什么原因——天知道人们为何要想尽办法折磨自己——戴尔克开始毫无道理地怀疑自己的妻子爱上了斯特里克兰，因为他最不会处理这类事情，多半是把她惹恼了。而他的妻子为了气他，也就故意说自己爱上斯特里克兰了。

我安慰他说:"听我说,我们一起回你的画室去。如果你自己把事办糟了,现在只好去请求你妻子的原谅。我认为你妻子不是那种记仇的女人。"

"我怎么能回画室呢?"他有气无力地说,"他们在那里呢。我把屋子让给他们了。"

"这么一说不是你妻子离开了你,是你把她丢了。"

"看在上帝分上,别跟我这样说。"

我仍然不能理解他的话。我一点也不相信他告诉我的事,但他的痛苦却是真实的。

"好吧,既然你到这里来是要告诉我这件事,那就从头到尾说说吧。"

"今天下午我再也无法忍受了。我走到斯特里克兰跟前,对他说我觉得他的身体已经完全恢复,可以回自己的住处去了。我自己要用我的画室。"

"只有斯特里克兰才需要人家这样明白地告诉他,"我说,"他怎么说?"

"他笑了笑。你知道他笑起来的样子,那样样子不像是有什么可笑的事,而是让你觉得是因为自己是个可笑的傻瓜。他说他马上就走,说着就开始收拾东西。你还记得我从他的住处拿来一些我认为他用得着的东西。他叫布兰奇替他找一张纸,一条绳子,准备打一个包。"

施特勒夫停住了,喘着气,我以为他要晕倒。这根本不是我要他讲给我听的故事。

"她脸色很白,但还是找来了纸跟绳子。斯特里克兰一句话也不说,他一面包东西,一面吹着口哨,根本不理会我们两个人。他的嘴角那样讥诮地笑着。我的心沉得像块铅。我担心一定要发生点什么,非常懊悔刚才提出让他走的事。他四处望了望,找自己的帽子。这时候布兰奇开口了:

'我同斯特里克兰一起走,戴尔克,'她说,'我不能跟你生活下去了。'

我想说什么,可一个字也说不出来。斯特里克兰也一句话不说。他继续吹着口哨,仿佛这一切同他都毫不相干似的。"

施特勒夫停下来擦汗。我现在相信他了,我感到很吃惊。但我仍然不敢相信。

这时他满面泪痕,声音哆嗦着讲给我听,他如何走到她跟前,想把她搂在怀里,她又如何把身体躲开,不让他碰到自己。他求她不要离开,告诉她自己有多爱她,要她想想自己对她的一片真情。他谈到他们的幸福生活。他一点也不生她

·83·

的气。丝毫也不责怪她。

"请你让我安静地走吧，戴尔克，"最后她说，"你不知道我爱斯特里克兰吗？他到什么地方，我就跟他到什么地方。"

"但你一定得知道他是永远也不会使你幸福的。你不明白等着你的将是什么。为了你自己的缘故，还是不要走。"

"这是你的错，是你坚持叫他来的。"

施特勒夫转向斯特里克兰。

"可怜可怜她吧，"他哀求，"你不能叫她做这种疯狂的事。"

"她愿意怎么做就怎么做。"斯特里克兰说，"我没有强迫她跟着我。"

"我已经决定了。"她用生硬的语调说。

这一次斯特里克兰叫人生气的冷漠，使得施特勒夫再也控制不住自己。一阵狂怒下，他扑向斯特里克兰。斯特里克兰没想到施特勒夫会这样，他早已习惯了施特勒夫的胆小懦弱，他被迫跟跄着后退了，尽管久病初愈，他的力气还是比施特勒夫大得多。一分钟后，施特勒夫发现自己躺在地上。

"你这个小丑。"斯特里克兰骂了一句。

施特勒夫挣扎着站起来。他看见妻子面无表情地站在一旁，当着她的面出丑更使他感到丢人。在同斯特里克兰厮打时他的眼镜滑落到地上，他看不见落在了什么地方。布兰奇弯腰帮他捡起眼镜，一句话也不说地递到他手里。他突然意识到了自己的不幸，虽然他也知道这只会使自己更加丢脸，他还是呜呜哭起来。他用手捂住脸。那两个人一言不发地看着他，连脚步都不想挪动。

"啊，我亲爱的，"最后他呻吟着说，"你怎么能这样残忍？"

"我也由不得自己，戴尔克。"她回答。

"我崇拜你，世界上再也没有哪个女人受过别人这样的崇拜。如果我做了什么事使你不高兴，为什么你不告诉我？只要你说，我一定会改。为了你，我能做的都做了。"

她没有回答，脸上一点表情也没有。这让他觉得自己只不过在让她讨厌。这时候，她穿上外衣，戴上帽子，向门口走去。他明白再过一分钟他就再也见不到她了，很快走到她前面，跪在地上，抓住她的两只手；他什么脸面也不顾了。

"不要走，亲爱的。没有你我活不下去，我会自杀的。如果我做错了什么，求你原谅我。再给我一次机会。我会努力使你幸福。"

"站起来,戴尔克。你太丢人了。"

他摇摇晃晃地站了起来,但仍不放她走。

"你到哪儿去?"他问,"你不知道斯特里克兰住在怎样一个地方。你在那没法生活。那地方太可怕了。"

"如果我自己都不在乎,你又何必在乎?"

"你等会,等我把话说完。不管怎样,这点你还可以让我做吧。"

"我下了决心。不管你说什么都改变不了。"

他抽口气,把手按在胸上,心脏跳动得让他忍受不了了。

"我不是要你改变主意,我只是求你听我再说几句话。这是我要求你的最后一件事。不要拒绝我。"

她站住,沉静地审视他,她的目光变得冷漠无情。她走回到画室,靠在桌子上。

"说吧!"

施特勒夫费了好大劲才使自己平静了一点。

"你想想。你不能靠空气过日子啊。你知道的,斯特里克兰手里一个钱也没有。"

"我知道。"

"你会吃尽苦头的。你知道他为什么这么久身体才恢复过来?他一直过着半饥半饱的生活!"

"我可以挣钱养活他。"

"怎么挣钱?"

"我不知道。我会找到办法的。"

一个恐怖的念头让我们这位荷兰画师打了个哆嗦。

"我想你是疯了。我不知道你被什么迷住了。"

她耸耸肩。

"现在我可以走了吗?"

"再等一秒钟。"

他疲惫不堪地环顾了一下自己的画室;他喜爱这间画室,因为她的存在,这间画室显得格外美好,充满了家的气氛。他把眼睛闭上再睁开,目光在她身上停留了好一阵,似乎想把她的形象印在脑中。他站起来,拿起了帽子。

"不,我走吧。"

"你?"

她吃了一惊。她不明白他是什么意思。

"我无法想象你生活在那样一间肮脏可怕的阁楼里。不管怎样,这地方是我的家,也是你的家。你在这里会过得舒服些。至少你不用受那种最可怕的罪。"

他到放钱的抽屉前,从里面拿出几张钞票。

"这里的一点钱给你一半。"

他把钱放在桌子上。斯特里克兰和他的妻子都没说什么。

这时他想起一件事来。

"你能把我的东西整理一下,放在下边门房那吗?我明天再来取。"他苦笑了一下,"再见,亲爱的。你过去给了我那么多幸福,我感谢你。"

他走了出去,随手把门关上。

我似乎看到斯特里克兰把自己的帽子往桌上一扔,坐下来,开始吸纸烟。

二十九

我想着施特勒夫所讲的。无法忍受他的懦弱,他也看出我对他的不以为然。

"我不能让她在那种环境里过活——我做不到。"他声音颤抖,"你我都清楚斯特里克兰过的是什么日子。"

"这是你的事。"我说。

"如果这事让你遇上了,你会怎么做?"他问。

"她是自己要走的。如果她不得不吃苦头,也是自找的。"

"你说得对,但你知道,你并不爱她。"

"你现在还爱她吗?"

"比以前更爱。这件事长不了。我要让她知道,我是永远不会叫她的指望落空的。斯特里克兰可不是一个能使女人幸福的人。"

"你是说你还准备收留她?"

"我当然会。那时她会比任何时候都需要我。当她被人抛弃,受尽屈辱,她会无处可去，那太可怕了。"

施特勒夫一点也不生她的气。很可能是我太平凡，无法理解他这种没有骨气的做法。他可能猜到了，因为他说：

"我不是能让女人钟情的男人。我只是个逗人乐的滑稽角色。不能指望她像我爱她那样爱我。这一点我早就知道。如果她爱上了斯特里克兰，我不责怪她。"

"我还从没见到过有谁像你这样没有自尊心。"我说。

"我爱她超过爱我自己。在爱情这事上如果考虑起自尊了，那只能有一个原因：实际上你还是最爱自己。不管怎么说，一个结了婚的男人又爱上别人并不算稀奇，但等他的热劲过去了，通常都会又回到他妻子身边，而她也就会原谅他，跟他和好如初。这种事谁都认为很自然。如果男人是这样，为什么女人就该例外呢？"

"我承认你说的话很合逻辑，"我笑了，"但大多数男人都不这样想，要他们像你说的这样对待这事不可能。"

我一直在想，这事来得过于突然，我很难一下子适应，也很难理解。我很难相信，事情发生前他会一点感觉都没有。我想起了我看到过的布兰奇·施特勒夫那种奇怪的神情，她看斯特里克兰时的眼神，很可能之前她就已经意识到斯特里克兰对自己的影响了，只是她不清楚那意味着什么，她有点被自己吓着了。

"难道之前你一点也没有感觉到过他们俩之间有什么事？"我问他。

他没有马上回答我。桌上有支铅笔，他拿起来在吸墨纸上信手画了一个头像。

"你不喜欢我问这个问题，就直说。"我看着他的举动说。

"说出来了我心里反而痛快些。嗨，要是你知道我有多痛苦就好了。"他把铅笔往桌上一扔，"是的，两个星期前就知道了。在她自己还不明白怎么回事前我就知道了。"

"那为什么不把斯特里克兰打发走？"

"她那么讨厌这个人。这种事根本不可能，简直令人无法相信。我本来以为这是我的嫉妒心在作祟。你知道，我一向是非常嫉妒的，但是我训练了自己，从不表现出来。她认识的每一个人我都嫉妒，连你我都嫉妒。我知道她不像我爱她那样爱我。这很自然，不是吗？但是她允许我爱她，这样我就觉得幸福了。我强逼自己到外面去，一待就是好几个钟头，让他们两人单独在一起。我认为我这样怀疑她降低了她的人格，我要惩罚自己。可当我从外面回来后，我发现他们并不需要我——斯特里克兰需不需要我倒没关系，我在家不在家对他根本无所谓，我是说我发现布兰奇并不需要我。当我走过去吻她时，她会浑身一颤。等我对这件事确定无疑后，可又不知道该怎么办。我知道如果我大吵大闹一场，只能引起他们的嘲笑。我以为只要我假装什么都没看到，并不把这件事挑明，也许就会过去。我打定主意悄悄把他打发走，用不着吵架。唉，要是你能明白我心里的痛苦劲儿就好了！"

接着他把叫斯特里克兰搬出去的事又说了一遍。他很小心地选择了一个时机，尽量使自己的语气显得很随便，但他还是无法克制自己。他的声音颤抖起来，本来想亲切、逗笑的，却流露出嫉妒的怒火。他没想到斯特里克兰就同意了，而且马上就收拾起东西来。他没想到他妻子也要同斯特里克兰一起走。看得出来，他非常懊悔，希望自己能继续忍下去。比起分离的痛苦来，他宁愿忍受妒火的煎熬。

"我要杀死他，结果却是让自己出丑。"

他沉默了一会儿，最后他说的我知道是压在他心里的话。

"我真不应该这么没耐性。我该多等些日子，那样也许就会慢慢过去，也许就不会发生后面这些事了。啊，可怜的孩子，是我把她逼到了这一步啊！"

我耸耸肩，什么也没说。我对布兰奇·施特勒夫一点也不同情，但我知道，如果我把这告诉可怜的戴尔克，只会增加他的痛苦。

这时候的他已经精疲力竭，控制不了自己的情绪，只顾滔滔不绝地说着。他把那场风波中每个人说的话又重复讲了一遍。他隔一会儿就会想起忘了告诉我的一件事，一会儿又同我讨论他当时该这样说而不是那样说。他为自己的愚蠢，为自己头脑不清痛苦不堪，懊悔自己做的每件事。一直到夜深了，到我也疲劳不堪。

"现在你准备做什么？"我最后问他。

"我还能做什么？我只能等着她招呼我回去。"

"为什么你不到外地去走走呢？"

"不行，我不能在她需要我时找不到我。"

他对于该怎么办似乎一点主意也没有。更谈不上有什么计划。我建议他该去睡会儿觉，他说他睡不着，他要在外面走个通宵。当然，这种情况下我绝对不能丢下他不管。我劝他在我这过夜，我把他安置在我的床上。我可以睡在起居室的沙发上。他已经精疲力竭，所以还是接受了我的建议上了床。我给他服了一些巴比妥，他可以人事不省地好好睡几个钟头。我想这是我现在唯一能帮他的了。

第 08 章

我不信这个人会爱上任何人。所以我不相信他爱上了布兰奇·施特勒夫。爱的主要内容是温柔，而斯特里克兰恰恰最没有的就是这个，无论对自己还是他人。

三十

睡在沙发上很难受，我一整夜没睡好，翻来覆去地思索这个可怜的荷兰人的故事。

布兰奇·施特勒夫的行为我容易解释，我认为她做出那种事来只不过是屈服于肉体的诱惑。现在回想起来，她对自己的丈夫从来就没有真正的感情，我认为她对施特勒夫的情感，只是因为施特勒夫能提供她所需要的关爱与舒适安定的生活。那应该是一种本能回应，大多数女人都把自己这种回应误当作爱情了。这其实是一种可以对任何一个人产生的被动感情，正像藤蔓攀附在随便哪棵树上。这种感情可以让一个女孩子嫁给任何一个需要她，并能满足她所需要的东西的男人，也许时间久了也会对这个男人产生爱情，所以人们认定这种情感的力量，把它跟真正的爱情混为一谈。但这种感情究竟是什么呢？它只不过是对安全感，对安定有保障的生活的本能需求，还有就是虚荣心，丰富的物质生活能带来满足感、荣誉感以及他人的认可；女人们禀性善良、喜爱虚荣，认为这种感情一样富于精神价值。但在冲动的热情面前，这种感情毫无防卫能力。

我怀疑布兰奇·施特勒夫最初对斯特里克兰有着那样强烈的抵触，多半有性的因素，可是性的问题是极其复杂的，我有什么资格妄作解释？或许施特勒夫的热情根本无法满足她这部分天性,她起初讨厌斯特里克兰,我想是因为她感到斯特里克兰拥有满足她这一需求的力量。当她拼命阻拦丈夫,不让他把斯特里克兰带回家时,我认为她是真诚的;她被这个人吓坏了,尽管她也不知道为什么要怕他。我记得她曾预言过斯特里克兰会带来灾难和不幸。我想,她对斯特里克兰的恐惧是对自己恐惧的移植,因为她迷惑不解、心烦意乱。知道自己抵御不了斯特里克兰身上那种原始的野蛮力量,还有他具有的那种野性的强烈肉欲感,他身体高大、壮硕,热情狂放。也许她同我一样,在他身上感受到了某种邪恶的力量;这种力量曾使我联想到神话里那些半人半兽的生物,那与宇宙大千原初的联系,是混合了物质与精神、感性与意志的存在。斯特里克兰激发起的她的这种情感是剧烈的也是纯粹的,只有两种选择,爱或者恨。因此,这就很好地解释了为什么一开始她会仇恨斯特里克兰。

接着我又想,她日夜同病人厮守,一定产生了一种奇怪的感情。她托着病人的头喂给他食物,他的头沉甸甸地倚在她的手臂上;在他吃过东西后,她擦拭他肉欲的嘴唇和火红的胡子。她给他擦拭四肢,他的手臂和大腿覆盖着浓密的汗毛。当她给他擦手时,尽管他非常虚弱,她也能感受到它们的力度。他的手指长长的,是典型的艺术家的那种灵巧的手指。我无法知道它们在她心里引起过什么样的慌乱。

他非常宁静地睡在那一动也不动,几乎和死人一样,像是一头森林中猛烈追逐猎物后躺下来歇息的野兽;她在好奇地猜测,他正在经历什么奇异的梦境?是不是梦到了正在希腊的森林里飞奔的少女,那好色的森林之神正在后面紧追不舍?她拼命逃跑,脚底生风,但是追赶者离她越来越近,滚热的气息在她脖子吹拂。但她仍然一声不出地向前飞跑,他紧紧追赶;最终她被他捕获,她浑身颤抖着,究竟是因为恐惧还是狂喜?

难以抑制的欲念毫不留情地抓住了布兰奇·施特勒夫。她很可能仍然恨斯特里克兰,却渴望得到他,曾经是她过去生活的一切都变得不再重要,甚至一文不值。她不再是那个多变、任性,既温柔体贴又粗心大意的女人,她现在变成了狂暴的麦娜德①,成了欲念的化身。

---

① 麦娜德,希腊神话中酒神的女祭司。

但这也许只是我的臆测；可能她不过是厌倦了自己的丈夫，只是出于好奇心（并无任何热情在内）才跟着斯特里克兰。可能她对他并没有什么特殊感情，她屈从于斯特里克兰只是出于欲念，因为两人日夜厮守，而一旦真跟他在一起了，就会发现自己陷入了罗网里。在她那平静的前额和冷冷的灰色眼睛后面，隐匿着怎样的思想和情感呢？

对于人这样难以捉摸的生物，我们什么也不敢肯定。对布兰奇·施特勒夫的行为，有一些我是能理解的。而对斯特里克兰，我却无法理解。他这次的所作所为，与我平日对他的了解完全不相符，无论如何我也解释不了。他冷酷无情、辜负了朋友的信任，自己一时兴起就不管别人的痛苦，这都不足为奇，因为这是他性格的一部分。他既不知感恩，也毫无怜悯心。我们大多数人所共有的那些感情在他身上都不存在；责备他没有这些感情，就像责备老虎凶暴残忍一样荒谬。这些我都能理解，我所不能理解的是为什么他突然打起了施特勒夫太太的主意。

我不信这个人会爱上任何人。所以我不相信他爱上了布兰奇·施特勒夫。爱的主要内容是温柔，而斯特里克兰恰恰最没有的就是这个，无论对自己还是他人。爱情会带来一种柔弱的感受，导致对人的体贴爱护，有取悦对方，使对方快乐的渴望——如果不是无私，至少是被巧妙掩盖起来的自私；爱情总是会有羞涩腼腆的。而我在斯特里克兰身上看不到一点。爱情会占据一个人的身心，让一个人脱离自己原本的生活轨道，一心一意去爱一个人。即使最理性的人，即使是懂得爱情终会有尽头，但也没法拒绝。爱情带给人的感受是如此强烈，即使是一个人明知是虚幻的，他也还是会在虚幻与真实间选择虚幻。它使一个人变得丰满，也让他变得狭隘。他不再是一个人，他成了追求某个自己并不明确的事物的工具，这些斯特里克兰都没有。爱情从来多愁善感，而斯特里克兰是我认识的人中最冷酷的。我不相信他在任何时候会为爱痴狂；他最不能忍受的就是受到束缚。任何妨碍他追求那个连他自己都不清楚的目标的东西，我相信他都会毫不犹疑地把它从心头上连根拔去，即使要忍受莫大痛苦，遍体鳞伤也在所不惜。如果我对斯特里克兰的这些印象还算正确，那么我想下面的结论读者也不会觉得有失偏颇：对于爱情来说，斯特里克兰过于伟大，又过于渺小。

但我想，每个人都是不一样的，都会因为自己独特的特质对爱有着不同的理解；因此，斯特里克兰也一定有他自己独特的爱的方式。要想分析他的情感实在是徒劳无益。

三十一

第二天，虽然我尽力挽留，但施特勒夫还是走了。我建议让我替他回家去取行李，但他坚持要自己去。我想他内心可能希望他们并没有把他的东西收拾起来，这样他就有机会再见自己妻子一面，说不定还能劝她回到自己身边。但是事实很残酷，他的一些零星用品已经放在门房那等着他取走，而布兰奇，据管理人说，已经出门走了。我想要是有机会的话，施特勒夫是不会不把自己的苦恼向管理人倾诉一番的。我发现他不论碰到谁，都会把自己的不幸唠叨给人家听；他渴望得到同情，却只引来嘲笑。

他的行为越来越有失体统。他开始追踪布兰奇。他知道布兰奇每天什么时候出去买东西，有一天，在街上把她拦住。虽然布兰奇不理他，他还是同她说个没完。他为自己做的任何对不起她的事向她道歉，告诉她自己如何爱她，请求她回到自己身边。布兰奇一句话也不说，脸扭向一边，飞快赶路，我想象得出施特勒夫怎样迈动一双短腿，使劲在后面追赶。他一边跑一边喘气，唠叨个没完。他告诉她自己如何痛苦，请求她可怜自己；他发誓赌咒，只要她能原谅他，他什么事都愿意替她做。他答应要带她去旅行。他告诉她斯特里克兰不久就会厌倦了她。

当施特勒夫对我回述这幕令人作呕的丑剧时，我真是气坏了。这个人真是既没有脑子、又没尊严。凡是叫他妻子鄙视的事，他都一件不落地做出来了。女人对一个她已经不再爱的男人，可以表现得无比残忍；她对他不只不仁慈，而且根本不能容忍，她成了一团毫无理智的怒火。布兰奇·施特勒夫猛然站住，用尽全身力气在她丈夫脸上掴了一掌。趁他张皇失措之际，她三步并作两步地跑进画室，从头至尾一句话也没有说。

他一边讲这段故事，一边用手摸脸，好像那火辣辣的痛劲儿到现在还没有过去。他的眼里满满的都是痛苦和迷惘，他的痛苦让人看着心酸，而他的迷惘又有些滑稽。他活脱脱是个犯了错的小学生；尽管我可怜他，可还是忍俊不禁。

之后他继续在布兰奇去买东西的必经之路上徘徊，当见到布兰奇经过时，就站在街对面的墙角。他不敢再找她说话了，只用圆眼睛可怜巴巴地看她，努力把内心的祈求和哀思用眼神表露出来。我猜想他可能认为布兰奇会被他的可怜打动。但她却从没有任何看到他的表示。她甚至连去买东西的时间、路线都不屑于改变一下。我想她这种冷漠含有残忍,甚至这样折磨他让她感到快乐。我真不懂她为什么对他恨之入骨。

我劝施特勒夫放聪明一些。这样没骨气让旁人都生气。

"这样下去一点用也没有,"我说,"依我看,你更该做的是揍她一顿,她就不会这样看不起你了。"

我建议他回老家去住些天。他常常提到他的家乡,那是荷兰北部某个寂静的城镇,他父母至今仍住在那。他父亲是个木匠。他家是一幢古老的小红砖房,干净、整洁,紧挨着一条水流徐缓的运河。那里的街道宽阔安静。两百年来,这个地方日渐荒凉、冷落,但建筑仍保持着当年的朴实和雄伟。过去那些富有的商人把货物发往遥远的东印度群岛;而今虽已衰败,但昔日繁华的余晖仍在。你可以沿着运河徜徉,直到宽广的绿色原野,黑白斑驳的牛懒洋洋地在原野中安闲地吃着草。我想在这样一个充满童年回忆的环境中,戴尔克·施特勒夫是可以忘掉自己的不幸的。但是他却不愿回去。

"我得留在这儿,她需要我就可以找到我。"他重复他对我讲过的,"如果发生了什么不好的事,我又不在她身边,那就太可怕了。"

"你想会发生什么事呢?"我问。

"不知道。但我害怕。"

对此我也只能耸耸肩。

尽管有这样大的痛苦,戴尔克·施特勒夫仍然让人看着发笑。如果他消瘦了、憔悴了,也许会引起人们多一点同情。但他却一点儿也不见瘦。仍然肥肥胖胖,圆脸红得像熟透了的苹果。他一向讲究整洁,现在他还是穿着那件黑外套,一顶略小点的圆顶硬礼帽洒脱地顶在头上。他的肚子在继续发福,完全没受伤心的影响。现在,他比以往任何时候都更像一个生意顺利的商贩。

有时候一个人的外貌同灵魂过于不相称,是件令人苦恼的事。施特勒夫就是这样:他心里有罗密欧的热情,却天生一副托比·培尔契爵士[①]的形象;他禀性善良、慷慨,却不断闹出笑话;他喜爱美的东西并目光敏锐,但自己却只能创造出

---

① 莎士比亚戏剧《第十二夜》中的人物。

平庸的东西;他的感情细腻,举止却粗俗;他在处理别人的事务时很有手腕,但自己的事却弄得一团糟。大自然在创造这个人时,在他身上集合起来这么多相互矛盾的东西,让他这样去面对冷酷人世,该是一个多么残忍的玩笑。

三十二

有好几个星期我没见到斯特里克兰。我厌恶他,如果有机会,我会当面告诉他,但我也犯不上为了这事特地到处去找他。我不太愿意摆出一副义愤填膺的架势,这里面总有自鸣得意的成分,会叫一个有幽默感的人认为你是在装腔作势。除非真的动起火来,我是不肯被别人当笑话看的。斯特里克兰善于讽刺挖苦,不讲情面,在他面前我就更要小心戒备,绝不能让他抓到一点机会。

但一天晚上,当我经过克里希路一家咖啡馆门前时(我知道斯特里克兰常来这家,最近一段时间我尽量躲着这个地方),却和斯特里克兰撞了个满怀。布兰奇·施特勒夫同他在一起,两人正准备去斯特里克兰最喜欢坐的一个角落。

"这么多天你跑到哪去了?"他问我,"还以为你到外地去了。"

他对我这样殷勤正表示他知道得很清楚,我不愿意搭理他。但你对斯特里克兰这种人根本不需要讲客套。

"没有,"我直截了当地说,"我没到外地去。"

"那为什么老没到这儿来?"

"巴黎的咖啡馆不只此一家,在哪儿不能消磨时间呢?"

布兰奇这时伸出手同我打招呼。不知道为什么,我本以为她的样子一定发生了很大变化,但她仍然是老样子:穿的是过去经常穿的灰色外衣,前额光洁明净,眼里没有一丝忧虑和烦恼,跟过去在施特勒夫画室里操持家务时一模一样。

"来下盘棋吧。"斯特里克兰说。

我不懂为什么当时我会没回绝。我一肚子闷气地跟在他们后面,走到斯特里克兰常坐的座位那。他叫侍者取来了棋盘和棋子。对这次的不期而遇,他俩看不出丝毫的情绪波动,完全像什么也没发生过似的。而我也只能装得若无其事。施特勒夫太太看我们下棋,她脸上的表情淡然,丝毫猜不透她的心思。她从头至尾也没说话,不过她一直都这样沉默寡言。我偷偷看她的嘴,希望看到一点能让我看出她内心真实感受的迹象；我打量她的眼睛，希望捕捉到她从那泄露的某些内心的隐秘，也许是惶惑或者愧疚的神色；我打量她的前额，想看看那上面会不会偶然出现一道皱纹，告诉我她正在衰减的热情。但她像是戴着一副面具，你根本不可能看出任何属于她的情绪。她的双手一动不动地摆在膝头，一只松松地握着另一只。从我所听说的，我知道她的性情其实很暴烈，戴尔克都会遭到她狠狠的一巴掌，说明她翻脸无情，心肠冷酷。她抛弃自己丈夫，抛弃了舒适优裕的生活，甘愿承担她自己也能分明看见的风险。这说明她喜欢冒险，能忍受艰辛；后一种性格从她过去作为主妇的耐心细致、尽职尽责上看得出。看来这是一个多重性格的女人，这同她那端庄娴静的外表形成了强烈于戏剧性的反差。

这次不期而遇让我有些激动，引来很多遐想。但我还是尽力把精神集中在下棋上，使出全副本领，决心要击败斯特里克兰。他非常看不起那些败在他手下的人，如果他取胜，那种扬扬自得简直叫你无地自容。但如果他输了，他倒也从来不发脾气。也就是说，斯特里克兰只能输不能赢。有人认为只有下棋时才能最清楚地看清一个人的性格，斯特里克兰倒是一个典型的例证。

下完棋，我叫来侍者付了酒账便离开了。这次会面实在没有什么值得记述的，没有一句话可以使我玩味，如果我有任何猜测，也毫无事实根据。但这反而使我更好奇。我摸不透这两人的。

如果灵魂真能出窍的话，不论付出什么代价我也得试一次；只有这样我才能在画室里偷听他们的谈话，观察他们如何生活。

三十三

几天后，戴尔克·施特勒夫来找我。

"听说你见到布兰奇了？"他问。

"你怎么会知道？"

"有人看见你同他们坐在一起。你干吗不告诉我？"

"我怕会使你痛苦。"

"使我痛苦又有什么关系？你必须知道，只要是她的事，哪怕是最微不足道的，我也想知道。"

我等着他向我提问。

"她现在怎样？"他问。

"一点儿也没变。"

"你觉得她幸福吗？"

我耸耸肩。

"这我可没法知道。我们在咖啡馆里，我在同斯特里克兰下棋。没有机会和她谈话。"

"但是你从她的面容看不出来吗？"

我只能把我想到的讲给他听：她既没说话也没暗示我任何东西。她的自制力有多强，你一定比我更清楚。

戴尔克情绪有些激动，两手紧握在一起。

"我知道一定会发生一件事，一件可怕的事，可是我却没有办法阻止它。我非常害怕。"

"会发生什么样儿的事？"我问。

"啊，我也不知道，"他抱住头，呻吟着，"我预见到可怕的灾难。"

施特勒夫有些精神失常了。跟他完全没法讲道理。我认为布兰奇·施特勒夫很可能已经明白没法同斯特里克兰继续生活下去，但人们常说的"自作自受"是最没道理的。生活经验告诉我们，尽管人们不断地做些招来灾祸的蠢事，但总能找机会逃避所造成的后果。当布兰奇同斯特里克兰吵架后，她只有离开这一条路可走，而她丈夫却在可怜地等着原谅她，准备忘掉发生的一切。我对布兰奇没有一点同情。

"你是不喜欢她的。"施特勒夫说。

"归根结底，现在还没有迹象说明她生活得不幸福。据我所知，这两人已经像夫妻一样过起日子来了。"

施特勒夫瞪了我一眼。

"当然了，这对你无所谓，可对我太重要了。"

如果当时我显出不耐烦，或者不够严肃，我承认自己很不起施特勒夫。

"你愿意替我做件事吗？"施特勒夫问我。

"愿意。"

"替我给布兰奇写一封信?"

"你自己为什么不写?"

"我写了很多封。我早就想到她不会回。我猜我写的那些信她根本就不看。"

"你考虑过女人的好奇心吗?她能抵御得住自己的好奇吗?"

"她没有好奇心——对我。"

我看到他垂下了眼皮。他这句回答让我听出了自我放弃。他现在已经意识到了她对他冷漠到极点。

"你真相信有一天她会回到你身边?"我问。

"我想叫她知道,万一有什么不幸的事发生,她还是可以指望我。我要让你写信告诉她的就是这一点。"

我拿出来一张信纸。

"你说的具体是什么?"

下面是我写的信:

亲爱的施特勒夫太太:

戴尔克让我告诉你,不论任何时候如果你要他做什么,他会非常感激你给他一个替你效劳的机会。对于已经发生的事,他对你并无嫌怨。他对你的爱情始终如一。你在下列地址随时可以和他取得联系。

三十四

我们都认为斯特里克兰同布兰奇的关系将以灾难收场,只是我没有料到会演变成这样一出悲剧。

夏天来了,天气闷得令人喘不过气来,连夜晚也没有一丝凉意能让热得精疲力竭的人们得到一点点休息。街道好像是在把白天过度吸收的阳光的热量赶快吐出去;不得不在街上走的行人拖动着他们的双腿。我有好几个星期没见到斯特里克兰了。因为忙于其他事务,我甚至连这个人同他那档子事都经常忘掉。每次见到我,戴尔克就会长吁短叹,真叫人讨厌死了;我不得不想方设法地躲着他。我感到整件事太龌龊，不想再为它伤脑筋。

一天早上，我披着睡衣正在工作。但是思绪游移不定，东想西想。我想到布列塔尼阳光灿烂的海滨和清澈的海水。我身边摆着咖啡牛奶的空碗和一块吃剩的月牙形面包。这都是女看门人送来的。我的胃口很不好。隔壁屋子里，女看门人正在把我浴盆里的水放掉。门铃响起来，我让她去开门。不大工夫我就听到施特勒夫的声音，打听我在不在家。我没有离开座位，但大声招呼他进来。施特勒夫慌慌张张地走进来，一直走到我的桌子前面。

"她死了。"他声音嘶哑。

"你说什么？！"我大惊失色。

他的嘴唇在动，像在说什么，但没有声音。他就那样像个白痴似的嘟囔。我开始着急，心怦怦狂跳。

"上帝，你镇定点儿好不好？"我说，"你究竟在说些什么？"

他两手做出绝望的姿势，仍然说不出一句整话来。我怀疑他是不是受到惊吓变成哑巴了。我不知道自己为什么突然火冒三丈，抓住他的肩膀拼命摇撼。我想是因为一连几夜一直休息不好，我的精神也崩溃了。

"让我坐一会儿……"终于他上气不接下气地说出声来了。

我给他倒上满满一杯圣加尔米耶酒。像喂孩子那样端到他嘴边喂他。他喝了一口，好些洒在衬衫前襟上。

"谁死了？"我不懂为什么我要问这句，因为我完全知道他说的是谁。他挣扎着想使自己平静下来。

"昨天夜里他们吵嘴了。他离开家了。"

"她已经死了？"

"还没，他们把她送到医院去了。"

"那么你说什么？"我大喊起来，"为什么你说她死了？"

"别生我的气。你要是这样，我就什么也没法告诉你。"

我努力摆出笑脸。我握紧拳头，想把怒气压下去。

"对不起。你慢慢说吧，不用着急。我不怪罪你。"

他的镜片后那对又圆又蓝的眼睛因为恐惧叫人看着可怕。是有放大功能的镜片让这双眼变了形。

"今天早晨看门人上楼去给他们送信，按了半天门铃也没有人回答。她听见屋子里有人呻吟。门没有闩上，她就走进去了。布兰奇在床上躺着，情况非常危险。桌子上摆着一瓶草酸。"

施特勒夫用手捂着脸，一边前后摇晃着身体，一边呻吟。

"她那时候还有知觉吗？"

"有。啊，如果你知道她有多么痛苦就好了。我真受不了。我真受不了。"他的声音越来越高，成了一种尖叫。

"你有什么受不了的，"我失去耐心地喊起来，"她这是自作自受。"

"你能不这么残忍吗？"

"后来你做什么了？"

"他们叫了医生，也把我找去，还报告了警察。我以前给过看门人二十法郎，告诉她如果发生了什么事就通知我。"

他有些犹豫，我感觉出他接下来要告诉我的话有点难以启齿。

"我去了后她不理我。她只跟那些人说要我走开。我向她发誓，不管她做过什么事我都原谅她，但她根本不听我说话。她把头往墙上撞。医生让我先走开。她不住地喊叫：'让他走开！让他走开！'我只好离开她，在画室里等着。救护车来了，他们把她抬上担架时，我被要求躲进厨房去，不要让她看到。"

在我穿衣服时——施特勒夫要我立刻同他一起到医院去，他告诉我他已经在医院为布兰奇安排了一个单间病室，他不会让她住在人员混杂、空气污浊的大病房。在路上他又向我解释为什么要我陪他去：如果她仍然拒绝同他见面，也许愿意见我。他央求我转告她，他仍然爱她，丝毫也不责怪她，只希望能帮她做点什么。他对她没有任何要求，在她病好后绝对不会要求她回到自己身边，她是绝对自由的。

到了医院——那是座阴森森的建筑，让人从心里感到冷。我们从一个办公室被支到另一个办公室，爬了数不尽的楼梯，穿过了没有尽头的空荡荡的走廊，终于找到了她的主治医生，但被告知病人情况很不稳定，不能见任何人。那个医生一身白大褂，一脸胡子，身材矮小，态度很恶劣。他多半是那种把病人只看作是病人，而把焦急的亲属当作讨厌的东西，应该统统赶出医院去。这个很好理解，他每天见到的都是这种人与事，已经失去感觉；这不过是另一起一个歇斯底里的女人同爱人争吵后服毒自杀的事而已，这样的事对他来说司空见惯。最初他以为戴尔克是罪魁祸首，对他的态度很粗暴。在我向他解释了戴尔克不是肇事元凶，而是病人的丈夫，他希望得到病人宽恕后，这位医生突然好奇地打量起戴尔克。我在医生的目光里看到了揶揄；我们的施特勒夫长着一张一望而知就是受老婆欺骗的男人的脸。医生耸耸肩：" 目前没有什么危险，"他告诉我们，"还不知她吞服了多少。也可能只是一场虚惊。女人们不断为了爱情而自寻短见，但一般说来她们总是做得很小心，不让自杀成为事实。通常这只是为了引起她们情人的怜悯或者害怕的一种姿态。"

他的语气冷漠，充满轻蔑。对他说来，布兰奇·施特勒夫不过是即将列入巴黎这一年自杀未遂统计表中的一个数字。医生非常忙，不可能为了我们浪费时间。他说如果我们在第二天某个时刻来，假如布兰奇好一些，她丈夫可以见到她。

第09章

"一幅伟大、奇妙的绘画。我被它震骇了。

我几乎犯了可怕的罪行。我移动了下身体,想看得更清楚,我的脚踢在刮刀上。我打了个冷战。"

三十五

我很难说清这一天我们是怎么过的了。

施特勒夫必须要有人陪着,我为了把他的注意力引开,结果把自己弄得精疲力竭。我带他到卢浮宫,他假装欣赏画,但我看得出来他的思想一刻也没有离开他的妻子。我逼着他吃了点东西;午饭后,我劝他躺下休息,但他没法睡。我留他在我公寓住几天,他欣然接受了。我又为他找来几本不错的书,他翻看一两页就把书放下,继续凄惨地凝视半空。晚饭后我们玩了无数局扑克牌,为了我他强打精神,装作津津有味。最后我不得不让他喝了药水,那之后尽管他睡得并不安宁,但总算睡着了。

我们再次到医院时,一个女护士告诉我们布兰奇看上去好些了。她走进病房,问布兰奇是否愿意见她丈夫。我们听到从布兰奇住的病房里传出来的说话声,不一会儿那个护士走出来,告诉我们,病人拒绝见任何人。我们事前已经同护士讲过,如果病人不愿见戴尔克,护士还可以问她愿意不愿意见我,但病人同样回绝。戴尔克的嘴唇又开始抖动。

"不能逼她,"护士说,"她病得很厉害。再过一两天也许会改变主意。"

"她说了想见什么人吗?"戴尔克问,他的声音低到像是在耳语。

"她说她只求不要有人打搅她。"

戴尔克做了个奇怪的手势,他的两只手自己在挥动,与他的身体看上去毫无关系。

"你能不能告诉她,如果她想见什么人的话,我可以把那人带来。我只希望她快活。"

护士和蔼地看着戴尔克,她这双眼目睹了太多恐怖和痛苦,但我想一定是因为她仍然对这个世界存在着美好的幻想,所以她的目光是清澈的。

"等她平静一些我会告诉她的。"

戴尔克满怀悲悯,请求她把这话转告给布兰奇。

"这也许能治好她。求求你现在就去问她吧。"

护士的神情有些犹豫,但她还是重新走进病房。我们听到她低声说了两句什么,接着就是一个我辨认不出的声音在回答:

"不,不,不。"

护士走出来摇了摇头。

"刚才是她在说话吗?"我问,"她的嗓音全变了。"

"她的声带被酸液烧坏了。"

戴尔克发出痛苦的哀号。我要他先到外面去,在进门的地方等着我,我要同护士说几句话。他并没问我要说什么,一声不吭地走开。他像是失去了心智,完全跟一个孩子一样了。

"她对你说过为什么做这事?"我问护士。

"没有。她什么也不说。就安安静静地仰面躺着,有时候一连几个钟头一动不动。但她不停流泪,连枕头都湿了。她身体非常虚弱,手帕也不能用,就让眼泪往下淌。"

我想要是斯特里克兰在我面前,我能把他杀死。同护士告别时,我知道自己的声音也开始颤抖起来。

戴尔克在门口台阶上等我。他什么都没看见,直到我碰了碰他的胳臂。我们默默无言地往回走。我拼命想知道,究竟发生了什么,逼得那可怜的人儿走上绝路。我猜想斯特里克兰已经知道发生不幸事件了,因为警察局一定派人找过他,取了他的证词。我不知道斯特里克兰现在在哪。说不定他已经回到那间他当作画室的简陋阁楼去了。她不想同他见面倒是有些奇怪。也许她不肯叫人去找他是因为她知道他绝对不会来。我很想知道,她究竟看到了怎样一片悲惨的深渊才恐惧绝望到想要放弃生命。

三十六

接下来的一个星期简直是噩梦。

施特勒夫每天去医院两次,希望探听到情况,但布兰奇始终不肯见他。头几天他从医院回来时心情还算宽慰,而且满怀希望,因为医院的人告诉他,布兰奇的情况一天天好起来;但几天后,施特勒夫又陷入痛苦绝望中,医生担心的并发症果然发生了,病人看来没有了希望。护士对施特勒夫非常同情,却没法安慰他。病人一动不动地躺在床上,一句话也不说,两眼就那么凝视着半空仿佛是在等着死神的降临。看来这可怜的女人只有一两天可活了。有一天,已经很晚了,施特勒夫来我这。不等他开口我就知道他是来向我报告死讯的。施特勒夫已经身心交瘁。平时总滔滔不绝的他这一天却一语不发,一进屋子就躺在了沙发上。我觉得无论说什么也无济于事,就索性让他躺在那里。我想看点书,又怕他认为我太没心没肺,只好坐在窗前抽烟斗,等他什么时候愿意开口。

"你对我太好了,"好一会后他说,"所有人都对我很好。"

"别胡说了。"我有些尴尬。

"刚才在医院里他们对我说我可以等着。他们给我搬来一把椅子,我就在病房外坐着。等她已经不省人事时,他们叫我进去。她的嘴和下巴都被酸液烧伤了。看到她可爱的皮肤满是伤痕真叫人心痛得要命。她死得很平静,要不是护士说她已经死了我还不知道。"

他连哭的力气都没有。浑身瘫软地躺着,好像四肢不再是自己的,不一会儿就昏昏睡着。这是一个星期来,他第一次不靠安眠药进入梦乡。造化有时候很残忍,有时候又很仁慈。我给他盖上被子,把灯关掉。第二天醒来,我看见他仍然没醒。他一夜连身都没翻,金边眼镜就那样架在他的鼻梁上。

三十七

布兰奇·施特勒夫的死因为情况复杂,需要办很多道手续,但好在最后还是取得了殡葬许可证。

到墓地去送葬的只有我跟戴尔克。灵车去的路上走得很慢,回来时那辆灵车却一路小跑,车夫不断挥鞭抽打辕马,在我心中引起奇怪的恐怖,好像车夫是想快点远离死神似的。我坐在后面一辆马车上,马车夫也不断加鞭,不让自己落下太远。我自己也有种想快点把这件事了掉的急切。对这件实际上与我无关的悲剧我已开始厌烦了,我找了一些话题同施特勒夫谈起来;虽然我骗自己说是为了给施特勒夫分一分神,实际上我是为了自己。

"你不觉得到别的地方去走走更好吗?"我说,"再待在巴黎对你毫无意义了。"

他不回答,我紧追不舍:

"你对今后有什么安排?"

"没有。"

"你得振作起来。为什么不到意大利去重新开始画画呢?"

他还是不回答我,倒是马车夫帮了我。他把速度降了下来,俯过身来跟我说了什么。我听不清,只好把头伸出窗口;原来他是想知道我们在什么地方下车。我叫他稍等。

"你还是来同我一起吃午饭吧,"我对戴尔克说,"我告诉马车夫在皮卡尔广场停车好不好?"

"我不想去了。我要回我的画室去。"

我犹豫了会儿。

"你要我陪你一起去吗?"我问。

"不用。我还是愿意独自回去。"

"那好吧。"

马车继续往前走,我们两人重新沉默下来。戴尔克从布兰奇被送进医院那个倒霉的早上起,就再也没去过那个画室。我很高兴他不让我陪他,我在画室门口和他分了手,如释重负地离开。巴黎的街道给了我新的喜悦,我满心欢喜地看着匆忙来往的行人。这天天气很好,阳光灿烂,我感到心头洋溢着对生活的欢愉,这种感情比以往任何时候都更加强烈。我不由自主;我把施特勒夫同他的烦恼彻底抛在脑后。我要享受生活。

三十八

将近一个星期我没见到他。一天晚上刚过七点他来找我,约我一起出去吃晚饭。他在圆顶硬礼帽上系了一根很宽的黑带,连手帕也镶上了黑边。他这身装束想要说明的是这一次灾祸中,他已失去了他在这个世界上的所有亲人,连姨表远亲也没有了。他肥胖的身躯、红红的面颊跟身上的丧服太不协调。残忍的上帝,竟让他这种深深的悲惨看上去滑稽可笑。

他告诉我自己已打定主意要换个地方,但不是我建议的意大利,而是回荷兰。

"我明天就动身。这也许是我们最后一次见面了。"

我对此做了一句合适的回应,他勉强笑笑。

"我有五年没回老家了。家里的情况我都忘记了。我感觉离开我出生的那座祖传的老屋很遥远,甚至都不好意思再回去探望。但现在我觉得这是我唯一的栖身之地。"

如今的施特勒夫遍体鳞伤,本能让他渴望回去寻求慈母温情的抚慰。多少年来他忍受的揶揄嘲笑现在似乎终于把他压垮,布兰奇的背叛给他最后一击,使他失去了承受的韧性。他不再同那些嘲笑他的人一起放声大笑了。他已经成了一个被这个社会抛弃的人。他告诉我,他的童年是在一所整洁有序的砖房里度过的。他母亲生性爱好整洁,厨房总是收拾得干干净净,那简直就是个奇迹。锅碗瓢盆都被安放得井然有序,你不可能在什么地方找出一丁点灰尘。给我的感觉是他母亲有点洁癖。我仿佛看到了一个干净利落的小老太,有着白里透红的面颊,从早到晚忙个不停。施特勒夫的父亲是个瘦削的老人,因为过度劳作导致两手关节变形,寡言少语,诚实耿直。晚饭后总是大声读着报纸,妻子和女儿(现在已经嫁给一个小渔船船长了)埋头做针线活。文明日新月异,但似乎与这个小城无关,它已经被世界遗忘，凝固在时间的厚重里。那里的人们年复一年地重复着从生到死。

"我父亲希望我跟他一样做木匠。我们家五代都是干这个的，一代一代传下来。也许这就是生活的智慧——永远沿着父辈的脚印走，不左顾也不右盼。小的时候我对别人说，我要同隔壁一家做马具的人家的女儿结婚。她是个蓝眼睛的小女孩，亚麻色的头发梳成一根小辫。要是同这个人结婚，她也会像我母亲那样把家收拾得井井有条、一尘不染，还会给我生个孩子继承我的手艺。"

施特勒夫轻叹一声沉默了。我看得出他的思绪回到了家乡，回到他自愿放弃了的那种生活中去。

"世界是无情残酷的。没有人知道我们来到人世间是为了什么，我们死后也没人知道到何处去。我们自甘卑屈。我们必须要感觉到寂寞孤独的美妙。在生活中一定不要过于张扬，以免引起命运对我们的注意。让我们去寻求那些淳朴的人的爱情吧。她们的愚钝远比我们的知识更可贵。让我们保持着沉默，满足于自我小小的天地，跟她们那样平和顺良。这就是生活的智慧。"

这一番话像是他的自白，但我却很难同意他这种自暴自弃的看法。但我也不想争辩，宣讲我的什么处世原则。

"是什么使你想当画家呢？"我问他。

他耸耸肩。

"我凑巧有点儿绘画才能。在学校读书时得过奖。我可怜的母亲很为我自豪，买了一盒水彩送给我。她还把我的图画拿给牧师、医生和法官看。后来这些人把我送到阿姆斯特丹，让我试试能不能考取大学奖学金。我考取了。可怜的母亲，她为我骄傲。尽管同我分开使她难过，她可不想让我看出。她以为自己的儿子能成艺术家。老两口省吃俭用，好叫我能够安心学习。当我的第一幅作品参加展出时，他们到阿姆斯特丹来看我，我的父亲、母亲和妹妹都来了。我母亲看见我画的画，流出了眼泪。"施特勒夫的眼已经含满泪，"现在家里四壁都挂着我的画，被镶在漂亮的金框里。"

想到这些，他的脸因为幸福和骄傲而发亮。我又想起来他画的那些毫无生气的景物，穿得花花绿绿的农民啊、丝柏树啊、橄榄树啊之类。这些画镶着讲究的金框，挂在村舍的墙上该有多不伦不类呀！

"我那可怜的母亲认为把我培养成艺术家是干了件了不起的事,要是父亲的想法得以实现,我如今很可能只是个老老实实的木匠,不过那对我说来反倒更好一些。"

"现在你已经了解了艺术会给人们带来些什么。你还愿意改变你的生活吗?你肯放弃艺术带给你的那些快感吗?"

"艺术是世上最伟大的东西。"他沉吟片刻后说。

他像是拿不定主意,看了我一会儿才说:

"你知道我去找过斯特里克兰了吗?"

"你?"

我吃了一惊。本来以为他非常恨那个人,绝对不会同他见面。施特勒夫笑了。

"你知道我这人没有自尊。"

"这话是什么意思?"

于是,他给我讲了一个奇异的故事。

三十九

那天埋葬了可怜的布兰奇,我们分手后,施特勒夫心情沉重走进自己的房子。他被驱使着向画室走去,也许是某种想折磨自己的愿望,尽管他非常害怕必将经受的剧烈痛苦。他走上楼梯,两脚像是很不情愿地往那地方移动。他在画室外面站了很久,鼓起勇气推门进去。他觉得恶心,想呕吐。他几乎忍不住要跑下楼去把我追回来,求我陪着他一起进去。他有种感觉,画室里有人。

他记得过去每次气喘吁吁地爬上楼梯,总要在楼梯口站一两分钟,让呼吸平静些再进屋,可每次都因为迫不及待地想见到布兰奇(心情那么急切多么可笑!),呼吸总是平静不下来。每次见到布兰奇都使他喜不自禁,哪怕出门不到一个钟头,一想到同她会面他就会兴奋得无法自持,就像分别了一个月似的。他不能相信她已经死了。所发生的事只是个梦,一个噩梦;当他转动钥匙打开门后,他会看到她微俯在桌子上,同夏尔丹的名画《饭前祷告》里那个妇女的身姿一样优美。施特勒夫一向觉得这幅画精美绝伦。他急忙从口袋里掏出钥匙,把门打开走了进去。

房间不像没人住的样子。布兰奇习性整洁，施特勒夫非常喜欢她这点。他从小的教养使他喜欢爱好整洁的人。当他看到布兰奇的整洁有序，心里总有热乎乎的感觉。卧室看上去像她离开没多久的样子：梳妆台上，梳子两边一边一把整齐地摆放着的化妆笔；她在画室最后一夜睡过的床铺不知谁整理过，平平整整的；她的睡衣放在一个小盒子里，摆在枕头上。真不能相信，她永远也不会再回到这间屋子里来了。

他感到口渴，走进厨房为自己弄点水喝。厨房也整整洁洁。看来同斯特里克兰吵嘴那晚，她把晚饭用的餐具已经放回餐具架，而且洗得干干净净。刀叉收在一只抽屉里。吃剩的半块干酪放在碗里并且盖上了盖子，一个洋铁盒里放着一块面包。她每天出去采购，只买当天必需的那些东西，从不把食物留到第二天。从警察那施特勒夫了解到，那天晚上斯特里克兰吃过晚饭就离开了这所房子，而布兰奇居然还像往常一样把餐具收拾好，这让人不寒而栗。布兰奇准备自杀前仍然这样有条不紊，说明她是已经有了周密计划的。她的自制力让人害怕。突然，施特勒夫感到心如刀绞，两膝发软，差点跌倒在地上。他回到卧室，一头扎在床上，大声呼唤着她的名字：

"布兰奇！布兰奇！"

想到她受的那些罪，施特勒夫简直无法忍受。他的眼前出现了她的幻影：她站在厨房———间比橱柜大不了多少的厨房——洗刷用过的餐具，在刀架上把几把刀子蹭了几下放好。接着，她会把污水池擦洗干净，把抹布挂起来——直到现在这块磨损严重的灰色抹布还在那挂着。她向四周看看，确定都已收拾好。他甚至看到她把卷起的袖子放下来，摘下围裙——围裙挂在门后边的钉子上，然后拿起了装草酸的瓶子，走进了卧室。

他痛苦地从床上跳起来，冲出了卧室。他走进了画室。屋子里很黑，因为大玻璃窗上还挡着窗帘；他一把把窗帘拉开。但是当他把这间他曾感到幸福的房间飞快地看了一眼后，呜咽出来。屋子一点也没有变。斯特里克兰对环境漠不关心，他在别人的画室住着也从没想到要变动一下。这间屋子经过施特勒夫的精心布置富于艺术趣味，这是施特勒夫心中艺术家应有的环境。墙上有几块织锦，一块好看但光泽已暗淡的旧丝织物罩在钢琴上，一个墙角摆放了一座米洛的维纳斯①的复制品,另一个墙角摆着美第奇家族的维纳斯②复制品。一个意大利式的小柜橱顶上摆着一个德尔夫特③的陶器;房间里还有一幅浮雕作品。一个很漂亮的金框子里镶着委拉斯凯兹的名画《教皇英诺森十世像》的复制品,这是施特勒夫在罗马时临摹下来的;另外还有他自己的几张画作,嵌在精致的镜框里,陈列在房间里。对自己的审美施特勒夫非常自豪,对这间具有浪漫情调的画室他总是欣赏不够。虽然目前这间屋子让他痛苦,他还是不由自主地把那张路易十五时代的桌子稍微挪动了一下。这张桌子是他最珍爱的物品之一。

  突然,他发现有一幅画画面朝里挂在墙上。这幅画的尺寸比他自己通常的要大很多,他很奇怪为什么屋里摆着这么一幅画。他走过去把它翻转过来,想看一看上面画的是什么。这是幅裸体女人像。他的心开始剧烈跳动起来,因为他马上猜到这是斯特里克兰的作品。他气呼呼地把它往墙上一摔——斯特里克兰把画留在这里有什么用意?——因为用力过猛,画掉了下来,面朝下落到地上。但即刻他就后悔了,在他而言,无论是谁的,只要是绘画作品,他就无法不去爱惜;他把它捡起来。他的好奇心占了上风,他把画在画架上摆好,往后退了两步,准备仔细欣赏一番。

  他倒抽口凉气。画上是一个女人躺在长沙发上,一只胳臂枕在头底下,另一只顺着身躯平摆着,屈着一条腿,另一条伸直。这是一个古典的姿势。施特勒夫头昏脑涨。画上的女人是布兰奇。悲痛、忌妒和愤怒抓住了他;他说不出话来,只是嘶哑地号叫一声。他握紧拳头对着看不见的敌人挥舞。他开始尖叫。他要发疯了。他无法忍受;他想找到一个东西,把这幅画粉碎,一分钟也不允许它在这个世界上存在。但身边并没有合适的工具,他在绘画用品里翻了一遍,不知为什么还是没有找到。他简直发狂了。最后他找到了需要的东西——一把刮油彩用的刮刀。他抓起刮刀,发出胜利的呼喊,像擎着一把匕首似的向那幅画奔去。

  施特勒夫给我讲这个故事的时候,跟事情发生时一样激动,他把放在我俩中间桌子上的一把餐刀拿起来,拼命挥舞。他抬起一只胳臂,做出要扎下去的样子。突然手一松,刀子掉在地上发出"咣当"声。他浑身发抖,笑了笑没再

---

① 一称"断臂的阿芙罗底德",1820年在希腊米洛发现的古希腊云石雕像,现存巴黎卢浮宫。
② 17世纪在意大利发掘出的雕像,因长期收藏在罗马美第奇宫,故得名,现收藏于佛罗伦萨乌非济美术馆。
③ 德尔夫特系荷兰西部一座小城,因产蓝白色上釉陶器而闻名。

说话。

"快说！"我催他。

"我说不清楚怎么回事，我已经正准备往下扎的了，突然我好像看见了它。"

"看见谁？"

"那幅画。一件珍贵的艺术品。我不能碰它。我害怕了。"

施特勒夫停下来，直勾勾地盯着我，嘴张得很大，又蓝又圆的眼珠瞪得往外凸出来。

"一幅伟大、奇妙的绘画。我被它震骇了。我几乎犯了可怕的罪行。我移动了下身体，想看得更清楚，我的脚踢在刮刀上。我打了个冷战。"

施特勒夫的那种感情我确实体会到了；他的这些话无缘无故地打动了我。我好像突被带入到一个价值观完全不同的世界中。我茫然地站在一旁，像到了一个陌生的异乡，在那里，一个人对所熟悉的事物的反应与过去不同了。施特勒夫尽量想把他见到的这幅画描述给我，但语无伦次，我只能边听边自己猜测。看来斯特里克兰已经打碎了一直束缚着他的桎梏。他并没有所谓地"找到自己"，而是找到了一个全新的灵魂，这个灵魂有着出乎意料的巨大力量。这幅画之所以能显示出如此强烈、独特的个性，不仅仅是因为它极为大胆简单的线条，也不只是因为处理方法（尽管那裸体被赋予了奇妙的强烈肉欲感），也不只是因为它给人的实体感，使你几乎奇异地感觉到那肉体的重量，而是因为它拥有了一种纯精神的性质，一种使你感到不安、新奇的精神，把你引向前所未知的路途，带到一个空阔神秘的境界，那里只有永恒的星辰在照耀，你感到自己的灵魂是赤裸着的，经历着无法预知的恐怖与冒险。

如果我在这有舞文弄墨之嫌，使用了太多形容、比喻，那也是因为施特勒夫当时就是如此表述的他自己的感受。（大家都知道，一旦感情激动起来，一个人会很自然地使用大量夸张的形容与比喻，就会显得是在堆砌辞藻。）施特勒夫想要表达的是一种他从未有过的感受，对此显得力不从心。那是神秘而无法言说的体验。但有件事我还是清楚的：人们总在谈论美，实际上对这个词所代表的对象并不理解；这个词由于被过分使用，数不尽琐碎的事物成为它的附着物，因此被剥夺了崇高，失去了纯粹；一件衣服，一只狗，一篇布道词，什么东西人们都用"美"来形容,当他们面对真正的美时,反而认不出它来。人们用以装饰自己那些毫无价值的思想的浮夸,进一步使他们的感受力变得迟钝起来。正如一个自以为是的人经常会认为自己确实是在创造一样,人们早已失去了对事物价值的分辨能力,他们不再拥有鉴赏的天性。但施特勒夫不同,这位天性无法被改变的小丑,对美有着天真纯粹的理解,这来自他灵魂的诚实、真挚。对他来说,美就是上帝;一旦他见到真正的美,他就会万分恐惧。

"你见到斯特里克兰后对他说什么了?"

"我邀他一起到荷兰去。"

我愣在了那里,一句话也说不出,目瞪口呆地看着他。

"我们都爱布兰奇。在我家乡我有地方给他住。我想让他跟那些清贫、淳朴的人们在一起,这对他的灵魂有好处。他也许能从这些人身上学到一些对他有用的东西。"

"他说什么?"

"他笑了。我想他一定觉得我这人非常蠢。他说他没那么多闲工夫。"

我真希望斯特里克兰用另一种措辞拒绝施特勒夫。

"他把布兰奇的这幅画送给我了。"

我很想知道斯特里克兰为什么要这样做,但我什么也没说。接下去好大一会儿,我俩都没说话。

"你那些东西怎么处置了?"最后我问。

"我找了个收旧货的犹太人,他把全部东西都买下了,给了我一笔钱。我的那些画我准备带回家去。除了画,我还有一箱子衣服,几本书,此外,在这个世上我什么财产也没有了。"

"我很高兴你要回家乡去了。"我说。

我希望他所经历的这些事对他能成为过去。我希望时间能减轻他现在没法忍受的悲痛;上帝总是慈爱的!他终究会再度拥有继续生活的勇气与信心。他年纪还很轻,几年后再回顾,从今天的悲痛中或许能找到些让他欣慰的东西。或迟或早,他会跟一个淳朴的荷兰女人结婚,我相信他会生活得很幸福。想象他这辈子还会画出多少幅蹩脚的画来,我就禁不住想要笑。

第二天我就送他启程回阿姆斯特丹去了。

四十

施特勒夫走后的一个月里，我忙于自己的事务，再也没有见到过任何与这件悲惨事件有关的人。我也不再去想它。但有一天，我出外办事时，在路上看到了查理斯·斯特里克兰。见到他，那些我想要忘掉的事马上又回到我脑子里，对这场惨剧的肇事者我感到恶心。但佯装不见也未免显得有些孩子气，我对他点了点头，然后加快了脚步继续走自己的路。可有一只手搭在了我的肩膀上。

"你挺忙啊。"他热诚地说。

他就是这样，根本不在意人们是否喜欢或讨厌自己。当他想要对谁亲切时，他才不会在意这个人对他的看法。这就是斯特里克兰；从我刚同他打招呼时的冷淡态度，他应该清楚知道我对他的看法。

"挺忙。"我的回答非常简短。

"那我同你一起走一段。"他说。

"为什么？"我问。

"因为我高兴同你在一起。"

我无话可说，只能听任他默不作声地跟着我走。我们就这样走了大约四分之一里路。我开始觉得滑稽。最后走过一家文具店时，我突然想到不妨进去买些纸，这样就可以把他甩掉。

"我要进去买点东西，"我说，"再见。"

"我等着你。"

我耸耸肩，走进文具店。我不认为法国纸好，既然原来的打算落空，那我自然也就用不着买一些不需要的东西。于是我问了一两样他们不可能会有的东西，一分钟后就走出来了。

"买到你要的东西了？"他问。

"没有。"

我们又一声不响地往前走，最后来到一处交叉路口。我在马路边停下。

"你往哪边走？"我问他。

"跟你走一条路。"

"我回家。"

"我到你那里去抽一斗烟。"

"总得等人请你吧。"我冷冷地说。

"要是我知道有被邀请的可能我就等着了。"

"你看到前面那堵墙了吗？"我向前面指指。

"看到了。"

"要是你还有这种眼力，我想你也应该能看出我并不欢迎你。"

"老实说，我猜到了。"

我忍不住"扑哧"一声笑了。我无法讨厌一个惹我发笑的人，这是我性格的一个弱点。但我马上绷起脸。

"你是个非常讨厌的人。我怎么会认识了你的。你为什么偏偏要缠着一个讨厌你、看不起你的人呢？"

"你以为我很在意你对我的看法吗，老兄？"

"见鬼！"我说，我发现我的理由一点也站不住脚，于是我装出一副更加气愤的样子，"我不想认识你。"

"你怕我会把你带坏了？"

他的语气让我觉得自己很可笑。我知道他正嘲讽地看着我。

"我想你手头又紧了！"我傲慢地说。

"要是我认为还能从你手里借到钱，那我就是不折不扣的傻瓜。"

"要是你逼着别人喜欢你，那说明你已经穷得没有办法了。"

他咧开嘴笑了。

"只要我偶尔能让你开心，你是永远也不会真讨厌我的。"

我咬住嘴唇才没笑出来。他尽管可恶，却有一定的真实性。此外，我的性格还有一个弱点：不论什么人，尽管道德上堕落，但只要能和我针锋相对，我还是愿意同他在一起。我开始发现我是在靠自己单方面的努力维持对斯特里克兰的厌恶。我认识到了我精神上的弱点，知道我对他的态度有点装腔作势。而且我还知道，如果我自己已经感觉到这点，以斯特里克兰的敏锐是不会看不到的。他肯定正在暗笑我。我耸耸肩，没再说什么，他已经占了上风。

第 10 章

"我不需要爱情。我没有时间。

我是个男人,有时我需要一个女性。但一旦情欲得到满足,我就准备做别的事。"

四十一

在我住的房子前,我不想对他说什么"请进来坐"之类的客气话,而是自己走上了楼梯。他跟在后面走进我的住房。他过去没到我这来过,但对我精心布置的屋子看也不看一眼。桌上摆着一铁罐烟草,他拿出烟斗,装了一斗。接着他坐在一把没有扶手的椅子上,身体往后一靠,把椅子的前腿跷起来。

"要是你想舒服点,为什么不坐安乐椅呢?"我没好气地问道。

"你为什么要关心我是否舒适?"

"我并不关心,"我说,"我关心的是自己。看见别人坐在一把不舒服的椅子上我就觉得不舒服。"

他没换地方,咯咯笑了几声后默默抽着烟斗,不再理我;看来他正在沉思自己的事。我很奇怪他为什么到我这来。

当作家遇到某种怪异性格的人时,尽管这个人的为人让他很不喜欢,他也会被强烈地吸引住,这是天性,对此他自己无能为力;直到习惯了,他对道德的感觉会变得迟钝。尴尬的是,他喜欢观察那些多少使他感到惊异的邪恶人性,自认这种观察是为了满足艺术的需要;但他不得不承认:他对于某些行为的反感,远不如对探索这些行为产生的原因的好奇心那样强烈。无论是不是一个恶棍,只要这个对象的性格能被完美刻画而又合乎逻辑,对创作者就具有难以抵御的诱惑,尽管从法律和秩序的角度,他绝对不该对恶棍抱着这种欣赏的态度。我猜想莎士比亚在创作埃古①时,可能比他借助月光和幻想构思苔丝德梦娜②有着更大的兴趣。说不定作家在创作恶棍时实际上是在满足自己内心深处的另一种天性,因为在文明社会中,风俗礼仪迫使这种天性隐匿到潜意识的最隐秘底层下;给予他虚构的人物以血肉之躯,也就是使自己那一部分被压抑的自我得到舒展。从而满足来自本能的自由快感。

作家更关心的是了解人性,而不是判断人性。

我的灵魂确实害怕斯特里克兰,但与恐怖并存的还有一种让我胆寒的好奇:我想找出他行为的动机。他使我困惑,他对关怀他的人一再制造悲剧,我很想知道他究竟在想什么。我对他大胆挥舞起手术刀。

"施特勒夫对我说,你给他妻子画的那幅画是你最好的作品。"

斯特里克兰把烟斗从嘴里拿出来,眼睛发出光。

"画那幅画我非常开心。"

"为什么你要给他?"

"我已经画完了。对我没有用了。"

"你知道施特勒夫差点儿把它毁掉吗?"

"那幅画我一点也不满意。"

他沉默了会儿,接着又把烟斗从嘴里拿出来,呵呵笑出声来。

"你知道那个小胖子来找过我?"他说。

"他说的话没有感动你吗?"

"没有。我觉得他的话非常傻气。"

"我想你大概忘了,是你把他的生活毁了的,"我说。

他沉思起来,摩挲着自己长满胡须的下巴。

"他是个蹩脚的画家。"

"可他是个好人。"

"还是一个手艺高超的厨师。"斯特里克兰嘲弄地添了一句。

---

① 莎士比亚戏剧《奥赛罗》中的反面人物。
② 《奥赛罗》主人公奥赛罗的妻子。

他的冷酷使我气愤，一点儿也不想给他留情面。

"我想你可不可以告诉我——我问这个问题只是出于好奇——你对布兰奇·施特勒夫的死在良心上没一点内疚？"

我注意他的脸，想看他有没有什么变化，但他的脸毫无表情。

"为什么我要内疚？"

"让我把经过为你理一理。你病得快死了，戴尔克·施特勒夫把你接到自己家里，像你亲生父母一样服侍你。为了你，他牺牲了自己的时间、金钱和安逸的生活。他把你从死神手里救了下来。"

斯特里克兰耸耸肩。

"那个滑稽的小胖子喜欢为别人服务。这是他的习性。"

"你的确用不着对他感恩，但你就该霸占他的老婆？在你出现在他们家前，他们生活得幸福。"

"你怎么知道他们生活得幸福？"

"这不是明摆着的事吗？"

"你什么事都看得透。你认为他为她做了那件事，她会原谅他？"

"你说的是什么？"

"你不知道他为什么同她结婚吗？"

我感到疑惑起来，摇了摇头。

"她原来是罗马一个贵族家里的家庭教师，这家人的少爷勾引了她。她本以为那个男的会娶她做妻子，没想到被这家人一脚踢了出来。她怀孕了，想要自杀。这时候施特勒夫发现了她，同她结了婚。"

"施特勒夫正是这样一个人。我从没有见过谁像他这样善良。"

这对无论从哪方面来讲都不相配的人凑到一块，原本我一直觉得奇怪，但从没想过会是这样。或许这正是导致戴尔克对他妻子的爱情与一般夫妻不同的原因。我发现他对她有些超过热情的东西。我还记得我总是怀疑布兰奇的拘谨沉默，是不是在掩藏某种我不知道的隐情。现在看来她极力隐藏的远不止一个令她感到羞耻的秘密。她的安详沉默就像被暴风雨肆虐过的岛屿上的宁静。她有时显得快活，看来也是强颜欢笑。我的沉思被斯特里克兰打断了，他说了句非常尖刻的话使我吃惊。

"女人可以原谅男人对她的伤害，"他说，"但永远不能原谅他对她做出的牺牲。"

"你这人是不会让跟你相识的女人恼恨的，这一点你大可放心。"我反唇相讥。

他嘴角浮现一丝笑。

"你这人为了反驳别人从不怕牺牲原则。"他说。

"那个孩子后来怎样？"

"流产了，在他们结婚三四个月后。"

这时我说出了最困惑我的那个问题。

"你可以告诉我为什么你要招惹布兰奇·施特勒夫吗？"

他很久没有作声，我想再重复一遍我的问题了。

"我怎么知道？"最后他说，"她非常讨厌我，几乎见不得我的面，所以我觉得很有趣。"

"我懂了。"

他突然发起怒来。

"去他的，我需要她。"

但是他马上就不再生气，望着我微微一笑。

"开始她吓坏了。"

"你对她说明了？"

"不需要。她知道。我一直没有说一句。她非常害怕。最后我得到了她。"

从他给我讲这件事的口吻里，我很难确定为什么，我听出当时他被一种强烈的欲望所控制，无法不去占有布兰奇。这种欲望令人不安，甚至是恐怖的。他是个根本不在意自己身体需求的人。但有时候他的肉体却像是在报复他这种无视。他内心深处半人半兽的本性很容易就能在某些时刻把他捉住，在这种大自然原始力量的控制下他也无能为力。那时候，所有属于人类的东西，道德、感情等等都在他灵魂中不复存在。

"但你为什么要拐走她？"我问。

"我没有，"他皱了皱眉头说，"当她说要跟着我时，我差不多跟施特勒夫一样吃惊。我告诉她当我不再需要她了，她就非走开不可，她说她愿意冒这个险。"斯特里克兰停了会儿,"她的身体非常美,我正需要画一幅裸体画。等我把画画完了后,我对她也就没有兴趣了。"

"她可是全心爱着你。"

他从座位上跳起来,在我的小屋子里走来走去。

"我不需要爱情。我没有时间。我是个男人,有时我需要一个女性。但一旦情欲得到满足,我就准备做别的事。这是人性的弱点。我无法克服自己的欲望,我恨它,它囚禁着我的精神。我希望将来能有一天,我会不再受欲望支配,不再受任何阻碍,全心投入到我的工作上去。那些女人除了谈情说爱不会干别的,所以她们把爱情看得非常重要,简直到了可笑的地步。她们还想说服我们,叫我们也相信人的全部生活就是爱情。实际上爱情是生活中无足轻重的一部分。我只懂得情欲。这是正常的,健康的。爱情是一种疾病。女人是我享乐的工具,我非常讨厌她们总是提出过多要求。她们只会妨碍我。"

斯特里克兰第一次对我说这么多。他说话的时候带着一肚子的怒气。但不论是这里还是在别的地方,我都不会说我是在一字不落地转述他的原话。斯特里克兰的词汇量很少,语言组织很随意,所以一定得把他说的跟他的面部表情、他的手势等肢体语言关联起来才能弄清楚他的意思。

"你应该生活在妇女是奴隶、男人是奴隶主的时代。"我说。

"偏偏我生来是一个完全正常的男人。"

他一本正经地说,我一本正经地笑。他不在意继续说,我也继续听下去。他在屋里走来走去。他努力想表达清楚,但还是让人一头雾水。

"要是一个女人爱上了你,除非连你的灵魂都占有了,否则她是不会感到满足的。因为女人软弱,所以她们具有非常强的统治欲,非要全部控制住你。她们心胸狭窄,对那些理解不了的抽象东西非常反感。她们满脑子想的都是物质的东西,所以对于精神和理想非常妒忌。男人的灵魂在宇宙最遥远的地方遨游,女人却想把它禁锢在家庭收支的账簿里。你还记得我的妻子吗?我发觉布兰奇一点一点地开始施展起我妻子那些小把戏了。她开始用无限的耐心编网好把我困住,然后把我拉到她那个水平上;她对我这个人一点也不关心,唯一想的是让我依附于她。为了我,世界上任何事情她都愿意做,只有一件事除外:不来打搅我。"

我无语了。半天才想出来该说什么。

"你离开她以后想到她要做什么吗？"

"她可以回到施特勒夫身边去的，"他怒气冲冲的，"施特勒夫巴不得她回去。"

"你这没有人性的，"我说，"跟你谈这些事简直浪费时间，就像跟瞎子描述颜色一样。"

我坐在那，他在我面前站住，低下头来看着我；我看出来他脸上的表情带着满满的轻蔑，同时又充满了惊诧。

"布兰奇·施特勒夫活着也好，死了也好，难道你真那么关心？"

我认真思考了他提出的这个问题，因为我想真实地回答，无论如何一定要是我真实想的。

"如果说她死了我一点儿也无所谓，那我也未免太没人性了。生活能够给她的东西很多，这样残酷地被剥夺了生命，我认为是件非常可怕的事。但我也觉得惭愧，因为说实话，我并不太关心。"

"你没有勇气承认你真正的思想。生命并没什么价值。布兰奇·施特勒夫自杀并不是因为我抛弃了她，而是因为她太傻，因为她精神不健全。但是咱们谈论她已经够多了，她实在是个一点也不重要的角色。来吧，我让你看看我的画。"

他说话的样子，倒像我是个小孩子，需要他把我的注意力引到正途上去。我气得要命，与其说是对他倒不如说是对我自己。我回想起这一对夫妻——施特勒夫同他的妻子，在蒙特玛特尔区一间舒适的画室中过着幸福生活，两人淳朴、善良、殷勤好客，这种生活竟由于一件偶然事件被粉碎，我还是觉得这真残忍；但最残忍的还是这件事对别人并没有任何影响。人们继续生活下去，谁也没有因为这个悲剧而活得更糟。我想，就连戴尔克不久也会把这事忘了，因为尽管他反应强烈、悲恸欲绝，感情却没有深度。至于布兰奇自己，不论她最初有何等美妙的希望与梦想，死了后，同她根本没降临人世有什么两样？一切都是空虚，没有意义的。

斯特里克兰拿起了帽子，站在那看着我。

"你来吗？"

"为什么要跟我来往？"我问他，"你知道我讨厌你，鄙视你。"

他咯咯笑了，一点也不生气。

"你跟我吵，实际上是因为我根本不在乎你对我的看法。"

我觉得我的脸都气红了。但我不敢肯定只是因为生气。你根本无法使他了解，因为他根本不屑于了解。他的冷酷、自私能叫人火冒三丈。我恨不得一下子刺穿了他那副冷漠的甲胄。但我也知道，归根结底他的话不无道理。虽然我们没有明确意识到，说不定我们还是非常重视别人看不看重我们的意见，别人是否在意我们的看法；我们就会因为自己的意见受到他人的重视而沾沾自喜，如果一个人完全无视你的看法，无视你喜欢还是不喜欢，我们就会沮丧、恼怒。我想这就是自尊心。但我并不想让斯特里克兰看出我这种情绪。

"一个人能完全不理会别人吗？"与其说是我在问他还不如说是在问我自己，"生活中无论什么事都和别人息息相关，要想只为自己一个人活着实在荒谬。早晚有一天你会生病，会老态龙钟，到那时你还得爬着回去找你的同伙。当你需要别人安慰和同情时，你不羞愧吗？你现在要做的是一种不可能的事情。你身上的人性早晚会渴望同其他的人建立联系。"

"去看看我的画吧！"

"你想到过死吗？"

"何必想到死？死有什么关系？"

我凝望着他。他眼睛里闪着讥嘲的笑。尽管如此，我还是看到一个正备受煎熬的灵魂，因为它在渴望某种远非一个人所能想见的伟大的东西。这是一种热烈却几乎没有希望的追求。我凝视着面前的这个人，他衣衫褴褛，炯炯发光的眼睛下是那个硕大的鼻子，像燃烧着的火一样的胡须，乱蓬蓬的头发。我有种奇怪的感觉，这一切不过是个外壳，我看到的是一个脱离了躯壳的灵魂。

"好吧，去看看你的画。"我说。

四十二

我不知道斯特里克兰为什么突然想起让我看他的画，但对这样一个机会我不想放弃。作品最能泄露一个人的思想和感情。在交际应酬中，一个人只让你看到他希望别人接受的一些方面，你只能借助他无意中的一些言行，借助不知不觉中流露的神情来了解这个人。很多时候，人们为了某些原因和目的，把自己装扮成某种形象，经过一段时间后，连他们自己都会出现错觉，真的就认为自己是那种形象。但是在他的文字或绘画作品中，一个人总是会不经意地展现出真实的自我。无论一个人怎样装腔作势，事实是他不可能把那些涂上油漆冒充铁的木条真变成铁。一个平庸的人的作品永远只能是平庸的。一个敏锐的观察者想要看清某个人，有时候只需要知道这个人的蛛丝马迹。

我承认走上通往斯特里克兰住处的那段楼梯时，我感到兴奋。就好像等着我的是一次难以预知结果的探险。我们进到他那间小屋子。它似乎比我记忆中的更小、家具什么的更少了。我有些朋友总需要宽敞的画室，坚持只有所有条件都准备好了才能作画，我很想知道他们对这间画室有何感想。

"你最好站在这。"他指着一块地方说，他可能认为在他把画拿给我看时，这是最合适的角度。

"我想你不愿意让我说话吧。"我说。

"这还用问，你最好给我闭上你的嘴巴。"

他把一幅画放在了画架上，让我看了一两分钟，然后取下来换上另一幅。我估计他前后给我看了三十来张。这是他开始画画后六年间的作品。他没有卖出任何一幅。那些小些的是静物，最大的是风景。有一半左右是人物、肖像。

"就是这些。"最后他说。

很多年后，这些画中有许多幅我后来又有机会再度欣赏到，还有一些通过复制品我也非常熟悉；我真希望我当时就能看出这些画所具有的与众不同，它独创的风格和美。但事实上初次看到时，我居然感到失望。那些如今已成为伟大作品的绘画，没有给我本应该给我的激动与心灵的冲击。当时我看到斯特里克兰这些画作时，只有一种强烈的惶恐不安；实际上，我当时根本没想到要购买一幅，对此我永远也无法原谅自己。

我真是失去了一个不可能再出现的机会。这些画后来大多被博物馆收藏起来了，另外一些则成为有钱的艺术爱好者的私人珍藏。很多年里，我经常会努力为自己找理由说服自己。我不会怀疑自己对艺术的鉴赏力，我缺少的是对新事物的创见。我对绘画的了解，只是在因袭沿革传统的固见，那是他人开辟的道路。那时候我偏爱印象派的绘画，例如我非常渴望得到西斯莱[①]或德加[②]的作品，对马

[①] 阿尔弗雷德·西斯莱（1839—1899），法国画家。
[②] 埃德迦·德加（1834—1917），法国画家。

奈几乎到了崇拜程度,我把他那幅《奥林匹亚》看作是当代最伟大的绘画作品,《草地上的早餐》也深深打动了我。我认为当代绘画中再也没有能超越这些作品的了。

对绘画作品进行描述是件吃力不讨好的事,因此我不准备在此描述斯特里克兰拿给我看的他那些作品。再说,如今所有热衷此道的人对这些画都已了如指掌。今天,当斯特里克兰对现代绘画产生了这么大影响,当他同少数几个人首先探索的那块蛮荒之地被开发出来了,任何第一次看到他作品的人,都已经有了心理准备和先入之见。而我这里讲述的是他的作品第一次较为全面地被人看见,请读者务必记住这一事实。

首先,他绘画技法的笨拙让我吃惊。我看惯了那些传统画师的作品,并坚信安格尔是近代以来最伟大的画家,因此认为斯特里克兰的画拙劣。对于他所追求的简朴我根本无法理解。我还记得他画的一幅静物,一只盘子上放着几只橘子,我发现盘子并不圆,橘子两侧也不对称,这让我感到迷惑。还有他画的头像比真人略大些,看上去粗笨。在我眼睛里这些肖像画更像是漫画,他的画法对我说来过于新奇。我更看不懂那些风景画。有两三张画的是枫丹白露的树林,另一些是巴黎街市;我的第一个感觉是这些像是出自一个喝醉酒的马车夫的手笔。我糊涂了。他的用色也让我觉得过于粗犷。我当时居然会认为,他这些绘画简直是一出滑稽剧。现在回想起来,施特勒夫才是最具慧眼的那位。只有他从一开始就看出来了,这是绘画史上一次了不起的革命,今天全世界都已承认的伟大天才,他早在最初时就已发现。

斯特里克兰的绘画使我困惑,但不能否认它们对我的触动。尽管我理解不了他的画风,我还是感到了他的作品中那股挣扎着的力量。它们使我兴奋,也使我感兴趣。我觉得他的画好像要告诉我一些事情,对我说来,了解这些非常重要,但我又说不出究竟是什么。对我来说这些画一点也不美,却在暗示我——是暗示而不是泄露——一个重大的秘密。这些画在捉弄我。它们引发了我的某种无法定义的情感。它们诉说着语言无力表达的事。我猜想,斯特里克兰一定是从世界外部事物上,朦朦胧胧地窥视到了一种神秘的精神,他只能用自己笨拙幼稚的方式,用一些很不完善的符号勉强表达。这就像是他看到了存在于浩瀚宇宙某处的一个图案,他渴望把自己所见描绘出来却力不从心,因此心灵才异常痛苦。我看的是一个在痛苦挣扎的灵魂。

"我怀疑你的手段是否选对了。"我说。

"你说的是什么意思？"

"我想你是在努力表达什么。虽然我不太清楚那是什么，但我很怀疑，绘画对你来说是不是最好的表达方式。"

我曾以为能通过他的作品，会找到线索去了解他奇怪的性格。现在我知道我错了。他的画只是让我更加困惑。只有一件事我觉得我是清楚的——也许连这件事也是我的幻想，那就是他正竭力想挣脱束缚着他的力量。但对于这种力量完全不了解，他要如何去挣脱我当然不可能知道。

我们都是孤独的。都被囚禁在一座铁塔里，只能靠符号来彼此沟通，传递我们想要传递的；这些符号并没有完全的统一性，存在着巨大差异，因此由它们传递出来的意义也是模糊、难以确定的。当我们强烈渴望把内心的东西向他人展现时，因为这种差异，这种不确定性使得我们的传递对象无法接受。因此我们只能是孤独的，既无法了解别人也无法为别人所了解。这就像一个在异国他乡漂泊的人。语言不通，习俗不同，尽管我们努力想说清楚我们想要告诉那些人我们所看到的、感受到的、想到的东西，却只能局限于会话手册上那些机械、单调的话。我们能说的只不过是像"园丁的姑母有一把伞在屋子里"这类话。

他这些画给我最后的印象就是他为表现某种精神做出了惊人努力。我认为，要想解释他的作品使我困惑的原因，就必须由此去寻求答案。色彩和形式对斯特里克兰显然具有一种独特的意义。他甚至是在被动地想要传递某种东西，我无法确定他自己是否清楚这些东西究竟是什么；这也许是他进行创作的唯一目的。只要他觉得能够接近他追寻的那个事物，形式与技法都不重要，他也一点儿都不在乎。他根本不考虑真实情况，因为他要从一堆看似杂乱无章、毫不相干的现象下，把那个对他来说意义重大的本质东西找出来加以展现。他有时好像已经找到了这个宇宙的灵魂似的。尽管这些画使我困惑、混乱，却深深触动了我。看过这些画后我的内心产生了一种感情，我绝想不到自己对斯特里克兰会有这种感情——同情。

"我想我现在懂了，你为什么屈从于你对布兰奇·施特勒夫的感情了。"我说。

"为什么?"

"我想是因为你失掉勇气了。你肉体的软弱感染了你的灵魂。我不知道是怎样一种情绪抓住了你,逼你走上一条危险、孤独的路,你一直在寻找一个地方,希望那能是一个正确的途径,可以解救你受折磨的灵魂。我觉得你就像一个寻求得救的信徒,在不停寻找通往永恒的那扇门。我不知道那是一种怎样的涅槃。你自己知道吗?也许你寻找的是真理和自由,你很可能曾经以为能从爱情中找到。我想,当某个时刻你过于疲惫了,你可能期望在女人的怀抱里得到片刻歇息,当你在那没能找到,你就开始恨她。你对她一点也不怜悯,因为你对自己都不怜悯。你把她杀死是因为惧怕,因为你认为自己是掉入了一个可怕的陷阱里。"

他下意识地抓抓自己的胡子,干笑了一声。

"可怜的,你真是个可怕的多愁善感者。"

一个星期后,我听说他到马赛去了。我再也没有看见过他。

四十三

现在,我发现我写的关于查理斯·斯特里克兰的所有文字很难令人满意。我把知道的一些事情记录了下来,但写得并不清楚,因为我不了解它们发生的真实原因。

斯特里克兰为什么会选择绘画而不是别的,尽管从他的生活经历中一定能找到原因,我却一无所知。我也没能从跟他的交谈中得到任何线索。如果我是在写一部小说,而不是讲述一个我亲身遭遇的真人真事,我可以编造一些理由来作为这个人生活突变的原因。我会描写他童年时就拥有绘画天赋,对绘画具有很难消除的热爱,只是他父亲强迫他去做另外的事,使他绘画的梦破灭;我也可以描写他如何在理想与现实间痛苦挣扎,写他对艺术的热爱与生活的职责间的矛盾冲突,来唤起读者的同情等等。我也可以把斯特里克兰塑造成一个普罗米修斯式的人物,一个为了人类的幸福甘愿经受折磨的当代英雄。这总会是一个扣人心弦的主题。

另外,我有十几种方法来从斯特里克兰的婚姻关系中着手处理这个故事,找到他立志绘画的动机:因为他妻子喜欢同文艺界人士来往,他有缘结识了一些文人和画家，因而唤醒了潜伏在他意识下的艺术天性；或者是家庭不和睦使他把精力转移到自己身上；再不然也可以归结于爱情，譬如说，我可以写一下他心中早就埋着热爱艺术的火种，因为爱上一个女人，一下子把这个火种变成了熊熊烈焰。我想，如果这样写的话，斯特里克兰太太在我笔下也就要以另一副面貌出现了。我将不得不把事实篡改一下，把她写成一个唠唠叨叨、惹人生厌的女人，再不然就是性格偏狭，根本不了解精神上的需求。斯特里克兰婚后的生活对他会是一场无尽无休的痛苦煎熬，离家出走是他的唯一出路。我想我将在斯特里克兰如何委曲求全这件事上费些笔墨，他如何心存怜悯，没法一下子挣脱枷锁。这样写，我当然不会提他的两个孩子了。

如果想把故事写得真实感人，我还可以虚构一个老画家，让斯特里克兰同他发生联系。这个老画家由于饥寒所迫，也可能是为了追逐虚名，青年时代糟蹋了自己的天才，后来他在斯特里克兰身上看到了自己虚掷的才华，他影响了斯特里克兰，让他抛弃了人世间的荣华，献身于神圣的艺术。我会着力描写一下这位老人的富有与名望，但他知道这不是自己所需要的生活，他自己无力追求了，就把希望与梦想寄托在一个更年轻的人身上；我觉得这种构思很有点讽刺。

但事实从来就不如想象那样动人。斯特里克兰一出校门就投身一家证券经纪交易所，他对这种生活并不反感。结婚前后，他过的就是从事这一行业的人那种普普通通的生活，在交易所干几宗输赢不大的投机买卖，关注下德比赛马或者牛津、剑桥之间划艇比赛的结果，那最多也不过是一两镑钱的赌注。我想斯特里克兰在工作之余可能还练习练习拳击；壁炉架上摆着朗格瑞夫人①同玛丽·安德逊②的照片；读的是《笨拙》和《体育时代》；到汉普斯特德去参加舞会。

那之后很长一段时间我没再见到过他，这一点关系也没有。我知道这些年他一直在努力，希望掌握的是一门极其困难的艺术，生活非常单调；有时为了糊口，他不得不采取一些权宜之计，我认为这并没有什么值得大书特书的。即使我能够把他这段生活记录下来，也不过是他所见到的在别人身上发生的各种事件的记录。我不认为他这段时间的经历对他的性格有任何影响。如果是想要写一部以

---

① 原名爱米丽·夏洛特·勒·布利顿（1852—1929），英国演员，以美貌著称，后嫁给爱德华·朗格瑞。
② 玛丽·安德逊（1859—1940），美国女演员。

现代巴黎为背景的流浪汉小说，他这些经历倒是不错的素材。但是他对周围的事物始终是超然的；从他的谈话判断，这几年里面并没有发生任何给他留下特别印象的事。很可能在他去巴黎时，年纪已经太大，环境的光怪陆离对他已经不再有诱惑力。说来也有些奇怪，我总觉得他这个人不仅非常实际，而且简直可以说是有点呆头呆脑。我想他这一段生活本该是富于浪漫情调的，但他自己却绝对不可能知道。有时候不得不说，一个人如果想感受到生活中的浪漫情调，就得在某种程度上是一个演员；但想要不受环境因素的影响，就得超脱，对身外之物既不排斥也不沉浸进去。问题是斯特里克兰是个专心致志的人，在这方面谁也比不上他。我不知道哪个人能像他那样总是强烈地意识到自己的使命。可惜，我根本没法描述他的艺术历程上的艰辛困苦；因为如果我写一下他如何坚韧不拔，如何奋斗不息，如何面对自我怀疑——这一艺术家的劲敌时，不屈不挠，也许能使读者对这样一个乏味的人物（这一点我非常确定）产生一些同情。但我却毫无事实根据。我从来也没见过斯特里克兰工作时的情形，而且我也知道别人也没见到过。那仅仅是他独自一人的经历。如果他曾得到过从天使那传递来的上帝的启示，无论要经历多大的苦难，那也只有他自己知道。

关于他同布兰奇·施特勒夫的关系，我讲述时也深受材料不足之苦。为了把故事说完整，我应该描写一下他们这一悲剧性结合是如何发展的，但我对他俩三个月的同居生活一无所知。我不知道他们如何相处，也不知道他们平常做些什么、谈些什么，一天有二十四小时，感情的高峰只是在很少的时刻才出现。其他时间我只能借助想象。我认为在光线没有暗淡下来前，只要布兰奇的气力还能支持，斯特里克兰就不会同意停下画。布兰奇对他这样沉溺于自己的绘画中，一定感到气恼。整个这段时间，她只是他的模特儿，他根本没有意识到她的情妇身份。此外，那些相对无言的时刻，对她说来也是漫长可怕的。斯特里克兰曾对我透露，布兰奇献身给他，有向戴尔克·施特勒夫报复的因素，因为戴尔克是在她无地自容时搭救的她；斯特里克兰透露的这个秘密解开了很多结。我希望斯特里克兰的话并不真实；我觉得这太可怕了。但是话说回来，谁能理解人心呢？那些只希望从人心里寻到高尚情操和正常感情的人肯定是不会理解的。当布兰奇发现斯特里克兰除了偶尔迸发出热情外，总是离她远远的，心里一定是非常痛苦；而我猜想，即使在那些短暂的时刻，她也很清楚斯特里克兰不过只把她当作工具，而不是当人。他始终是一个陌生人,她用一切可怜的手段拼命想把他留在自己身边。她试图用舒适的生活网住他,却不知他对这根本不在意。她费尽心机地给他弄好吃的,却不知道对他来说吃什么都一样。她害怕让他独自一人待着,不断对他表示关心、爱护,当他的热情酣睡了,她想方设法去唤醒,因为这样她至少还可以感觉到他的存在,哪怕是假象。也许她的智慧告诉她,她铸造的这些锁链只不过刺激起他的天性去更加强烈地要挣脱,就像看到厚玻璃会使人想捡起半块砖来砸碎。但她的心却不听理智的劝告,逼着她沿一条她自己也知道会通向毁灭的路滑下去。她一定痛苦,但爱情的盲目性叫她相信自己的追求是真实的,叫她相信自己的爱情是伟大的,不可能不会在他身上唤起爱的回应。

除了因为太多事实我不了解,还有一个严重的缺憾限制着我对斯特里克兰性格的分析。那就是尽管他同女人之间这种关系有令人震撼之处,我也如实加以记录,但实际这只是他生活中微不足道的部分。尽管他参与的这种关系给他人带来了灾难性的影响,严格来说与他并没有多大关系,那不过是那些人自己的问题,是他们的命运鬼使神差地与他不期而遇到了一起。斯特里克兰自己的生活除了做梦,就是为了实现这个梦去艰辛工作。

小说的虚构也正是在此处。一般来说,爱情对男人来说不过是插曲,是日常生活中许多事务中的一件,但是小说却把爱情夸大了,给了它违反生活真实性的重要地位。尽管有少数男人把爱情当作头等大事,但这些人常常是一些毫无情趣的家伙;即便那些把爱情当成生活的女人,也不太看得起这类男人。女人会被这样的男人吸引,会被他们奉承得心花怒放,但心里却不会有安全感——这些人是种可怜的生物。男人们即使在恋爱的短暂期间,也不停地去干些别的事以分散精力:首先他们得赚钱;其次他们还会沉湎于体育等活动;最后还可能对艺术感兴趣。在大多数情况下,他们会把自己不同的活动在时空里间隔开来,在进行一种活动时,暂时把另一种放下。男人们有专心致志于正在从事的活动的专注力;如果一种活动受到另一种影响,他们会非常恼火。至于坠入情网的男人同女人的区别是:女人能整天整夜谈恋爱,而男人却只能有时有响地顾及一下它。

性的欲望在斯特里克兰身上占的比例很小,很不重要,他甚至嫌恶这个。他追求的是另一种东西。尽管有时候欲念会逼得他纵情狂欢,但对这种剥夺了他宁静的本能他会痛恨。我想他讨厌自己纵欲时必不可少的伴侣;在他重新控制住自己后,他会害怕这个伴侣——一个帮助他释放了情欲的女人。他的思想会毫不留情地离开,重新回到先前飘荡的辽阔天空里,我想那种感觉就像是一只蝴蝶看见自己蜕变出来的那只肮脏的蛹壳一样。我还认为艺术也是性本能的流露。一个漂亮的女人、金黄的月光照耀下的那不勒斯海湾,或者提香①的名画《墓穴》,在人们心里勾起的是同样的感情。很可能斯特里克兰讨厌通过性行为发泄自己的欲望(这本来是很正常的),因为他觉得同通过艺术创造获取满足相比,这是低级粗俗的。在我描写这样一个残忍、自私、粗野、肉欲的人时,竟把他写成了是个精神境界极高的人,我自己也觉得矛盾。但这是事实。

  作为艺术家,他的生活比任何其他艺术家都更困苦。他比别的艺术家也更刻苦。大多数人用来装点自己生活的那些东西,斯特里克兰却不屑一顾。对名和利他也无动于衷。我们大多数人抵御不了各种引诱,总会对人情世故做出妥协;但对斯特里克兰,你根本不需要赞扬他抵御了诱惑,因为对他来讲,除了他追求的那种,任何诱惑都不存在。因此他不需要妥协或者不妥协。对他而言,住在巴黎跟住在底比斯沙漠没有区别。他对同伴们一无所求,只求别打扰他。为了达到这个目的,他不仅甘愿牺牲自己——这一点很多人还是能做到的,而且也不在乎牺牲别人。

  斯特里克兰是个令人讨厌、可恶的家伙,但我还是认为他是个伟大的人。

---

① 提香(1490—1576),意大利威尼斯派画家。

第 11 章

……斯特里克兰的灵魂摆脱躯壳的约束后,一直都在四处飘游,寻找寄居之所。

只有到了大溪地岛这片世界尽头的土地,他才终于找到归宿。

四十四

就绘画艺术而言,对其他大师,尤其是前辈大师们成就的看法是相当重要的;自然需要在这里讲述一下斯特里克兰是如何看待过去那些伟大的艺术家的。但我不觉得这方面值得讲述的东西有很多。

斯特里克兰不善言辞,更不善于言简意赅地来表达自己的意见,他也没想过需要给听众留下印象。他说话枯燥无味,就事论事,而且大多数情况下,他都是在自说自话。如果说我多少还算成功地记录下了他的一些话语,从中显现出一点他的睿智与幽默,我想这也主要表现为粗俗的冷嘲热讽形式。他辩驳时非常粗野,有时由于过于直言不讳,会叫你在难受的同时想发笑;但我想还是因为他很少开口,如果他经常如此,大概人们也会习以为常。

斯特里克兰并不是个智力超群的人,他对于绘画的见解也丝毫没有什么独到之处。我从来没有听到过他谈论那些与自己风格相似的画家,例如塞尚、凡·高等人;我很怀疑他是否看过这些画家的作品。他对印象派画家似乎不怎么感兴趣,这些人的技巧留给他一定的印象,但我猜想他也许认为他们都是平庸的,对待艺术的态度很庸俗。有一次施特勒夫正在评论莫奈的卓越艺术,斯特里克兰突然插嘴说:"我更喜欢温特尔哈尔特①。"我敢说他这样是故意在跟施特勒夫作对;如果他确实有这个意思,他成功了。

我很失望,无法记下他对传统大师们的奇谈怪论。他的性格既然怪异,那么要是再能有一些对绘画艺术离经叛道的话,我想这个形象才算是更完美。尽管我觉得很需要他说出这类奇谈怪论,但老实说很遗憾,他跟普通人一样,对这些画家也是赞不绝口。我不相信他知道谁是埃尔·格列柯。尽管有些不耐烦,但他对委拉斯凯兹相当敬佩。他喜欢夏尔丹,伦勃朗则使他入迷。他给我讲伦勃朗的绘画给他的印象时,用的语言极其粗鄙,我在这里无法引述。谁也想不到他最喜爱的画家竟是老博鲁盖尔②。我当时对老博鲁盖尔不太了解,而斯特里克兰也没能力表述清楚。我之所以记得他对博鲁盖尔的评论,是因为他那句话实在是不知所云。

"他的画不错,"斯特里克兰说,"我敢说他发现了画画就是下地狱。"

后来我在维也纳看过彼得·博鲁盖尔的几幅画后,我才懂得为什么这位画家引起了斯特里克兰的注意。这是另一个对世界怀着自己独特幻觉的画家。我当时作了大量笔记,准备将来写一本关于博鲁盖尔的书,但这些材料后来都遗失了,留下的只是一段回忆。在博鲁盖尔的眼里,人的形象是怪诞的,他对人这种怪诞样子非常气愤;对这位画家来说,生活不过是混乱的,充满了可笑和肮脏的事情,只能给人提供笑料,但他笑的时候却是悲伤着的。博鲁盖尔给我的印象是他想用一种方式表达只适合用另一种方式表达的感情,斯特里克兰之所以对他同情,很可能是意识到了这一点。也许这两个人都在努力用绘画表现出更适合于用文学方式表达的东西。

那年斯特里克兰大概四十七岁。

四十五

我前面说过,如果不是偶然的机缘到了大溪地岛,我肯定不会写这本书。

多年的漂泊后,查理斯·斯特里克兰最后流落到的正是大溪地岛;也正是在这里他创作出了使他名垂绘画史的那些作品。我认为任何一位艺术家也不可实

---

① 弗朗兹·伊可萨维尔·温特尔哈尔特(1805?—1873),德国宫廷画家。
② 彼得·博鲁盖尔(1522?—1569),佛兰德斯画家;其子扬·博鲁盖尔(1568—1625)同为画家。

现自己所有的梦想，斯特里克兰为掌握他所需的绘画技法吃尽了苦头，但同其他画家比起来，他表现自己幻想情景的能力可能更差，只有到了大溪地后，斯特里克兰才找到了适合他的环境。在这里，那些能激发他灵感的事物比比皆是，正是这些存在于他周围的事物让他结出了幻想的果实。他晚年的那些作品至少告诉了我们他终生追寻的是什么，带领我们进入到一个全新的奇异世界里。在到大溪地岛之前，斯特里克兰的灵魂摆脱躯壳的约束后，一直都在四处飘游，寻找寄居之所。只有到了大溪地岛这片世界尽头的土地，他才终于找到归宿。用句陈词滥调来形容，也就是"得其所哉"。

我本应该一踏上这座偏远的岛屿，就立刻恢复对斯特里克兰的兴趣，这本来是很自然的事；但由于手头的工作太繁重，占据了我全部精力，根本无暇旁顾；直到几天后，我才意识到这地方同斯特里克兰的关系。我同他分手后，已经过去了十五个年头，他逝世也有九年了。现在回想起来，在到大溪地后，我不该疏忽了他，手头工作繁多不应该成为理由。我本该立刻把它抛诸脑后的；但事实却不是这样，甚至一周后我仍然无法从冗杂的事务中脱身出来。

记得到达岛上的头一天早上，我醒得很早。我走到旅馆的露台上，四周非常安静。我想去厨房找点吃的，转了一圈才发现厨房的门还上着锁。门外一条长凳上，那个本地人的旅馆侍者睡得正酣，看来一时半会儿我还吃不上早饭。于是我漫步到滨海的街道上。侨居在这里的中国人已经在他们的店铺里忙碌起来。天空仍然呈现出黎明时分的苍白，潟湖上方笼罩着死一般的沉寂。十英里外，莫里阿岛静静停留在海面之上，像是一座圣杯状的巍峨要塞，深锁起自己全部的秘密。

我不太敢相信自己的眼睛。离开惠灵顿后，我的日子过得异常奇特。惠灵顿整洁有序，富有英国风格与情调，使人想到南英国海岸的一座滨海城市。这之后我在波浪滔天的海上航行了三天，每天看着乌云在空中相互追逐。三天后风停了，大海变得平静湛蓝。太平洋看起来比别的海洋更加荒凉，给人的感受是更加浩瀚无垠，即使在这个水域上作一次最普通的旅行，也会带有冒险意味。你吸入的空气像是甘醇的美酒，让你精神振奋，盼望着能拥有一些异想天开的奇妙经历。但你除了被告知已经驶近大溪地岛，迷迷糊糊感觉到即将踏上一座黄金的岛屿外，大海绝不向你泄露任何别的秘密。作为大溪地姊妹岛的莫里阿岛首先进入视野，危崖高耸，壮美多姿，它似乎是突然从浩渺的烟波里一跃而出的，像魔法师召唤出的一段缥缈的彩锦。莫里阿岛的自然环境巉岩嶙峋，简直就像是把蒙特塞拉特岛从加勒比搬移到了南太平洋中。面对这幅景象，你会幻想波利尼西亚的武士们正在那进行奇特的宗教仪式，用以阻止世俗凡人了解他们保护的神的奥秘。当逐渐靠近了，岛上的山峰越来越真切后，莫里阿岛的美丽才完全显现出来，但当你乘的船从它身旁驶过时，你会发现它是那样无情，决不允许你随意靠近它，它把自己用狰狞崎岖的巨石巉岩封闭了起来。你靠近它想要进入，它一定会让你大吃一惊：当你想在珊瑚礁寻找到一个入口，它就会突然从人们的视线里消失，你的目光所及之处会是太平洋无边无际的茫茫碧波。

　　大溪地岛是一座高耸在海面的绿色岛屿，幽深神秘的峡谷，仿佛巨大的墨绿色褶皱。清澈冰凉的溪流在峡谷深处飞溅奔流，发出音乐般淙淙的流淌声，你会感到，在这浓荫郁郁的地方，生活从远古至今延绵不绝，一直都没有改变。即使是出现过的最阴森可怖的事物，也不会长久留在你的记忆中，而只能使你更加感受到当下生活的美好。这情景仿佛一群兴高采烈地观看小丑表演的人，小丑的滑稽让他们捧腹大笑，而小丑的眼里却会闪现几丝凄凉的神情；小丑的嘴唇在微笑，他的笑话也越来越滑稽，可他自己却越来越感到孤独。大溪地岛一边微笑一边对你表现出无限的情谊，它像一个美丽的妇人，既娴雅又浪漫，展示给你她全部的美和魅力，特别是在船刚刚进入帕皮提港口时，你简直会因这种美而沉醉。泊在码头边的双桅帆船每一艘都那么整洁，海湾环抱着的是一座洁白、优雅的小城，凤凰木在蔚蓝的天空下红得刺目，仿佛是在发出激情的呼喊一般，极力炫示自己的艳丽、放浪。那是一种肆无忌惮、毫无廉耻的肉感，叫你目瞪口呆。当轮船靠近码头时，蜂拥到岸边的人群兴高采烈而又彬彬有礼。他们笑语喧哗，挥舞着手臂。从轮船上望去，是一片棕色面孔的海。你会感到炎炎碧空下，绚丽的色彩在旋转移动。不论从船上往下卸行李，还是海关检查，这里的人们做任何事都会大声喧闹，每个人都在向你微笑。天气非常热。阳光闪烁得让你睁不开眼睛。

四十六

　　到了大溪地几天后，我见到了尼科尔斯船长。一天早晨，我正在旅馆露台上吃早饭，他走了进来作了自我介绍。他说他听说我在打听查理斯·斯特里克兰的事情，就毛遂自荐，来找我谈谈查理斯·斯特里克兰。大溪地并非一个很大的地方，这里的居民还同英国乡下人一样喜欢闲聊，我只是随便向一两个人打听了一下斯特里克兰的事情，消息就飞快地传到每个人的耳朵里去了。我问这位陌生的来客是否吃过早点。

"吃过了，我已经喝过了咖啡，"他回答说，"但喝一口威士忌我并不反对。"

我把旅馆的中国侍者喊过来。

"你是不是认为现在喝酒太早了点？"船长问。

"这该由你同你自己的肝脏作出决定。"我回答。

"我其实是一个禁酒主义者。"他一边给自己斟了大半杯加拿大会所威士忌，一边说。

尼科尔斯船长笑的时候露出一口不整齐的发黑牙齿，他很瘦小，身材不高，花白的头发被剪得短短的，嘴边上的白胡子乱蓬蓬的。看来尼科尔斯船长已经好几天没刮脸了。他的脸上布满皱纹，因为长年暴露在阳光下，皮肤颜色变成了褐色。他有一双小小的蓝眼睛，目光游移不定，跟着我的一举一动快速转来转去，给人的感觉这就是一个老成世故的人。但我却看出来了，这时他对我是热诚和真情实意的。他身上穿的一套邋遢的卡其衣裤，我认为他的两只手也早该好好洗一洗了。

"我同斯特里克兰很熟，"他的身体往椅子背上靠一靠，点上我递给他的雪茄，"他到这个地方来还是通过我。"

"你最早是在什么地方遇到他的？"我问。

"马赛。"

"你在马赛做什么？"

他像要讨好我似的赔了个笑脸。

"呃，我当时没在船上，境遇很糟。"

从他的外表来看，今天他的境遇一点也不比那时好；我决定同他交个朋友。跟这些在南海群岛游荡的流浪汉相处，尽管得付出一点小代价，但总不会叫你吃亏。这些人容易接近，喜欢与人闲聊，而且善于察言观色，人都很殷勤。他们很少会装模作样，只要一杯水酒就能打动他们。想要和他们成为朋友，用不着绕来绕去，只要对他们的闲扯洗耳恭听，他们不但会信任你，还会对你充满感激。他们把谈话看作是生活的最大乐趣之一，认为谈话是证明一个人修养的最好方式。这些人大多数谈话都幽默风趣。他们的阅历很广，又拥有丰富的想象力。我不否认这些人完全没有欺诈行为，但是他们都对法律有着相当程度的接受与敬畏，尽量去遵守，只要拥有这种法律的社会是一个正常有序的社会。不过跟他们玩牌可是件危险的勾当，但他们敏捷的头脑能使这游戏变得更加有趣和刺激。在我离开大溪地前，已经跟尼科尔斯船长混得很熟，我同他的这段交情使我的经验更加丰富。尽管为此我消耗了大量雪茄和威士忌（他从来不喝鸡尾酒，因为他是禁酒主义者），尽管他偶尔向我借钱，当好几块银币从我口袋转到了他的口袋里去时，他的脸上总是带着一副恩赐的神情，似乎愿意找我借钱是对我最大的帮助一样，我还是觉得他让我享受到的乐趣远远超过了我付出的这些。自始至终他都是我的债主。如果我听从作者的良心，不愿远离故事的主题的话，我本可以只用几行简单的文字就把尼科尔斯船长打发掉，可这样我会感到对不起他的。

我不知道尼科尔斯船长最初是为什么要离开英国。这是他讳莫如深的一个话题；对于像他这样的人直接问这类事是很不谨慎的。从他自己的话里听得出来，他曾蒙受了不白之冤。毫无疑问，他把自己看作是执法不公的牺牲品。我的想象却总爱把他同某种诈骗或暴行联系起来。当他谈到英国当局执法过于机械时，我非常同情地表示同意。令人高兴的是，即使他在家乡有过什么不愉快的经历，他的爱国热情也丝毫没有因此受到任何损伤。他常对我说，英国是全世界最了不起的国家，他觉得作为一名英国人，自己比任何国家的人都优越得多，不管什么美国人、殖民地人、外国佬、荷兰人，或是肯纳卡人，都被他看不起。

只是我并不认为他的生活很幸福。他患有慢性消化不良症，嘴里总含着一片胃蛋白酶药片。通常每天上午是他胃口最不好的时间，但如果只是这一病痛还不至于使他精神受到伤害。他的生活还有一桩更大的不幸：八年前他草率地同一个女人结了婚。上帝决定要让有些男人终生都是单身汉，但他们中有的人却很是任性，因为这样那样的环境因素而违背了上帝的意旨。再也没有比这种结了婚的单身汉更叫人可怜的了。尼科尔斯船长就是这样一个单身汉。我见过他老婆；我想她的年龄大约在二十七八岁，但她是那种永远让人摸不清自己多大岁数的女人，这种人二十岁时不比现在年轻，到了四十岁也不会比现在看上去更老。在我看来她是一个很瘦的女人，一张很普通的脸，嘴唇总是紧绷成一条窄窄的线，她的全身皮肤紧紧包着骨头。她的笑也是紧绷着的，她的头发也紧贴在头顶，她的衣服也紧绷在身上，漂白的斜纹料子在她身上看上去竟然像黑色的邦巴辛绸。我想象不出为什么尼科尔斯船长要同她结婚，既然结了婚为什么又不把她甩掉。也许他不止一次这样做过，但悲哀的是没有一次能成功。我想无论他跑多远，藏身在多么隐秘的地方，尼科尔斯太太都像命运一样紧随着他，像良心一样毫无怜悯，随时都会出现在他面前。他逃无所逃，就好比结果逃脱不了原因。

这个社会的混混，和那些艺术家也许还有绅士，他们并不属于任何社会等级；无业游民的粗野无礼不会使他感到难堪，王公贵族的繁文缛节也不会叫他感到拘束。但是尼科尔斯太太却出身于一个最近名声渐长，越来越被注意到的，人称中下层（这个名称叫得好！）的社会等级。她的父亲是个警察，而且我敢断定他还非常精明能干。我不知道她为什么要抓住船长不放，我不相信是因为爱情。我从来没听她开口讲过话，也许同她丈夫单独在一起时她的话很多。不管怎么说，尼科尔斯船长怕她怕得要死。有时候他同我坐在旅馆的露台上会突然意识到老婆正在外面马路上走动，她从来不叫他，她好像根本不知道他在这里，只是自己一个人泰然自若地在街头踱来踱去。这时候船长就浑身不安起来；他看看表，长叹口气。

"唉，我该走了。"他说。

在这种时候，说笑话也好，喝威士忌也好，没有什么能把他留住。要知道尼科尔斯船长可是个面对着十二级风暴也面不改色的人，只要有一把手枪，就是有一打土人冲过来，他也有胆量独自对付。有时尼科尔斯太太也派他们的女儿到旅馆来，那是一个面色苍白、总是耷拉着脸的七岁孩子。

"妈妈找你。"她带着哭音说。

"好，好，亲爱的孩子。"尼科尔斯船长说。

他会马上站起身，跟女儿一起走回家去。我想这是精神战胜物质的一个典型例证，所以我这段文字虽然有些离题，却也并非没有教育意义。

四十七

尼科尔斯船长给我讲的一些有关斯特里克兰的事有些琐碎，我试图把它们串联到一起，下面我将尽量按照事情发生的时间次序记录。

他们俩是在我跟斯特里克兰在巴黎最后一次见面后的那年冬末认识的。斯特里克兰在和尼科尔斯船长相遇前那段日子是怎么过的，我一点也不清楚；但他的生活无疑是潦倒的，因为尼科尔斯船长第一次见到他是在一家寄宿所里。当时马赛正在发生一场罢工，斯特里克兰已经到了山穷水尽的地步，估计连糊口的一点钱也挣不到了。

那家寄宿所是幢庞大的石头建筑物，穷人和流浪汉，凡是拥有齐全身份证明，并能向负责这一机构的修道士证明自己是靠干活维持生活，就能在那里寄宿一个星期。尼科尔斯在等寄宿所开门的人群中留意到了斯特里克兰，因为斯特里克兰德身躯高大，模样古怪，非常引人注目。这些人没精打采地在门外等候，有的来回踱步，有的懒洋洋地靠着墙，也有的坐在马路牙子上，把两脚伸在水沟里。当所有的人排着队走进了办公室，尼科尔斯船长听到了检查证件的修道士同斯特里克兰谈话用的是英语。但一开始他并没有机会同斯特里克兰说话，因为人们刚一走进公共休息室，马上就走来一位捧着一本大《圣经》的传教士，登上屋子一头的讲台布起道来；作为住宿的代价，这些可怜的流浪者必须耐心忍受着。尼科尔斯船长和斯特里克兰没有被分配在同一间屋子里，第二天清晨五点钟，一个高大粗壮的教士把投宿的人们从床上赶起来，等到尼科尔斯整理好床铺、洗过脸后，斯特里克兰已经没影了。尼科尔斯船长在寒冷刺骨的街头徘徊了一个钟头，最后来到一个水手们经常聚会的地方——维克多·格鲁广场。他在广场上又看见了斯特里克兰，斯特里克兰正靠着一座石雕像的底座打盹。他踢了斯特里克兰一脚，把他从梦中踢醒。

"来跟我吃早饭去，朋友。"他说。

"滚蛋。"斯特里克兰说。

我确定这就是我那位老朋友的口吻，这时我才决定把尼科尔斯船长当作一位可以信赖的证人了。

"一个子儿也没有了是吧？"船长问。

"滚蛋。"斯特里克兰说。

"走吧，跟我来。我给你弄顿早饭吃。"

犹豫了会儿，斯特里克兰站起来，两个人朝一处施舍面包的救济所走去。没饭吃的人可以在那得到一块面包，但必须当场吃掉，不准拿走。吃完面包，他们又到下一个施舍汤的救济所，每天十一点到四点可以在那里得到一碗盐水稀汤，但不能连续领取一个星期。这两个机构中间隔着一大段路，除非实在饿得要命，谁也懒得在两个地方之间来回跑。他们就这样吃了早饭，查理斯·斯特里克兰也就这样跟尼科尔斯船长交上了朋友。

这两人大概在马赛一起度过了四个月时间。他俩的生活没什么奇遇——如果奇遇意味着一件意料之外或者令人激动的事的话；因为他们的时间全用在了为吃饱肚子的四处奔波上，他们需要弄到些钱晚上找个过夜的地方，更要买些吃的东西对付辘辘饥肠。我真希望我能画出几幅图画来，用图画把尼科尔斯船长的生动讲述在我想象中唤起的一幅幅画面呈现给读者们。他所讲述的两人在这座地中海海港城市的流浪生活中的种种冒险，我想完全可以写成一本有趣的书，从他们遇到的形形色色的人物身上，一个研究民俗学的人也可以得到足够的材料，编纂一本有关流浪汉的大辞典。但在这本书里我却只能用不多的几段文字描写他们这一段的生活。我从他的谈话中得到的印象是：马赛的生活既紧张又粗野，丰富多彩，生动活泼。相形之下，我所了解的马赛——人群纷杂、阳光灿烂，到处是舒适的旅馆和挤满了有钱人的餐馆——简直显得平淡无奇，毫无特色。目睹过尼科尔斯船长所描绘的景象的那些人，真是让人羡慕。

最后寄宿所对他们下了逐客令，斯特里克兰跟尼科尔斯船长就在硬汉彼尔那找到了另外一处寄宿的地方。硬汉彼尔是家水手寄宿宿舍的老板，他身躯高大，是一个有着一对硬拳头的黑白混血儿。他给暂时失业的水手们提供食宿，直到帮他们在船上找到工作为止。斯特里克兰和尼科尔斯船长两人在那住了一个月时间，当时那里还有十来个瑞典人、黑人、巴西人，大家一起睡在两间屋子的地板上。这两间屋子什么家具也没有，彼尔安排他们住在这里。每天这些人都会被他领到维克多·格鲁广场去，轮船的船长需要雇用什么人都会到这地方来。这个混血儿的老婆是个非常邋遢的美国胖女人，谁也不知道她怎么会堕落到这一地步。寄宿的人每天轮流帮助她做家务。斯特里克兰给硬汉彼尔画了张肖像作为食宿的报酬，尼科尔斯船长认为这对斯特里克兰来说是一件占了大便宜的事。彼尔不但出钱给他买了画布、油彩和画笔，而且还给了他一磅偷运上岸的烟草。据我所知，这幅画今天可能还挂在若利耶特码头附近一所破旧房子的客厅里，估计现在可能值一千五百英镑了。斯特里克兰的计划是先搭一条去澳大利亚或新西兰的轮船，然后再转去萨摩亚或者大溪地。我不知道他怎么会动了去南太平洋的念头的，虽然我还记得他早就幻想到一座充满阳光的绿色小岛，一个被一望无际的海水包围着，海水比北半球任何海洋更蓝的地方去。我想他之所以决定跟着尼科尔斯船长，也是因为尼科尔斯熟悉这一地区。最后他决定去大溪地，认为这个地方比其他任何地方都更好，也完全是尼科尔斯船长的主意。

"你知道，大溪地是法国领土，"尼科尔斯解释说，"法国人办事不那么刻板。"

我想我明白他说这话的意思。

斯特里克兰没有任何证件，但是硬汉彼尔只要有利可图（他替水手介绍工作的条件，就是扣去对方第一个月的工资），这点对他来说根本不算是问题。凑巧有一个英国籍的司炉住在他这里的时候死掉了，他就把这个人的证明文件给了斯特里克兰。但尼科尔斯船长跟斯特里克兰两个人要往东走，而当时需要雇用水手的船恰好是向西行驶的。有两次遇到要驶往美国的货轮上需要人干活，都被斯特里克兰拒绝了，另外还有一艘到纽卡斯尔的煤船他也不肯去。斯特里克兰这种拗脾气让硬汉彼尔有点没办法，最后他失去了耐性，一脚把斯特里克兰跟尼科尔斯船长两人踢出了大门。这两个人又一次流落街头。

尽管硬汉彼尔寄宿宿舍的饭菜从来也称不上丰盛，吃过饭从餐桌前站起来时就会感觉跟坐下去时一样饿，但有好几天时间里，两个人对那里的伙食还是念念不忘。这次两人是真正尝到挨饿的滋味了。施舍菜汤的地方跟过夜宿舍都已拒绝他俩，现在他们只剩下面包施舍处给的一小片面包了。夜里，他们能在哪儿睡就在哪儿睡，有时候在火车站货场某个空车皮里，有时在货站后的一辆卡车里。但天气冷得要命，常常迷迷糊糊打一两个钟头的盹，就得回到街上走一阵暖和暖和身体。让他们最难受的是没有烟抽，尼科尔斯船长没有烟简直活不下去，于是开始到小啤酒馆去捡那些头天晚上夜游的人扔的烟屁股和雪茄头。

"我用烟斗抽过比这更不是味的烟。"他添了一句，自嘲地耸了耸肩。当他说这句话时，又从我递过去的烟盒里拿了两支雪茄，一支衔在嘴上，一支揣在口袋里。

偶然他们也有机会挣到一点儿钱。尼科尔斯船长跟码头计时员攀上了交情，有时候一艘邮轮开进港，会给两人找个临时装卸的活儿。如果是一艘英国船，他们会溜进前甲板下面的舱房里,在水手那饱餐一顿。当然,这样做要冒一定的风险,如果遇见船上的高级船员,他们就要被从跳板上赶下来,为了促使他们滚得快一些,屁股上往往还会挨上一脚。

"一个人只要肚子吃饱,屁股叫人踢一脚算不得什么。"尼科尔斯船长说,"我是从来不为这个生气的。高级船员理应维护船上的风纪。"

我脑子里活生生出现一幅画:一个气冲冲的大副飞起一脚,尼科尔斯船长头朝下从窄窄的跳板上栽下来;像一个真正的英国人那样,他对英国商船队这种严明的纪律精神非常赞赏。

他们在鱼市场里也不时能找点零活儿。有一次,卡车要把堆在码头上的许多筐橘子运走,斯特里克兰跟尼科尔斯船长帮助装车,每人挣了一法郎。另一天两人更走运:一条从马达加斯加绕过好望角开来的货轮需要重新刷漆,一个开寄宿店的老板弄到包工合同,他们两人一连几天站在悬在船帮外边的一条木板上,为锈迹斑斑的船壳刷油漆。斯特里克兰习惯了对任何人跟事都冷嘲热讽,想来这件差事很适合他。我向尼科尔斯船长打听,在那段艰难的日子里,斯特里克兰有什么反应。

"从没听他说过一句丧气话。"船长回答说,"有时候他有点儿闷闷不乐,但就是在我们整天吃不到一口饭,连在中国人那歇宿的房钱都弄不到手时,他仍然像蛐蛐一样欢蹦乱跳。"

我并不觉得惊奇。斯特里克兰就是这样的人,他超然于所处环境之外,在最令人沮丧的情况下也是如此。这到底是因为内心的宁静还是矛盾对立,很难说清。

"中国茅房"是流浪汉们为布特里路附近一家鸡毛店起的名字。店主是一个独眼的中国人。在这家鸡毛店花六个铜子可以睡在一张小床上,三个铜子儿可以打一宿地铺。他们在这里认识了不少同他们一样穷困潦倒的人,遇到他们分文不名、而夜里又奇冷的时候,他们会毫不犹豫地同哪个白天凑巧挣到了一法郎的人借几文宿费。这些流浪汉并不吝啬,谁手头有钱都乐于同别人分享。他们来自世界各地,大家都很懂得出门靠朋友的道理,并不会因国籍不同而彼此见外,对于他们,只有一个国度是属于他们共有的——安乐乡的自由臣民;这个国家领土辽阔,把他们这些人全部囊括在自己的领域里。

"可我发现斯特里克兰要是生起气来可不好惹。"尼科尔斯船长回忆说,"有一天我们在广场上碰见了硬汉彼尔,彼尔想讨回他给查理斯的身份证明。"

"'你要是想要,就自己来拿吧。'查理斯说。

"彼尔是个身强力壮的大汉,但被查理斯的样子给镇住了,他只是不住口地咒骂,所有能用上的脏字眼儿都用上了。硬汉彼尔开口骂人是很值得一听的。开始时查理斯不动声色地听着,过了一会儿,他往前迈了一步,只说了一句:'滚蛋,你这只猪猡。'他骂的这句话倒没什么,重要的是他骂人的样子。硬汉彼尔马上住了口,你可以看出来他胆怯了。他连忙转身走开,好像突然记起自己还有个约会似的。"

按尼科尔斯船长的叙述,斯特里克兰当时骂人的话同我写的并不一样,但既然这是本供家庭阅读消遣的书,我觉得不妨违反一些真实性,还是换几个雅俗共赏的字眼儿为好。

要知道硬汉彼尔可不是个受到羞辱会就那么算了的人。他的权势完全靠着他的威信;一个住在他开的寄宿宿舍的水手告诉他俩,彼尔发誓要把斯特里克兰干掉,后来又有另外一个人告诉了他们同样的消息。

一天晚上,尼科尔斯船长和斯特里克兰正坐在布特里路的一家酒吧里。布特里路是一条狭窄的街道,两旁是一间间低矮的平房,每座房子都只有一间小屋,就像拥挤的集市棚子或者马戏团的兽笼。而且每间屋子门口都可以看到一个女人。有的懒洋洋地靠在门框上,或者哼着小曲,或者用沙哑的嗓子向路人打招呼,还有的无精打采地在看一本书。她们有的是法国人,有的是意大利人,有的是西班牙人,有的是日本人,还有黑人;胖的、瘦的应有尽有;在厚厚脂粉、乌黑的眼眉和猩红的唇膏下,你可以看到岁月在她们脸上刻下的痕迹和各种因为堕落放荡留下的伤疤。她们有的穿着黑色短衫和肉色长袜,有的头发卷曲且染成了金色,披着纱巾打扮得像小女孩。从敞开的门里,可以看到屋内的红砖地,一张大木床,牌桌上摆着一只大口水罐和一个面盆。形形色色的人在街上游荡——半岛和东方轮船公司所属的邮轮上的印度水手,瑞典三桅帆船上的金发北欧人,军舰上下来的日本兵,还有英国水手、西班牙人、法国巡洋舰上英俊的水兵、美国货轮上的黑人。白天,这里污秽肮脏,但到了夜里,在五颜六色的灯光照耀下,这条街就有了种罪恶的魅力。空中弥漫着的淫欲使人窒息,但当这些围绕、裹挟着你、激发着你的情景下,却藏着某种神秘的东西。你会感觉到那是一种人们并不了解的原始力量,既让你厌恶,又深深把你迷住。在这里,文明、体面荡然无存,人们面对的是一个阴郁的现实,一种既热烈又悲哀的气氛笼罩着世界。

斯特里克兰和尼科尔斯坐在酒吧里,那里面摆着一架自动钢琴,正在机械地演奏着嘈杂刺耳的舞曲。人们围坐在小桌前,有六七个水手已经喝得半醉,吵吵嚷嚷,那边坐着的是一群士兵。屋子中央正在跳舞的那些人拥挤在一起。留着大胡子、面色黝黑的水手用粗硬的大手使劲搂着自己的舞伴。女人们身上只穿着内衫。不时也会有两个水手站起来相互搂着跳舞。喧闹声震耳欲聋。没有一个人不在喝,不在叫,不在高声大笑;当一个人使劲吻了一下坐在他膝头上的女人时,英国水手中就有人发出嘘声。男人们的大靴子扬起的尘土和口里喷出的烟雾弄得屋子里乌烟瘴气。空气又闷又热。卖酒的柜台后坐着一个女人正在给孩子喂奶。一个身材矮小、生着一张满是雀斑的扁脸的年轻侍者,托着摆满啤酒杯的托盘不住脚地来来去去。

这时候,硬汉彼尔在两个高大黑人的陪同下走了进来。一眼就可以看出他已经有了醉意。他正在故意寻衅闹事。进来后,彼尔东倒西歪地撞在一张台子上,把一杯啤酒打翻。这张桌子边坐着的是三个士兵,双方马上争吵起来。酒吧老板出来,叫硬汉彼尔出去。老板脾气暴烈,从来不允许顾客在他的酒吧闹事。硬汉彼尔气焰有些收敛,他不太敢同酒吧老板发生冲突,因为老板有警察作后盾。彼尔骂了一句,转身准备离开。忽然他看见了斯特里克兰。于是他摇摇晃晃地来到斯特里克兰面前,一句话不说,在斯特里克兰脸上啐了一口唾沫。斯特里克兰抄起酒杯朝他扔去。跳舞的人都停了下来。有那么一分钟,整个酒吧里变得非常安静,一点声音也没有。但等硬汉彼尔扑到斯特里克兰身上时,所有的人马上变得激昂起来。刹那间,酒吧开始了一场混战。啤酒台子被打翻,玻璃杯在地上摔得粉碎。双方厮打得越来越厉害。女人们躲到门边和柜台后面去,过路的行人从街头涌进来。到处是咒骂声、拳击声、喊叫声,屋子中间,一群人打得难解难分。突然警察冲了进来,所有人都争先恐后地往门外逃窜。当酒吧里终于平静下来了,人们看见硬汉彼尔人事不省地躺在地上,头上裂了个大口子。尼科尔斯船长拽着斯特里克兰逃到外面街上,斯特里克兰的胳臂淌着血,衣服被撕成一条一条的。尼科尔斯船长自己也是满脸血污;他的鼻子挨了一拳。

"我看在硬汉彼尔出院前,你还是离开马赛吧。"当他俩回到"中国茅房"开始清洗自己时,他对斯特里克兰说。

"真比斗鸡还热闹。"斯特里克兰说。

尼科尔斯船长的话让我仿佛看到了斯特里克兰满脸讥嘲的笑。

尼科尔斯船长开始担心。他知道硬汉彼尔睚眦必报。现在斯特里克兰叫这个混血儿丢了脸,当彼尔头脑清醒时,是要小心提防的。他不会马上就动手,他会暗中等待一个合适的时机。早晚有一天夜里,斯特里克兰的背上会被人捅上一刀,一两天后,从港口的污水里会捞上一具无名流浪汉的尸体。

第二天晚上,尼科尔斯到硬汉彼尔家里去打听了一下。彼尔仍然住在医院里,他妻子已经去看过他。据他妻子说,彼尔发誓说,他一出院就要结果斯特里克兰的性命。

又一个星期过去。

"我总说,"尼科尔斯船长继续回忆当时的情形,"要打人就得把他打得厉害点。这会给你一点时间,思考一下下一步该怎么办。"

这以后斯特里克兰交到了一次好运。一艘开往澳大利亚的轮船到水手之家要一名司炉,原来的司炉因为精神错乱在直布罗陀附近投海自杀了。

"你一分钟也别耽误,伙计,立刻到码头去,"船长对斯特里克兰说,"赶快签上你的名字。你是有证明文件的。"

斯特里克兰马上去了这艘船报到。这艘轮船在码头只停泊了六小时,傍晚时分,尼科尔斯船长看着轮船烟囱冒出的黑烟逐渐稀薄,轮船消失在寒冬的海面上。这之后尼科尔斯船长再也没见到过斯特里克兰。

我想努力把这些故事叙述得生动些,因为我喜欢拿斯特里克兰这一段经历同他住在伦敦阿什利花园时的生活进行对比,当时他正忙着做股票生意,那时的生活我是亲眼见过的。但我也非常清楚,尼科尔斯船长是个大言不惭的牛皮大王,他告诉我的这些事也有可能没一句是真话。今后,如果我发现斯特里克兰在世时根本不认识他,他对马赛的知识完全来自一本杂志,我也不会有哪怕一点吃惊。

第12章

"不错,就这样,斯特里克兰跟艾塔结婚了。"

四十八

这本书我写到这里原本准备就不再写下去了。

我最初的计划,是想首先叙述一下斯特里克兰是怎样在大溪地度过他生命的最后几年,以及他悲惨的死亡,然后再回过头来描写我所了解的他早年的生活。我预备这样设计倒不是因为我的任性,而是因为想把斯特里克兰启程远航作为这本书的收尾;他那孤独的灵魂满怀种种奇思遐想,终于向能焕发自己丰富想象的陌生荒岛出发了。我喜欢这样一个画面:他活到四十七岁(这个年纪大多数人早已掉进舒适生活的狭缝里去了),然后动身前往天涯海角去寻找一个新世界;大海在凛冽的北风中总是灰蒙蒙一片,白沫在海面的波涛上、在甲板上飞溅,他站在船舷边,迷茫地凝视着逐渐消失、再也无法重见的法国海岸。我想他这一行为蕴含着某种豪迈的精神,他的灵魂里本来就具有大无畏的勇气。我本想让这本书在结束时能给人一点希望。我觉得这样也许能更好地展现斯特里克兰那种拒绝被征服的决心。但我却写不好;不知为什么我不能把这些写下来,在试了一两次后我放弃了这样一个结构。我还是走回到习惯的老路子上来——从头儿开始。我决定按照我了解到的事实,按照时间上的先后顺序记叙我所知道的斯特里克兰的生平。

由于我所掌握的有关斯特里克兰的这些事实几乎都是碎片似的,因此我的处境很像一个古生物学家,根据一根骨骼不仅要重新勾勒出一个早已灭绝的生物的外貌,还要推测出它的生活习性。斯特里克兰并没有给在大溪地同他有接触的那些人留下什么特别深刻的印象。在这些人的眼睛里,他不过是一个永远缺钱花的流浪汉,唯一与众不同的是他爱画一些他们认为是莫名其妙的画。直到他死后很多年,巴黎和柏林的画商开始陆续派代理人到大溪地,搜寻斯特里克兰可能散失在岛上的遗作时,这里的人们才知道,他们中曾经生活着一位了不起的天才。他们这时才意识到,当时只要花一点点钱就能买下如今已经价值连城的名画,而他们让这样的机会白白从眼皮底下溜掉,追悔莫及。大溪地倒是有位叫科恩的犹太商人手里存着斯特里克兰的一幅画;他得到这幅画的情况有点特殊。科恩是个法国籍犹太裔小老头,生着一对温柔、善良的眼睛,总是满面笑容;他一半是商人,一半是水手,自己有一条快艇,常常勇敢地往来于包莫图斯群岛、马克萨斯和大溪地群岛之间,运去当地需要的商品,载回来椰子干、蚌壳和珍珠等。我去看他是因为有人告诉我他有一颗大黑珍珠要廉价出售。后来我发现他的要价超过我的支付能力,我便同他谈起斯特里克兰来。他同斯特里克兰很熟。

"你知道,我对他感兴趣是因为他是个画家。"他对我说,"很少有画家到我们这些岛上来,我很可怜他,因为我觉得他画的画很蹩脚。他的头一个工作就是我给他的。我在半岛上有一个种植园,需要一个白人监工。除非有个白人监督着,否则这些土人是绝不肯给你干活的。我对他说:'你有的是时间画画儿,你还可以挣点钱。'我知道他正在挨饿,但是我给他的工资很高。"

"我想作为监工,他不会是令人满意的吧?"我笑着问。

"我对他的要求一点都不苛刻。我对艺术家总是很同情的。这可是我们一家人的传统,这您应该能想到。但他只干了几个月。等攒够了一些钱,足够买油彩和画布时,他就离开这地方跑到森林里去了。不过我还是能经常见到他。每过几个月他就会来一次帕皮提待上几天;随便从哪个人手里弄到点钱后,他会又无影无踪了。正是他的这样一次来访,他到我家里来要向我借两百法郎。他像一整个星期都没吃过一顿饱饭的样子,我不忍心拒绝他。当然了,我知道这笔钱我绝不可能要得回来了。你猜怎么着,一年后他又来看我,带着一幅画。他没提向我借钱的事,他只是说:'这是一幅画着你那座种植园的画,是我给你画的。'我看了看他的画。不知道该说什么。当然了,我还是对他表示了我的感谢。他走后,我把这幅画拿给我妻子看。"

"他画得怎么样?"我问。

"别问我这个，我一点也看不懂。我活了一辈子也没见过这种样子的画。'这幅画咱们怎么办？'我问我妻子。'无论什么时候也没法挂出去，'她说，'会被人当笑话的。'她就把它拿到阁楼上跟各式各样的废物堆在了一起。我妻子可是什么东西也舍不得扔掉的，这是她的习性。几年后，你自己可以想象一下，那是大战爆发前，我哥哥从巴黎给我写来一封信说：'你是否听说过一个在大溪地住过的英国人？看来这人是个天才，他的画现在能卖大钱。看看你有没有办法弄到他画的任何东西，给我寄来。这件事很能赚钱。'于是我对我的妻子说：'斯特里克兰给我的那张画还在不在？会不会仍然在阁楼上放着呢？''没错儿。'她回答说，'你也知道，我什么东西都不会扔。这是我的毛病。'我们两人到阁楼上，那上面堆放着自从我们住到这所房子的第一天起，积攒了三十年的各式各样的破烂货。那幅画就那样躺在那堆我也弄不清楚到底都是些什么的废物里面。我又仔细看了看。我说：'谁想得到，我的种植园里的一个监工，一个向我借过两百法郎的人，居然是个伟大天才。你看得出这幅画哪点画得好吗？''看不出来，'她说，'一点也不像咱们的种植园，再说我也从来没有见过椰子树长着蓝叶子。他们巴黎人简直疯了，也说不定你哥哥能把那幅画卖两百法郎，正好能抵斯特里克兰欠我们的那笔债。'不管怎么说，我们还是把画包装好，给我哥哥寄去了。最后我收到了他的回信。你猜他信里面怎么说？'画已收到，'他说，'我必须承认，开始我还认为你在同我开玩笑。我真不应该出这笔寄费。我几乎没有胆量把它拿给同我谈过这件事的那位先生看。当他告诉我这是一件杰作，并出价三万法郎要购买它时，你可以想象到我是多么吃惊。我猜想他还肯出更多的钱。但是说老实话，这件事当时太出乎我的意料，弄得我晕头转向了。没等我脑子清醒过来，这笔生意已经拍板成交了。'"

接着，科恩先生说出了几句着实令人起敬的话。

"我希望可怜的斯特里克兰还活着，我真想知道，在我把两万九千八百法郎卖画的钱交到他手里时，他会说什么。"

四十九

我住的那家鲜花旅馆的女主人——约翰逊太太给我讲了一个她自己最悲惨的故事——她如何把大好良机白白错过。斯特里克兰死后，他的一些遗物在帕皮提市场上拍卖。她亲自跑了一趟，因为在拍卖的物品中有她需要的一个美国式煤油炉子。于是她花了二十七法郎把炉子买了下来。

"有十来张画，"她对我说，"但是都没有镶框，谁也不要。有几张要卖十法郎，但是大部分只卖五六法郎一张。想想吧，如果我把它们买下来，现在可是大富翁了。"

但是蒂阿瑞·约翰逊无论在什么情况下也绝对发不了财；她手头根本存不下钱。她是在大溪地落户的一位白人船长同一个土著女人结婚后生的女儿。我认识她的时候，她已经五十岁了，但是样子比实际年纪还要显得老。她高大健硕，一身肥肉；她的胳臂像两条粗羊腿，乳房像两棵大圆白菜，让人感觉赤裸裸的毫无遮掩。一重又一重的肉下巴（我说不上她总共有几重下巴），嘟嘟噜噜地一直垂到她肥胖的胸脯上。但天生一张慈眉善目的脸，让她显得一团和气，一点都不威严吓人。平常她总穿着一件粉红色的宽大薄衫，戴一顶大草帽，但当她把头发松开时（她常这样做，因为她对自己的头发感到很骄傲），你会看到她有一头又黑又长、打着小卷的秀发；此外，她的眼睛也非常年轻，明亮得像小女孩一样清纯。当她笑起来时，那种笑声是我听到过的最富有感染性的；开始时这种笑声只是从她喉咙里传出来的一阵低声的咯咯咯，接着声音越来越大，直到她那肥胖的身躯整个都哆哆嗦嗦地震颤起来。她最喜欢三件东西——笑话、酒跟英俊的男人。能同她结识真是件荣幸的事。

她对美馔佳肴有很深的爱好，是这座岛上最好的厨师。从清晨直到夜晚，你会看见她一直都坐在厨房里的一把矮椅上，有一名中国厨师和两三个本地使女围着她团团转；她一面发号施令，一面同所有的人东拉西扯，偷空还要品尝一下她自己设计烹调出的令人馋涎欲滴的美味。每当她想要对一位朋友表示敬意，就会亲自下厨。殷勤好客是她的天性；只要鲜花旅馆有东西吃，岛上的人谁也不会饿肚皮。她从来不因为房客付不出账而把他们赶走。有一次有一个住在她旅馆的人处境不佳，她竟一连几个月供给这人食宿，分文不收。当开洗衣店的中国人因为这人付不起钱而不再给他洗衣服时，她就把这位房客的衣服和自己的混在一起给洗衣店送过去。她说，她不能看着这个可怜的人穿脏衬衫，此外，既然是一个男人，而男人又非抽烟不可，她还每天给这个人一个法郎，让他去买纸烟。她对这个人同对那些每星期付一次账的客人一样殷勤和气。

年龄和发胖已经使她不能再谈情说爱了；但她对年轻人的恋爱极有兴趣。她认为情欲是人的本性，男人女人都如此，她总是把从自己丰富的经验中得出的真知灼见毫无保留地与大家分享。

"我还不到十五岁时，我父亲就发现我有了爱人，"她说，"他是热带鸟号上的三副。一个漂亮的年轻人。"

她叹了一口气。人们都说女人总是不能忘记自己的第一个爱人；但也许她并不是永远把头一个爱人记在心上的。

"当然我父亲是个明白事理的人。"

"他怎么对你的？"我问。

"他把我打得死去活来，差点一命呜呼。然后他就逼迫我同约翰逊船长结了婚。我倒也不在乎。当然了，约翰逊船长年纪大多了，但是他也很漂亮。"

蒂阿瑞——这是种芬芳的白花，她父亲给她起的名字。这里的人说，只要你闻过这种花香，不论走多远，最终还是会回到大溪地——对斯特里克兰这个人，蒂阿瑞记得非常清楚。

"他有时到这里来，我常常看见他在帕皮提走来走去。他瘦得要命，口袋总是空空的，我挺可怜他。每次只要听说他到城里来了，我就派一个茶房去把他找来，我会让他好好吃一顿。我还给他找过一两回工作，但是他过不了多久就又想回到荒林里去，什么事也干不长，总是一大清早人就不见了。"

斯特里克兰大约是在离开马赛后六个月到的大溪地。我猜想他一到大溪地就好像回到家里一样。他在一条从奥克兰驶往旧金山的帆船上干活儿，弄到了一个舱位。到达大溪地的时候，他随身带的只是一盒油彩、一个画架和一打画布。他口袋里有几英镑钱，这是他在悉尼干活挣的。他在城外一个土著人家里租了一间小屋。蒂阿瑞告诉我斯特里克兰有一次同她讲过这样的话：

"我正在擦洗甲板，突然有一个人对我说：'看，那不是吗？'我抬起头望去，看到了这个岛的轮廓。我马上就知道这就是我一生寻找的地方。后来我们的船越靠越近，我越来越觉得自己记得这个地方。有时候我在这里随便走的时候，我见到的东西全都很熟悉。我发誓，过去我肯定在这里待过。"

"有时候这个地方就是这样把人吸引住的，"蒂阿瑞说，"我听说，有人趁他们乘的轮船上货的时候到岸上来，准备待几小时，可是从此就再也没离开过这个地方。我还听说，有些人到这里来，准备在哪个公司做一年事，他们对这个地方骂不绝口，离开的时候发誓赌咒，宁肯上吊也绝对不会再回来。可是半年后，你又会在这座岛上看见他们；他们会告诉你说，在别的任何地方他们都无法生活下去。"

五十

我认为有些人诞生在某个地方，他们会认为那不是自己心甘情愿的。只是一个偶然的原因，自己被随便扔到某个地方、某种环境下，而他们却一直梦想着某个连自己都不清楚的地方，好像那才是他的故乡一样。在出生的地方他们像过客；从孩提时就熟悉的绿树成荫的原野，同小伙伴一起玩耍游戏的街巷小道，对他们不过是旅途中的一个驿站。这种人在自己亲友中可能终生郁郁寡欢，在他们唯一熟悉的环境里也始终孑然一身。也许正是对乡土的生疏使得他们远走他乡，寻找一处可以永恒定居的寓所。说不定在他们内心深处仍然隐伏着多少世代前祖先的习性和癖好，引导他们回到他们祖先在远古时就已离开的故土。有时候一个人偶然到了一个地方，会神秘地感觉到这正是自己的栖身之所，是他一直在寻找的家园。于是他就在那个似曾相识的环境下，在那些素未谋面的人中找到了归宿感，留了下来。倒像是这里的一切才是他从小就熟悉的一样。他在这里终于找到了宁静。

我为蒂阿瑞讲了我在圣·托马斯医院认识的一个人的故事。这个人是个犹太人，姓亚伯拉罕。他是个金黄头发、身体粗壮的年轻人，性格腼腆，对人和气，很有才华。他是靠一笔奖学金入学的，在五年学习期间，任何一种奖金只要他有机会申请就绝对没有旁人的份。他先当了住院内科医生，后来又当了住院外科医生。没有人不承认他才华过人。最后他被选入管理层，成为管理人员。他的前程已经有了可靠保证。照常情来看，他在自己的医学事业上肯定会飞黄腾达，最终名利双收。在正式上任前，他想度一次假；因为他自己没有钱，所以在一艘开往地中海的不定期货轮上争取了一个医生职位。这种货轮上一般是没有医生的，只是由于他所在的医院有名高级外科医生认识跑这条航线的这家轮船公司的经理，才临时设置了一个医生职位，录用了亚伯拉罕。

几个星期后，医院领导人收到一份辞呈，亚伯拉罕声明自己决定放弃那个人人羡慕嫉妒的管理人员的职位。这件事让人们百思不得其解，一时间各种谣言不胫而走。通常就是这样，如果某个人做出一件出人意料的事，认识他的人总是会替他想出种种最令人难以置信的动机。但是既然他那个职位一开始就有很多人想得到，亚伯拉罕也自然很快就被遗忘。以后再也没人听到他的消息。这个人就这样从人们的记忆里消失了。

大约十年后，有一次我乘船去亚历山大港[①]。就在即将抵达前的一天早上，我被通知同其他旅客一起排好队，等待医生上船来检查身体。来的医生是个衣冠不整、身体肥硕的人。当他摘下帽子后，我看到这人已经完全秃顶。第一眼我就觉得过去在什么地方见过他。忽然，我想起来了。

"亚伯拉罕！"我喊道。

他转过头来，一脸惊异。愣了一会他也认出了我来，立刻握住我的手。我俩一阵寒暄感叹，他听说我准备在亚历山大港过夜，便邀请我到英侨俱乐部去吃晚饭。对于这次不期而遇，我一再表示在这样一个地方遇到他，让我感到非常意外。当时他给我的感觉是生活状态很不好。这之后他给我讲了自己的故事。在刚出发到地中海度假的时候，他一心想的是尽快回到伦敦，到圣·托马斯医院就职。当他所在的那艘货轮在亚历山大港靠岸后，他从甲板上眺望这座古老而神秘，阳光下耀眼的白色城市，码头上熙熙攘攘的人群。他看见各式各样的人，穿着破旧的华达呢长袍的当地人，从苏丹来的黑人，从来都不会安静成群的希腊人和意大利人，还有戴着平顶无檐帽的土耳其人。他抬头看阳光和碧空。就在这时，他的内心发生了变化，产生出奇异的感觉。他说根本没法描述当时的那种感觉，简直令人匪夷所思。事情来得太突然，他说就好像晴天响起一声惊雷；但他觉得这样比喻不够准确，改口说像是得到了天启。他的心被什么东西狠狠撞击了一下。猛然间内心生出一阵狂喜，有种强烈的自由感。他有了游子归家的感受，这种感受是那样强烈，让他当时即刻就作出决定，留在亚历山大这座异乡的城市。离开货轮并没有什么困难；二十四小时后，他已经带着自己的全部行李登岸了。

"船长一定会觉得你疯了。"我笑着说。

[①] 在埃及。

"别人爱怎么想就怎么想，我才不在乎。不是我要这样干的，而是我身体里一种远比我自己的意志强大无数倍的力量命令我这样做。上岸后，我四处转了转，我知道自己要到一家希腊人开的小旅馆去；我也觉得我知道在哪能找到这家旅馆。你猜怎么着？我一点儿也没有费劲就找到了这家旅馆，而且马上就认出来了。"

"你过去到过亚历山大港？"

"没有。这还是我第一次离开英国到别的国家。"

不久后，他就在当地的一家公立医院找到个工作，从此一直待在那里。

"你从来没后悔过吗？"

"从来没有。一分钟也没有后悔过。尽管我挣的钱勉强够维持生活，但我感到满足。我什么要求也没有，只希望这样活下去，直到我死。我生活得非常好。"

第二天我就离开了亚历山大港，直到不久前我才又想起亚伯拉罕的事。那是再一次我跟我另外一位从医的老朋友——阿莱克·卡迈凯尔一起吃饭时。那次卡迈凯尔回英国来短期度假，我们是偶然在街头上遇见的。他在大战中工作得非常出色，荣获了爵士封号。我向他表示了祝贺。我们约好一起消磨一个晚上，叙叙旧。我们约好一起吃晚饭，他建议不再约请别人，这样我俩就可以不受打扰地畅谈。他在安妮女王街有所老宅子，他是个艺术鉴赏力很高的人，这栋房子被他布置得非常典雅舒适。我在餐厅墙上看到一幅贝洛托①的画，还有我很喜欢的佐范尼②的两幅作品。他的妻子是一个一身金色打扮、身材高挑、模样讨人喜欢的女人，当她离开我们后，我笑着对他说，他今天的生活同我们在医学院做学生时相比，变化真是太大了。那时，我们连在威斯敏斯特桥大街一家寒酸的意大利餐馆吃一顿饭，都被看作是奢侈的事。现在，阿莱克·卡迈凯尔在六七家大医院兼任要职，据我估计，一年有一万镑以上的收入。这次受封爵位，不过是他迟早要享受的众多荣誉中的一个而已。

"我混得不错，"他说，"但奇怪的是，这一切都归功于我偶然交了一个好运。"

---

① 贝尔纳多·贝洛托（1720—1780），意大利威尼斯派画家。
② 约翰·佐范尼（1733—1810），出生于德国的英国画家。

"我不懂你说的意思?"

"不懂?你还记得亚伯拉罕吗?应该飞黄腾达的本该是他。做学生的时候,他什么都比我强。奖金也好,助学金也好,都被他从我手里夺去;对他我不得不甘拜下风。如果他这样继续下去,我现在的地位就是他的了。他在做外科手术方面简直是个天才。谁也无法同他竞争。当他被任命为圣·托马斯附属医学院住院医生时,我是绝对没有希望进入管理层的。我只能做一个开业医生,你也知道,一个普通开业行医的人有多大可能跳出这个槽去。但亚伯拉罕却让位了,他的位子让我弄到手。这样就给了我步步高升的机会。"

"我想你说的话是真的。"

"这完全是运气。我想,亚伯拉罕这人一定是心理变态了。这个可怜虫,一点儿救也没有。他在亚历山大港卫生部门找了个差事——检疫员什么的。有人告诉我,他跟一个丑陋的希腊婆子住在一起,生了半打不健康、堕落的孩子。这也就是说,问题不在于一个人脑子聪明不聪明,真正重要的是个性。亚伯拉罕缺少的正是个性。"

个性?在我看来,一个人因为看到另外一种生活拥有的更大的意义,仅仅经过半小时的考虑就甘愿抛弃一生的事业前途,这才需要强大的个性。贸然走出这一步,永不后悔,那需要的个性就更多了。但是我什么也没说。阿莱克·卡迈凯尔沉思片刻后继续说:

"当然,如果我对亚伯拉罕的所作所为假装遗憾,我也就太虚伪了。不管怎么说,正因为他这样做了,才给了我机会。"他点着一支加长的科罗纳牌雪茄,喷出旋转的烟圈,"但如果这件事同我个人没有牵连的话,站在客观立场上,我为他虚掷才华感到可惜。一个人竟这样糟蹋自己,实在令人心痛。"

我很怀疑,亚伯拉罕是否真的糟蹋了自己。做自己最想做的事,生活在自己喜爱的环境里,淡泊宁静,与世无争,这难道是糟蹋自己吗?与此相反,做一个著名的外科医生,年薪一万镑,娶一位美丽的妻子,就是成功?我想,这一切取决于一个人如何看待生活的意义,取决于他认为对社会应尽什么义务,对自己有什么要求。但我还是没说什么;我有什么资格同一位爵士争辩呢?

五十一

我给蒂阿瑞讲完了这个故事,她很赞成我的观点。这以后,我们埋头剥豆子,谁也没再开口。但与此同时,厨房里发生的事一件也逃不过她的眼,一会儿,她看到中国厨师做了件她非常不赞成的事,马上引来她一顿一连串的骂,那个中国人也毫不示弱,于是你一言我一语,两人就在那展开了激烈的舌战。他们对骂时用的是当地土语,我只听得懂五六个词,我的印象就像是世界末日快要到了。但没过多久,和平就又重新恢复,而蒂阿瑞居然还递给中国厨师一根纸烟。两人舒舒服服地开始吞云吐雾起来。

"你知道,他老婆还是我给找的呢,"蒂阿瑞突如其来地说了句,一张大脸布满了笑容。

"厨师的老婆?"

"不,斯特里克兰的。"

"他已经有了呀。"

"他也这么说。可是我告诉他,她的老婆在英国,英国在地球的那一边呢。"

"不错。"我说。

"每隔两三个月,当他需要油彩啊、烟草啊什么,或者缺钱花了,他就会到帕皮提来一趟。到了这里,他总像条没主的野狗似的东游西荡,我看着怪可怜的。我这里雇着一个女孩帮我收拾房间。她的名字叫艾塔。她是我的一个远房亲戚,父母都死了,所以我只好收留了她。斯特里克兰有时候到我这儿来吃一顿饱饭,或者同我这里的哪个干活儿的下盘棋。我发现每次他来的时候,艾塔都盯着他。我就问她是不是喜欢这个人。她说她很喜欢他。你知道这些女孩子都是这样的,喜欢找个白人。"

"艾塔是本地人吗?"我问。

"是的,一滴白人的血液也没有。就这样,在我同她谈过后,我就派人把斯特里克兰找来对他说:'斯特里克兰啊,你也该在这里安家落户了。像你这样年龄的人不应该再同码头边上的女人鬼混。那里面没有好人,跟她们在一起你是不会有什么好结果的。你又没有钱,不管做什么事你都没超过两个月。现在再也没有人肯雇你了。尽管你说你可以同哪个土人一直住在丛林里，他们也愿意同你住在一起——因为你是个白人，但是作为一个白人来说，你这样生活可不像样子。现在我给你出个主意，斯特里克兰。'"

蒂阿瑞说话时一会儿法语，一会儿英语，因为这两种话她说得同样流利。她的语调像是在唱歌，听起来悦耳好听。如果小鸟会讲英语的话，你会觉得它们正是用这种声调的。

"'听我说，你跟艾塔结婚怎么样？她是个好姑娘，今年才十七岁。她从来不像这里那些女孩那样乱来——像跟哪个船长要不就是什么大副要好过这种事倒是有，但跟当地人却绝对没有乱来过。她是很自爱的，你知道。上回奥阿胡号到这里来的时候，船上的司务长对我讲，他在所有这些岛上还从没遇见过比她更好的姑娘呢。她现在也到了该寻个归宿的时候了，再说，船长也好、大副也好，总是时不时地想换个口味。凡是给我干活的女孩子我都不会让她们干很多年。艾塔在塔拉窝河旁弄到一小块地产，就在你到这里不久前，收获的椰子干按现在的市价算足够让你舒舒服服地过日子。那里还有一幢房子，你要想画画儿的话要多少时间有多少时间。你觉得怎么样？'"

蒂阿瑞停下来喘了口气。

"就是在这时他告诉我的他在英国有老婆。'我可怜的斯特里克兰，'我对他说，'他们在别的地方都有个外家；一般说来，这也是为什么他们到我们这些岛上来的缘故。艾塔是个通情达理的姑娘，她不要求当着市长的面举行什么仪式。她是个基督教徒，你知道，信耶稣的人对待这种事不像信天主教的人那么古板。'

"这时候他说：'那么艾塔对这件事有什么意见呢？''看起来，她对你很有情意，'我说，'如果你愿意，她也会同意的。要不要我叫她来一下？'斯特里克兰嘎嘎笑起来，他平常就是这样笑的，笑声干干巴巴，样子非常滑稽。于是我就把艾塔叫过来。艾塔知道刚才我在同斯特里克兰谈什么，这个骚丫头；我一直用眼角盯着她，她假装在给我熨一件刚刚洗过的罩衫，耳朵却一个字不漏地听着我们俩讲话。她走到我面前，咯咯笑着，但我看得出来，她有些害羞。斯特里克兰打量了她一会儿，没有说什么。"

"她长得好看吗？"我问。

"很漂亮。但你以前多半看到过画儿里的她了。他给她画了一幅又一幅,有时候围着一件帕利欧①,有时候什么都不穿。不错,她长得蛮漂亮。她很会做饭。是我亲自教会她的。我看到斯特里克兰还在琢磨这件事时,我就对他说:'我平时给她的工资不少,她都攒起来了。她认识的那些船长和大副有时候也送给她一点儿东西。她已经攒了好几百法郎。'"

斯特里克兰一边揪着自己的大红胡子,笑了起来。

"'喂,艾塔,'他说,'你喜欢不喜欢叫我当你丈夫?'"

她什么也没说,只是叽叽咯咯地笑个不住。

"'我不是告诉你了吗,斯特里克兰,这个女孩子对你挺有情意吗?'"我说。

"'我可是要揍你的。'"他望着她说。

"'你要是不打我,我怎么知道你爱我呢?'"她回答说。

蒂阿瑞讲到这把话题转到了自己身上,她忍不住开始回想起自己的往事来。

"我第一个丈夫是约翰逊船长。他是个男子汉,六英尺三英寸高,长得仪表堂堂,也总是用鞭子抽我。只要他喝醉了,就谁也劝不住他,总是把我打得浑身青一块、紫一块的,多少天也消不去。嗨,他死了的时候我那个哭啊。我想我这辈子再也不能从这个打击里恢复过来了。但是我真的懂得我的损失有多大,那还是在我同乔治·瑞恩尼结婚以后。要是不跟一个男的一起生活,你是永远不会知道他是怎样一个人的。乔治·瑞恩尼叫我大失所望,任何一个男人也没有这么叫我失望过。他长得也挺漂亮,身材魁梧,差不多同约翰逊船长一样高,看起来非常结实。但是这一切都是表面现象。他从来没喝醉过,也从来没动手打过我,简直可以当个传教士。每一条轮船进港我都同船上的高级船员谈情说爱,可是乔治·瑞恩尼什么也看不见。最后我实在腻味他了,我跟他离了婚。嫁这么个丈夫有什么好处呢?有些男人对待女人的方式真是太可怕了。"

我不得不安慰一下蒂阿瑞,表示同情地说男人总是叫女人上当之类的话;接着我请她继续讲斯特里克兰的故事。

"'好吧,'我对斯特里克兰说,'这事不用着急。你慢慢去好好想想。艾

---

① 当地人的服装,一种用土布做的束腰。

塔在厢房里有一间挺不错的屋子,你跟她一起生活一个月,看看是不是喜欢她。你可以在我这里吃饭。一个月后,如果你决定同她结婚,你就可以到她那块地产上安下家来。'

"他同意这样做。艾塔仍然给我干活儿,我兑现了我的话,让斯特里克兰在我这里吃饭。我还教给艾塔做他喜欢吃的一两样菜。那段日子他没怎么画画儿。他在山里游荡,在河里边洗澡。他坐在海边上眺望咸水湖。每逢日落的时候,他就到海边上去看莫里阿岛。他也常常到礁石上去钓鱼。他喜欢在码头上闲逛,同本地人东拉西扯。他从不叫嚷嚷,非常讨人喜欢。每天吃过晚饭他就同艾塔一起到厢房里去。我看得出来,他渴望回到丛林里去。到了一个月头上,我问他打算怎么办。他说,要是艾塔愿意跟他走的话,他是愿意带艾塔一起走的。于是我给他们准备了一桌喜酒。我亲自下的厨。我给他们做了豌豆汤、葡萄牙式的大虾、咖喱饭和椰子色拉——你还没尝过我做的椰子色拉是不是?在你离开这里前我一定给你做一回——我还给他们准备了冰激凌。我们拼命喝香槟,接着又喝甜酒。啊,我早就打定主意,一定要把婚礼办得像个样子。吃完饭后,我们就在客厅里跳舞。那时候我还不像现在这么胖,我从年轻的时候就喜欢跳舞。"

鲜花旅馆的客厅并不大。客厅里有一架立式钢琴,沿着四边墙整整齐齐地摆着一套菲律宾红木家具,上面铺着烙着花的丝绒罩子,圆桌上放着几本照相簿,墙上挂着蒂阿瑞同她第一任丈夫约翰逊船长的放大了的照片。虽然蒂阿瑞已经又老又胖,可是有几次我们还是把客厅地板上的布鲁塞尔地毯卷起来,请旅馆里干活的女孩跟蒂阿瑞的两个朋友一起跳起舞来,伴奏的是由一台像害了气喘病的唱机放出的音乐。露台上,空气里弥漫着蒂阿瑞花的浓郁芳香,头顶上,南十字星在万里无云的天空上闪烁。

蒂阿瑞回忆起很久前的那次盛会,脸上不禁露出迷醉的笑容来。

"那天我们一直玩到半夜三点,上床时没有一个人不喝得醉醺醺的。我早就同他们讲好,他们可以乘我的小马车走,一直到大路通不过去的地方。那以后,他们还要走很长一段路。艾塔的产业在很远很远的一处山峦叠抱的地方。他们天一亮就动身了,我派去送他们的仆人直到第二天才回来。

"不错,就这样,斯特里克兰跟艾塔结婚了。"

第13章

"我不是告诉你了,从某种角度讲,我也是个艺术家吗?

我在自己身上也深深感到激励着他的那种热望。但是他的手段是绘画,我的却是生活。"

五十二

我这样想,这之后的三年时间,应该是斯特里克兰一生中最幸福的一段日子。艾塔的房子距离环岛公路有八公里距离,要到那里去需要穿过一片热带丛林,那有条被遮蔽起来的羊肠小道。艾塔的房子是一栋木头建的平房,没有刷油漆。房子一共有两个房间,屋外还有一个当厨房用的小棚子。室内没有家具,地上铺着席子当床用。只有凉台上放着一把摇椅。

芭蕉树一直长到房子前面;巨大的叶子破破烂烂,看上去就像是一位落魄了的女王的破衣烂衫。屋后有一棵梨树,四周到处种着能变钱的椰子树。艾塔的父亲生前围着这片地产种了一圈巴豆;这些巴豆如今生得密密匝匝,开着绚烂的花朵,像一道火焰墙似的把椰林围绕起来。此外,正对着房子的还有一棵杧果树,房前一块空地边上有两棵姊妹树,开着火红的花朵,同椰子树的金黄椰果竞相斗妍。

斯特里克兰跟艾塔就靠这块地的出产过活,那之后很少再到帕皮提去。离房子不远有条小河,他经常在河里洗澡。有时候河水里会有鱼群出现,土人们就拿着长矛从各地赶来,大吵大嚷着把正向海里游去的受惊的大鱼叉上来。斯特里克兰有时候也到海滩上去,回来时总带回一筐五颜六色的小鱼。艾塔用椰子油把鱼炸了,有时还配上一只大海虾,另外她还常常给他做味道鲜美的螃蟹,这种螃蟹就在他们脚边爬来爬去,伸手就能捉住。山上面长着野橘子树;艾塔偶然同村子里几个女伴一起上山去,每次都满载而归,带回许多芬芳甘美的绿色小橘子。不久后,椰子成熟了,就该到采摘的时候了。艾塔的表兄表弟、堂兄堂弟(像所有的土人一样,她的亲戚数也数不过来)会成群结队地过来帮忙,大家爬到树上去,把成熟的大椰子扔下来。他们把椰子剖开,放在太阳底下晒。晒干后把椰肉取出来装在口袋里。妇女们把一袋袋的椰肉运到咸水湖附近一个村落的贸易商人那里,换回来大米、肥皂、罐头肉和一点点儿钱。有时候邻村有庆贺宴会,就要杀猪。附近的人蜂拥到那里,又是跳舞,又是唱赞美诗,大吃大喝一顿,吃得人人都快要呕吐。

但是他们的房子离附近的村子很远,大溪地的人是不喜欢活动的。他们喜欢旅行,喜欢闲聊,就是不喜欢走路。有时候一连几个星期也没有人到斯特里克兰和艾塔的家里来。斯特里克兰画画儿、看书,天黑了后,就同艾塔一起坐在凉台上,一边抽烟一边望着天空。后来艾塔给他生了一个孩子。生孩子的时候来服侍她的一个老婆婆待下来,一直也没有走。不久,老婆婆的一个孙女也来跟他们同住,再后来又来了个小伙子——谁也不清楚这人从哪儿来,同哪个人有亲属关系,他也毫无牵挂地在这落了户。就这样,他们逐渐变成了个大家庭。

五十三

"看啊,布吕诺船长来了。"

一天,我脑子里正在琢磨如何把蒂阿瑞讲的关于斯特里克兰的故事一点点拼接起来时,突然听到蒂阿瑞的叫喊。"这个人同斯特里克兰很熟。他到斯特里克兰住的地方去过。"

我抬起头来看到一个已过中年的法国人,胡子不少已经花白,一张晒得黝黑的脸,一双眼睛炯炯有神。他身上穿着一套整洁的帆布衣裤。其实吃午饭时我已经注意到他了,旅馆的一个中国籍侍者阿林告诉我,他是从包莫图斯岛来的,他乘的船当天刚刚靠岸。蒂阿瑞把我引见给他;他递给我一张名片。名片很大,正中印着他的名字——勒内·布吕诺,下面一行小字是"远航号船长"。我同蒂阿瑞当时正坐在厨房外面的小凉台上,蒂阿瑞在给她手下的一个女孩裁衣服。布吕诺船长过来和我们一起坐下。

"是的,我同斯特里克兰很熟,"他说,"我喜欢下棋,他也是只要找到个能下棋的人就开始下。为了生意上的事,每年我都要到大溪地来三四回,如果凑巧他也正好在帕皮提,我俩总要一起玩几盘。后来,他结婚了,"说到"结婚"两个字布吕诺船长笑了,耸了一下肩,"在他跟蒂阿瑞介绍给他的那个女孩子到乡下去以前,他邀请我有机会去看看他。举行婚礼那天我也是贺客之一。"他看了蒂阿瑞一眼,两个人都笑了,"结婚后,他很少到帕皮提来。大约一年以后,凑巧我到他居住的那一带去办事,我忘了是为办什么事了。事情办完后我对自己说:'嗨,我干吗不去看看可怜的斯特里克兰呢?'我向一两个本地人打听,问他们知道不知道有这么一个人,结果我发现他住的地方离我那儿还不到五公里。于是我就去了。我永远也不会忘记这次去得到的印象。我自己是住在珊瑚岛上,那是被咸水湖环抱着的一座低矮的环形小岛。那地方的美是海天一线那种美。湖水颜色总是变幻不定,椰子树摇曳多姿。而斯特里克兰住的地方却是另一种美,好像是伊甸园一样。哎呀,我真希望我能把那迷人的地方描摹给你们。那是这世界一个与世隔绝的角落,头顶是蔚蓝的天空,四围一片郁郁苍苍的树木。那里有着无穷无尽的色彩,清新凉爽的空气中充满了芬芳馥郁的香气。那个人间天堂是言语所无法描述的。他就住在那里,不关心世界上的事,世界也把他遗忘。我想,在欧洲人的眼睛里,那地方也许显得过于肮脏了些;房子破破烂烂的,而且收拾得一点儿也不干净。我刚走近那幢房子,就看见凉台上躺着三四个当地人。你知道这里的人总爱凑在一起。我看见一个年轻人摊开了身体在地上躺着,抽着纸烟,身上除了一条帕利欧外什么也没有穿。"

所谓帕利欧就是一长条印着白色图案的红色或蓝色的棉布,围在腰上,下面搭在膝盖上。

"一个女孩子,大概有十五六岁吧,正在用凤梨树叶编草帽,一个老太婆蹲在地上抽烟袋。后来我才看到艾塔,她正在给一个刚出生不久的小孩喂奶,另外一个小孩光着屁股在她脚边玩。艾塔远远看见我后,就招呼斯特里克兰。斯特里克兰从屋里走到门口。他身上同样也只围着一条帕利欧。他的人红胡子越发浓密了,头发粘成一团,胸上长满了汗毛,样子真是古怪。他的两只脚磨出了厚茧，还有许多疤痕，我一看就知道他从不穿鞋。说实在的，他简直比当地人更加土化。他看见我好像很高兴，吩咐艾塔杀一只鸡招待我。他把我领进屋子里，给我看他正在画的一张画。屋子的一个角落摆着一张床，当中是一个画架，画架上钉着一块画布。因为我觉得他挺可怜，所以花了不多的钱买了他几张画。这些画大多数我都寄给法国的朋友了。虽然我当时买这些画是出于对他的同情，但是时间长了，我还是喜欢上了它们。我发现这些画有一种奇异的美。别人都说我发疯了，但事实证明我是正确的。我是这个地区第一个能鉴赏他的画作的人。"

他幸灾乐祸地向蒂阿瑞笑了笑。于是蒂阿瑞又一次后悔不迭地给我们讲起那个老故事来：在拍卖斯特里克兰遗产的时候，她怎样就一点儿也没注意到斯特里克兰的画，就只花了二十七个法郎买了一只美国煤油炉。

"这些画你还保留着吗？"我问。

"是的。我还留着。等我女儿到了出嫁的年龄我再卖，给她做陪嫁。"

他接着给我们讲他去看斯特里克兰的事。

"我永远也忘不了我同他一起度过的那个晚上。本来我想在他那里只待一个钟头，但是他执意留我住一夜。我犹豫了一会儿；说老实话，我真不喜欢他建议我在上面过夜的那张草席。但是最后我还是同意留下了。当我在包莫图斯岛给自己盖房子的时候，有好几个星期我睡在外面的露天地里，我睡的床要比这张草席硬得多，盖的东西只有草叶子。讲到咬人的小虫，我又硬又厚的皮肤实在是最好的防护物。

"在艾塔给我们准备晚饭时，我跟斯特里克兰到小河边洗了个澡。吃过晚饭后，我们坐在露台上乘凉。我们一边抽烟一边聊天。我来的时候看见的那个年轻人有架手风琴，他演奏的都是十几年前音乐厅里流行过的曲子。在热带的夜晚，在这样一个离开人类文明几千英里外的地方，这些曲调给人一种奇异的感觉。我问斯特里克兰，他这样同各式各样的人胡乱住在一起，是否觉得厌恶。他回答说不；他喜欢的模特儿就在眼前。过了不久，当地人都大声打着哈欠，各自去睡觉了，露台上只剩下我同斯特里克兰。我无法向你描写夜是多么宁静。在我们包莫图斯岛上，夜晚从来没有这里这么悄无声息过。包莫图斯岛的海滨上总有上千种小动物在发出窸窸窣窣的声响。各式各样的带甲壳的小东西永远也不停息地到处爬动，另外还有那些生活在陆地上的螃蟹肆无忌惮地横爬过你的脚边。有的时候你还能听到咸水湖里鱼儿跃出水面的声音，或者是一只棕鲨把别的鱼儿惊得一通乱窜，弄得湖里发出一片噼啪的泼溅声。但是压倒一切的还是海水拍打礁石的隆隆声，它像时间一样永远也不终止。但这里却一点儿声音也没有，空气里充满了夜间开放的白花的香气。这里的夜这么美，你的灵魂简直都无法忍受你的肉体了。你感觉你的灵魂随时都可能飘走，飘升到寥廓的天空里，那时你会觉得死神的面貌就像你亲爱的朋友那样熟悉。"

听到这，蒂阿瑞叹了口气。

"哎，我真希望我再回到十五岁的年纪。"

这时，她忽然看见一只猫正在厨房桌上偷对虾吃，她发出连珠炮似的一串咒骂，然后又麻利又准确地把一本书扔在仓皇逃跑的猫尾巴上。

"我问他同艾塔一起幸福不幸福。

"'她不打扰我，'他说。'她给我做饭，照管孩子。我叫她做什么她就做什么。凡是我能要求一个女人的，她都给了我。'

"'你离开欧洲从来也没后悔过吗？有的时候你是不是也怀念巴黎或伦敦街头的灯火？怀念你的朋友、伙伴？还有我不知道的一些东西，剧院呀、报纸呀、公共马车隆隆驶过鹅卵石路的声响？'

很长时间他一句话也没有说。最后他回答我说：

"'我愿意待在这里，一直到我死。'

"'但你就从来也不感到厌烦，不感到寂寞？'"我继续追问他。他咯咯地笑了几声。

"'我可怜的朋友，'他说，'很清楚，你完全不明白当个艺术家是怎么回事。'"

布吕诺船长转过头来对我微微一笑，他的一双和蔼的黑眼睛里闪着奇妙的光辉。

"他这样说对我可太不公平了，因为我也知道什么叫梦想。我自己就也有梦想。从某方面讲，我也是艺术家。"

半天我们都没有说话。蒂阿瑞从她的大口袋里拿出一把香烟来，递给我们每人一支。我们三个人都抽起烟来。最后她开口说：

"既然这位先生对斯特里克兰有兴趣，你为什么不带他去见一见库特拉斯医生呢？他可以告诉他一些事，斯特里克兰怎样生病，怎样死的等等。"

"我很愿意。"船长看着我说。

我谢了谢他。他看了看手表。

"现在已经六点多钟了。如果你肯同我走一趟，我想这时候他是在家的。"

我二话没说，马上站了起来；我俩立刻向医生家里走去。

库特拉斯住在城外，而鲜花旅馆是在城市边缘上，所以没走几步路，我们就已经到了城外郊野上。路变得很宽，一路上都是胡椒树浓浓的绿荫。路两边的田地都是椰子和香子兰种植园。一种被当地人叫作海盗鸟的小鸟在棕榈树的叶子里叽叽喳喳叫个没完。我们经过一条浅溪，上面有一座石桥；我们在桥上站了一会儿，看着当地的孩子在水里嬉戏。他们笑着、喊着互相追逐，棕色的小身体上滴着的水珠，在阳光下闪闪发亮。

五十四

我一边走路一边思索着斯特里克兰到这里以后的情景。最近一些日子我听到了关于斯特里克兰的不少逸事，不能不认真思考一下这里的环境。他在这座遥远的海岛上似乎同在欧洲不一样，一点儿也没有引起别人的厌弃；相反，人们对他都充满了同情，他的奇行怪癖在这里也没人觉得怪异。在这里的人们——不论是欧洲人或当地土著——眼里，他当然是个怪人，但这里的人对于所谓的怪人早就已经习以为常，因此对他从不另眼相看。

世界上有的是怪人，他们的举止离奇古怪；也许这里的居民更能理解，不是他们想要做那种跟大多数人不一样的人，而是他们不得不做那样的人。在英国或法国，斯特里克兰可以说是个不合时宜、会影响他人习惯了的生活的人，这就像是"往圆孔里插个方塞子"，而在这里，却有各种形状的孔，什么样子的塞子都能各得其所。我并不认为他到这里后脾气比过去变好了，不再那么自私了，或是更富于人情味儿了；绝对不是这样，而是这里的环境正好适合他、接受他、容忍他。假如他一开始就是在这里生活，人们就不会注意到他的那些与众不同的怪异行为，那些行为也就不是问题了。他在这里所经历到的是他的故乡根本不可能给予他、他也从未要求过的——那就是宽容与同情。

对于发生的这种神奇的变化，我感到非常惊奇；我试着把我的想法同布吕诺船长讲了些。他并没立刻回答我。

"我对他感到同情其实也没有什么奇怪的，"最后他说，"因为，尽管我们两人可能谁也不知道对方心里的感受，可我们寻求的却是同一件东西。"

"你同斯特里克兰完全是不同类型的人，有什么东西会是你们俩共同寻求的呢？"

"美。"

"你们寻求的东西太高了。"我嘀咕了一句。

"你知不知道，一个人要是坠入情网，就可能对世上一切事物都听而不闻、视而不见了？那时候他就会像古代锁在木船里摇桨的奴隶一样，身不由己。那种俘获了斯特里克兰的激烈情感就跟爱情一样，一点自由也不给他。"

"真奇怪，你怎么也会这么说？"我说，"很久前，我也正是有这种想法。我觉得他这个人是被魔鬼抓住了。"

"使斯特里克兰着迷的是一种创作欲，他热切地想要把自己感受到的美展现出来。这种激情让他焦虑不安，难以有一刻的安宁。他完全是被迫这样东奔西走的。他就像一个终生跋涉的苦行僧，永远被找到他的那片圣地的渴望驱使着。盘踞在他心头的魔鬼对他毫无怜悯。世上有些人渴望寻求到真理，他们的要求非常强烈，为了达到这个目的，不惜打碎一切阻碍着自己的东西，整个生活全都被他们颠覆了。斯特里克兰就是这样一个人；只不过他追求的是美而不是所谓的真理。对于像他这样的人，我从心里感到怜悯。"

"你说的这一点也很奇怪。有一个他曾伤害过的人也这样对我说，说他非常可怜斯特里克兰。"我沉默了一会儿，"我很想知道，对于一种我一直感到迷惑不解的性格，你是不是已经找到了答案。你怎么会想到这个道理的？"

他对我笑了笑。

"我不是告诉你了，从某种角度上讲，我也是个艺术家吗？我在自己身上也深深感受到激励着他的那种热望。但是他的手段是绘画，我的却是生活。"

布吕诺船长接着给我讲了一个故事，我想我应该在这里把这个故事复述一下。因为即使作为对比，这个故事对我记叙斯特里克兰的生平也能说明一些问题。再说，我认为这个故事本身就非常美。

布吕诺船长是法国布列塔尼人，年轻时在法国海军里服过役。结婚以后他退了役，在坎佩尔附近的一小份产业上定居了下来，准备在恬静的乡居生活中度过自己的后半生。但由于替他理财的一位代理人出了差错，一夜之间，他发现自己已经一文不名。他和他的妻子在当地人们眼中享有一定的身份地位，他俩绝对不愿意仍然留在原来的地方过苦日子。早年他在海军服役时远涉重洋，曾到过南太平洋的那些群岛；于是他打定主意去南海闯一闯，想东山再起。他先是在帕皮提住了几个月，一方面规划自己的未来，一方面积累一些经验。几个月后，他从一位法国的老朋友手里借了一笔钱，在包莫图斯群岛买下一座很小的岛屿。这是一座环形小岛，中间有座咸水湖；岛上长满了灌木和野生的香石榴，从来没有人居住过。他的老婆是个很勇敢的女人，他就带着自己的老婆和几个土人登上这座小岛。他们首先着手盖房子，清理灌木丛，准备种植椰子。这是在我遇到他二十年前发生的事，现在这座荒岛已经成了一座管理良好的种植园。

"开始那段日子工作非常艰苦。我们两人拼死拼活地干活儿。每天天一亮我就起来，除草、种树、盖房子，晚上一倒在床上，我总是像条死狗似的一觉睡到天亮。我妻子一样毫不吝惜自己的力气。后来我们有了孩子，先是一个男孩，后来又生了个女儿。我和我妻子教他们读书。他们知道的一点儿知识都是我俩教的。我们托人从国内运来一架钢琴。我妻子教他们弹琴、说英语，我教他们拉丁文和数学；我们还一起读历史。两个孩子学会了驾船，游泳的本领一点儿也不比当地土人差。岛上的事他们样样都精通。我们的椰子林长得很好，此外，我们那里的珊瑚礁上还盛产珠蚌。我这次到大溪地来是为了买一艘双桅帆船。我想用这艘船打捞蚌壳，准能把买船的钱赚回来。谁能说准，我也许真会捞获一些珍珠呢。我干的每一件事都是白手起家的。我也创造了美。每当我看着那些高大、挺拔的椰子树，心里就会想这每一棵树都是自己亲手种植起来的，你真不知道我那种心情是怎样的。"

"我想问你一个问题：这个问题你过去也问过斯特里克兰。你离开了法国，把布列塔尼的老家抛在脑后，从来也没有后悔过吗？"

"将来有一天，等我女儿结了婚，我儿子娶了妻子，能够把我在岛上的事业接过去后，我就和我妻子回去，在我出生的那所老房子里度过我们的残年。"

"我想，到了那时，当你回顾起自己的这一生，你一定会感到这一辈子是幸福的。"

"当然了,在我们那座小岛上,日子可以说是非常平淡,我们离开文明社会太遥远了——你可以想象一下,就是到大溪地来一趟也要走四天,但我们过得很幸福。世界上只有少数人能够最终实现自己的理想。我们的生活单纯、简朴。我们并不野心勃勃,如果说我们也有骄傲的话,那仅仅是因为在想到通过自己双手获得的劳动成果时的骄傲。我们对别人既不嫉妒,更不怀恨。唉,我亲爱的先生,有人认为'劳动的幸福'是句空话,对我说来可不是这样。我深深感到这句话的重要意义。我是个很幸福的人。"

"我相信你是最有资格这样说的。"

"我也希望我能这样想。我的妻子不只是我贴心的朋友,还是我的好助手;不只是贤妻,还是良母,我真是配不上她。"

船长的这番话在我脑子里描绘了一种别样的生活,使我思索了好大一会儿。

"你过着这样的生活,而且取得了很大成功,显然这只需要坚强的意志,而且要有坚毅的性格。"我说。

"也许你说得对。但是如果没有另外一个因素,我们是什么也做不成的。"

"那是什么呢?"

他站住了,有些像演戏似的抬起了两只胳臂。

"对上帝的信仰。要是不相信上帝,我们早就迷途了。"

这时候,不知不觉我们已经到了库特拉斯医生诊所的门口。

五十五

库特拉斯医生是个又高又胖的法国老头,体型很像一只大鸭蛋,一对蓝眼睛目光犀利又和善,时不时就会落在自己的大肚皮上。他的脸红扑扑的,一头银发让人一眼就会产生亲切感。他见我们的地方很像法国外省那些小城市里的普通住宅,两件波利尼西亚的摆设在屋子里显得非常刺眼。库特拉斯医生用双手握住我的手——他的手很大,亲切地看着我;但从他的眼神可以看出他是个非常精明的人。在同布吕诺船长握手的时候,他很客气地问候布吕诺船长的夫人和孩子们[①]。我们

---

① 原文为法语。

寒暄了几句。闲扯了一会儿本地的各种新闻，今年椰子和香草果的收成等等。这以后谈话转到我这次来访的主题上。

我现在记录下的库特拉斯给我讲的故事，完全是用的我自己的语言；他当时给我讲的时候绘声绘色，我没法照他的原话复述而不破坏他的原话的精彩。他嗓音低沉，具有穿透力，同他魁梧的体格很相配。他说话时还很善于表演。听他讲话，就像一般人爱形容的那样——像是在看戏，而且比大多数的戏都精彩。

有一次库特拉斯医生为了给一个生病的女酋长看病去了一趟塔拉瓦奥。关于这位女酋长，库特拉斯医生生动形象地描绘了一番。女酋长又胖又蠢，当时正躺在一张大床上抽纸烟，身边围着一群皮肤乌黑的侍从。看过病以后，医生被请到另一间屋子里，被招待了丰盛的一顿——生鱼、炸香蕉、小鸡，还有一些他叫不出名字的东西①，这是当地土著②的标准饭菜。吃的时候，他看见人们正在把一个眼泪汪汪的年轻女孩子从门口赶走。他当时并没注意，但在他吃完饭，正准备上马车启程回家时，又看见那个女孩在不远的地方站着。她凄凄惨惨地望着他，泪水一个劲地流着。医生问了问旁边的人这个女孩儿是怎么回事。他被告知，女孩子是从山里面下来的，想请他去看一个生病的白人。他们已经告诉她，医生没有时间管她的事。于是库特拉斯医生把她叫过来，亲自问她有什么事。她说她是艾塔派来的，艾塔过去在鲜花旅馆干过活，她来找医生是因为"红毛"病了。她把一块揉皱了的旧报纸递到医生手里，医生打开一看，里面是一张一百法郎的钞票。"谁是'红毛'？"医生问一个站在旁边的人。

那人告诉他，"红毛"是当地人给那个喜欢画画的英国人起的外号。那人现在跟艾塔同居，住在离这里七公里远的山里的一条峡谷中。据当地人的描述，他知道他们说的是斯特里克兰。但是要去斯特里克兰住的地方，只能走路去；他们知道他去不了，所以就把女孩子打发走了。

"说老实话，"医生转过头来对我说，"我当时有些犹豫。在崎岖不平的小路上来回走十四公里，对我来说实在不是什么好滋味，而且我也没法当夜赶回帕皮提。此外，我对斯特里克兰也没有什么好感。他不过是个游手好闲的懒汉，宁愿跟一个土著女人姘居，也不想像别人那样自己挣钱吃饭。我的上帝③，我当

---

① 原文为法语。
② 原文为法语。
③ 原文为法语。

时怎么知道,有一天全世界都承认他是个伟大天才呢?我问了问那个女孩,他是不是病得很厉害,不能到我那儿去看病。我还问她,斯特里克兰得的是什么病。但是她什么也不说。我又问了她几句,也许还对她发了火,结果她眼睛看着地,扑簌簌地掉眼泪。我无可奈何地耸了耸肩。不管怎么说,给病人看病是医生的职责,尽管我一肚子的闷气,还是跟着她去了。"

走到目的地后,库特拉斯医生的脾气一点儿也不比出发时好,他走得满身大汗,又渴又累。艾塔正在焦急地等着,还走了一段路来接他。

"在我给任何人看病前,先让我喝点儿什么,不然我就渴死了,"医生喊道,"看在上帝分上,给我摘个椰子来。"

艾塔喊了一声,一个男孩子跑了过来,噌噌几下就爬上一棵椰子树,扔下一只成熟的椰子。艾塔在椰子上开了个洞,医生痛痛快快地喝了一些,这以后,他给自己卷了一根纸烟,情绪比刚才好多了。

"红毛在什么地方啊?"他问。

"他在屋子里画画呢。我没告诉他你要来。你进去看看他吧。"

"他哪里不舒服?要是他还画得了画儿,就能到塔拉瓦奥走一趟。叫我走这么远的该死的路来看他,是不是我的时间不如他的值钱?"

艾塔没说话,她同那个男孩子一起跟着医生走进屋内。去找医生的那个女孩儿这时在阳台上坐了下来;阳台上还躺着一个老太婆,背对着墙,正在卷当地人吸的一种纸烟。医生感到这些人的举止都有些奇怪,心里有些气恼。走进屋子后,他发现斯特里克兰正在清洗自己的调色板。画架上摆着一幅画。斯特里克兰身上裹着一件帕利欧,站在画架后面背对着门。听到有脚步声他转过身来。他很不高兴地看了医生一眼。他有些吃惊;他讨厌有人来打搅自己。但是真正感到吃惊的是医生;库特拉斯一下子僵立在那里,脚下好像生了根,眼睛瞪得滚圆。他看到的是他事前绝没有料到的。他吓得胆战心惊。

"你怎么连门也不敲就进来了,"斯特里克兰说,"有什么事?"

尽管库特拉斯医生从震惊中恢复了过来,但还是费了很大劲儿才能开口说话。他来时的一肚子怒气已经烟消云散;他感到——哦,对,我不能否认。[①]——他感到从心坎里涌现出一股怜悯之情。

[①] 原文为法语。

"我是库特拉斯医生。我刚才到塔拉瓦奥去给女酋长看病,艾塔派人请我来给你看看。"

"她是个大傻瓜。最近我身上有的地方有些痛,有时候有点儿发烧,但这不是什么大病。过些天自然就好了。下回有人再去帕皮提,我会叫他带些金鸡纳霜回来的。"

"你还是照照镜子吧。"

斯特里克兰看了他一眼,笑了,走到挂在墙上的一面小镜子前。这是那种廉价的镜子,镶在一个小木框里。

"怎么了?"

"你的脸有什么变化你没有发现吗?你的五官都肥大起来了,你的脸——我该怎么说呢?——你的脸已经成了医书上所说的'狮子脸'。我可怜的朋友,难道一定要我给你指出来,你得了一种可怕的病了吗?"

"我?"

"你从镜子里就可以看出来,你的脸现在的症状就是典型的麻风病特征。"

"你是在开玩笑吗?"斯特里克兰说。

"我也希望是在开玩笑。"

"你是想告诉我,我得了麻风病?"

"非常不幸,这已经是不容置疑的事了。"

库特拉斯医生曾经给许多人宣判过死刑,但是每一次都无法克服自己内心的恐怖。他总是想,被宣判死刑的病人一定拿自己同医生比较,看到医生身心健康、享有生活的宝贵权利,一定又气又恨;病人的这种感情每次他都能感觉到。但是斯特里克兰却只是默默无语地看着他,一张已经受这种恶病蹂躏变形的脸,丝毫也看不出有任何感情变化。

"他们知道吗?"最后,斯特里克兰指着外面的人说;这些人这时静悄悄坐在露台上,同往日的情景大不相同。

"这些本地人对这种病的征象是非常清楚的,"医生说,"只是他们不敢告诉你罢了。"

斯特里克兰走到门口,向外面张望了一下。他的面相一定非常可怕,因为外面的人一下子都哭叫哀号起来,而且哭声越来越大。斯特里克兰一句话也没说。

他愣愣地看了他们一会儿，转身走回屋内。

"你认为我还能活多久？"

"谁说得准呢？有时候染上这种病的人能活二十年，如果早一些死倒是上帝发慈悲呢。"

斯特里克兰走到画架前面，沉思地看着放在上面的画。

"你到这里来走了很长一段路。带来重要消息的人理应得到报酬。把这幅画拿去吧。现在它对你不算什么，但是将来有一天可能你会高兴有这样一幅画的。"

库特拉斯医生谢绝说，他到这儿来不需要报酬，就是那一百法郎他也还给了艾塔。但是斯特里克兰却坚持要他把这幅画拿走。这以后他们俩一起走到外面阳台上。几个本地人仍然在哀痛地呜咽着。

"别哭了，女人。把眼泪擦干吧，"斯特里克兰对艾塔说。"没有什么了不起的。我不久就要离开你了。"

"他们不会把你弄走吧？"她哭着说。

当时在这些岛上还没有实行严格的隔离制度。害麻风病的人如果自己愿意，是可以留在家里的。

"我要到山里去。"斯特里克兰说。

这时候艾塔站起身，看着他的脸说：

"别人谁愿意走谁就走吧。我不离开你。你是我的男人，我是你的女人。要是你离开了我，我就在房子后面这棵树上上吊。我在上帝面前发誓。"

她说这番话时，神情非常坚决。她不再是一个温柔、顺服的土人女孩子，而是一个意志坚定的妇人。她一下子变得谁也认不出来了。

"你为什么要同我在一起呢？你可以回到帕皮提去，而且很快你还会找到另一个白人。这个老婆子可以给你看孩子，蒂阿瑞一定会很高兴你再给她重新干活的。"

"你是我的男人，我是你的女人。你到哪我也到哪。"

有那么一瞬间，斯特里克兰的铁石心肠似乎被打动了，泪水涌上他的眼睛，一边一滴，慢慢从脸颊上流下来。但是他的脸马上又重新浮现出平日惯有的那种讥嘲的笑。

"女人真是奇怪的动物，"他对库特拉斯医生说，"你可以像对待狗一样对待她们，你可以揍她们揍得你两臂酸痛，可是到头来她们还是爱你。"他耸耸肩，"当然了，基督教认为女人也有灵魂，这实在是个最荒谬的幻觉。"

"你在同医生说什么？"艾塔有些怀疑地问他，"你不走吧？"

"如果你愿意的话，我就不走，可怜的孩子。"

艾塔一下子跪在他的脚下，两臂抱紧他的双腿，拼命地吻他。斯特里克兰看着库特拉斯医生，脸上带着一丝微笑。

"最后他们还是要把你抓住，你怎么挣扎也白费力气。白种人也好，棕种人也好，到头来都是一样的。"

库特拉斯医生觉得对于这种可怕的疾病说一些同情的话是很荒唐的，他决定告辞。斯特里克兰叫那个名叫塔奈的男孩子给他领路，带他回村子去。

说到这里，库特拉斯医生停了一会儿。最后他对我说：

"我已经告诉过你我不喜欢他，对他没有多少好感。但在我慢慢走回塔拉瓦奥村的路上，我回想起他自我克制的勇气，却不由自主对他生出了由衷的敬佩。他忍受的那可是一种可怕的疾病，能给人带来极大痛苦。跟塔奈分手时，我告诉他我会送一些药去，对他的病也许会有点儿好处。但是我心里清楚，斯特里克兰是多半不肯服我送去的药的，至于这种药——即使他服了——有多大效用，我就更不敢抱多大希望了。我让那孩子给艾塔带了个话，不管她什么时候需要我，我都会去的。生活是严酷的，大自然有时候竟以折磨自己的儿女为乐，在我坐上马车驶回我在帕皮提温暖的家时，我的心是沉重的。"

很长一段时间，我们谁都没有说话。

"但艾塔再没有叫我去，"医生最后说，"我凑巧也有很长时间没机会到那个地区去。关于斯特里克兰什么消息也没听到。有一两次我听说艾塔到帕皮提来买绘画用品，但是我都没见到她。大约过了两年多，我才又去了一趟塔拉瓦奥，仍然是给那个女酋长看病。我问那地方的人听到过斯特里克兰的什么消息没有。这时候，斯特里克兰害了麻风病的事已经到处传开了。首先是那个男孩子塔奈离开了他们住的地方，不久后，老太婆带着她的孙女儿也走了。只剩下斯特里克兰、艾塔和他们的孩子。没有人靠近他们所在的地方。当地的土人对这种病怕得要命，这你是知道的；在过去的日子里，害麻风病的人一被发现就会被活活打死。但有时候村里的小孩到山上去玩,也偶然会看到这个留着大红胡子的白人在附近游荡。孩子们一看见他就像遇到鬼似的没命地跑掉。有时候艾塔半夜到村子里来,叫醒开杂货店的人买一些她需要的东西。她知道村子里的人也同样害怕跟厌恶她,正像对待斯特里克兰一样,因此她尽可能避开他们。有一次有几个女人大着胆子走到他们的椰子园附近,这次她们走得比哪一次都近,看见艾塔正在小溪里洗衣服,她们向她投掷了一阵石块。这次事件发生后,村里的杂货商就传递给艾塔一个消息:村里的人决定,以后如果她再用那条溪水,人们就要来把她的房子烧掉。"

"这些混账东西。"我说。

"别这么说,我亲爱的先生,恐惧会使人们变得残酷无情,人都是这样的……我决定去看看斯特里克兰。当我给女酋长看完病后,我想找一个男孩子给我带路,但没有一个人肯陪我去,最后还是我一个人摸索着去了。"

库特拉斯医生一走进那个椰子园,就有一种忐忑不安的感觉。虽然走路走得浑身燥热,却不由得打寒战。空气中似乎有什么敌视他的东西,让他望而却步;他觉得有一股无法看见但感觉得到的力量在阻拦着他,许多只看不见的手往后拉他。没有人再到这里来采摘椰子,椰果全都掉在地上腐烂了,这地方一片荒凉破败。低矮的灌木已经从四面八方侵入这个种植园,看来人们花费了无数心血开发出的这块土地,不久就又要被原始森林重新夺回去了。库特拉斯医生有一种感觉,仿佛这是痛苦的居留地。他越走近这所房子,就越为这里的寂静而心神不宁。开始他还以为房子里没有人了,但后来他看见了艾塔。她正蹲在那间当厨房用的小棚子里,用锅子煮东西,身旁有一个小男孩,一声不出地在泥土地上玩。看见医生的时候,艾塔脸上并没有笑容。

"我是来看斯特里克兰的。"他说。

"我去告诉他。"

艾塔向屋子走去。库特拉斯医生跟在她身后,但走到门口时却听从她的手势在门外站住。艾塔打开房门,他闻到一股腥甜气味;在麻风病患者居住的地方总是有这种令人作呕的气味。他听见艾塔说了句什么,以后他听见屋内传出一个人的声音,但他一点儿也听不出这是斯特里克兰的声音。这声音非常沙哑、模糊不清。库特拉斯医生扬了一下眉毛。他估计病菌已经侵袭了病人的声带。过了一会儿，艾塔从屋子里走出来。

"他不愿意见你。你快走吧。"

库特拉斯医生一定要看看病人，但是艾塔拦住他，不叫他进去。库特拉斯医生耸了耸肩；想了一会儿，便转身走开。她跟在他身边。医生觉得，她也希望自己马上离开。

"有没有什么事是我可以替你做的？"他问。

"你可以给他送点儿油彩来，"她说，"别的什么他都不要。"

"他还能画画儿吗？"

"他正在往墙上画壁画儿。"

"你的生活真不容易啊，可怜的孩子。"

她的脸上终于露出了笑容，眼睛里放射出一种爱的光辉，一种人世上罕见的爱情的光辉。她的目光叫库特拉斯医生吓了一跳。他感到非常惊异，甚至产生了敬畏。他不知道该说什么。

"他是我的男人。"她说。

"你们的那个孩子呢？"医生问道，"我上次来，记得你们是有两个小孩儿的。"

"是有两个。那个已经死了。我们把他埋在杧果树底下了。"

艾塔陪医生走了一小段路后，就对医生说，她得回去了。库特拉斯医生猜测，她不敢走出去更远，怕遇见村子里的人。他又跟她说了一遍，如果她需要他，只要捎个话去，他一定会来的。

第14章

"……她在干燥的地板上和草席上倒上煤油,点起一把火来。

没过半晌,这座房子就变成了焦炭,一幅伟大的杰作就这样化为灰烬了。"

五十六

两年很快就过去了,也许是三年。要知道在大溪地,时间总是在悄然流逝着,没有人会想起要费心去计算。最后终于有人给库特拉斯医生带来个信儿,说是斯特里克兰很快就要死了。艾塔在路上拦住一辆往帕皮提递送邮件的马车,请求赶车的人立刻到医生那里去一趟。但是消息带到的时候,医生恰巧不在家。直到傍晚他才听到这个消息。天已经太晚了,他当天无法动身;他是第二天清早启程去的。他首先到了塔拉瓦奥,然后下车步行;这是他最后一次走七公里的路到艾塔家去。小路几乎已经被荒草遮住,看来好几年没有人走了。路很不好走;有时候他得跋涉过一段河滩;有时候他得分开长满荆棘的茂密的矮树丛。好几次他不得不从岩石上爬过去,以便躲开挂在头顶树枝上的野蜂窝。密林里万籁无声。

最后,他终于走到那座没有油漆过的木房子前,他长舒了一口气。这所房子现在已经更加破旧,而且看上去非常肮脏,简直不堪入目。迎接他的仍是一片无法忍受的寂静。他走到阳台上,一个小孩儿正在阳光底下玩儿,一看见他便飞快跑掉了;看来在这个孩子的眼里,所有陌生人都是敌人。库特拉斯医生知道那个孩子正躲在一棵树后面偷偷看着自己。房门敞开着。他叫了一声,但没人回答。他走了进去。他在另一扇门上敲了敲,仍然没有回答。他把门柄一扭走进去。扑鼻而来的一股臭味几乎叫他呕吐出来。他用手帕堵着鼻子,硬逼着自己走进去。屋子里光线非常暗,从外面灿烂的阳光下走进来,一时他什么也看不见。当他的眼睛适应了室内的光线后,他吓了一跳。他不知道自己到了哪里,就仿佛是突然闯入了一个神奇的世界;朦胧中,他感到自己置身于一个原始大森林中,大树下面徜徉着一些赤身裸体的人。过了一会儿他才知道,他看到的是四壁上的巨大壁画。

"上帝啊,我不是被太阳晒昏了吧……"他喃喃自语道。

一个人影晃动了一下,引起他的注意,他发现艾塔正躺在地板上,低声呜咽着。

"艾塔,"他喊道,"艾塔。"

她没有理睬他。屋子里的腥臭味又一次差点儿把他熏倒,他点了一支方头雪茄。他的眼睛已经完全适应屋里的朦胧光线。他凝视着墙上的绘画,心中激荡着无法抑制的情感。他对绘画并不怎么内行,但是墙上的这些画却使他感到激动。所有的墙壁上,从地板一直到天花板,铺展一幅奇特、精心绘制的巨画,非常奇妙,也非常神秘。库特拉斯医生几乎连呼吸都停止了。他心中产生了一种既无法理解、又没法分析的情感。如果一定要描述,那只能说也许一个人面对天地初生,混沌初开时,就应该是怀着这种喜悦与敬畏之情。这幅画那种宏大的气势逼人,它是肉欲的,又充满着饱满的热情。与此同时它又叫人心惊肉跳。绘制这幅巨作的人已经深入到大自然的隐秘中,探索到某种既美丽、又可怕的秘密。这个人知道了人不该知道的事物。他画出来的是某种最原始的令人震骇的东西,是不属于现实世界里的。库特拉斯医生模模糊糊联想到黑色魔法,既美得惊人,又污秽邪恶。

"上帝啊,这是天才。"

这句惊叹脱口而出,只是说出来以后他才意识到自己是下了一个评语。

后来,他的目光落在墙角的一张草席上,他走过去,看到了一个肢体残缺、让人不敢正眼看的可怕的东西,那是斯特里克兰。他已经死了。库特拉斯医生运用了极大的意志力,俯身看了看这具可怕的尸骸。他突然吓得跳起来,一颗心差点儿跳到嗓子眼儿上;因为他感到身后有什么东西。回头一看,原来是艾塔。不知道什么时候,艾塔已经站起来走到他胳臂肘旁边,同他一起俯视着地上的死人。

"上帝,我的神经一定出毛病了,"他说,"你可把我吓坏了。"

这个一度活生生的人,现在已经气息全无了;库特拉斯又看了看,便心情沉郁地掉头走开。

"他的眼睛已经瞎了啊。"

"是的,他已经瞎了快一年了。"

五十七

这时,库特拉斯太太出去看朋友回来了,我们的谈话暂时被打断。库特拉斯太太像只帆篷张得鼓鼓的小船,精神抖擞地闯了进来。她是个高大肥胖的女人,身躯挺得笔直。胸部巨大饱满,却勒着束胸。她有一个大鹰钩鼻,下巴重叠着三圈厚厚的肥肉。尽管热带气候总是让人慵懒无力,对她却丝毫没有影响。相反,谁也想不到她有这么充沛的精力。库特拉斯太太又精神又精明,她的行动敏捷果断。她显然还是个非常健谈的人;从进屋的第一分钟起,她就开始谈论这个、品评那个,话语滔滔不绝。我们刚才那场谈话所涉及的内容与情景,在库特拉斯太太进屋后显得非常遥远、不真实了。

好一会儿后,库特拉斯医生才有机会对我说:

"斯特里克兰给我的那幅画一直挂在我书房里。你要去看看吗?"

"我很想看看。"

医生领着我来到室外环绕着这幢房子的回廊上。我们在外面站了一会儿,观赏了一会花园里争奇斗妍的花朵们。

"看了斯特里克兰画在那间屋子四壁上的奇异的画后,我就没法摆脱它的影响。"他思索着说。

而这时我脑子里想的也正是这件事。看来斯特里克兰终于把他的内心世界完全表现出来了。他就那样默默无言不停地画,心里非常清楚这是他一生中最后一次机会。我想斯特里克兰一定把他理解的生活、把他所看到的那个世界用图像表示了出来。我还想,他在创作这幅巨画时也许终于找到了心灵的平静;纠缠着他的魔鬼最后被拔除。他痛苦的一生似乎就是在为这壁画做准备,在图画完成的时候,他那远离尘嚣的受尽了折磨的灵魂也一定得到了安息。对于死,他很可能是说抱着欢迎的态度,因为他一生追求的目的已经达到。

"他的画主题是什么?"我问。

"我说不太清楚。他的画奇异而怪诞,好像是宇宙初创时的图景——伊甸园,亚当和夏娃……我怎么知道呢?是对人体美——男性和女性的形体的一首赞美诗,是对大自然的颂歌;大自然,既崇高又冷漠,既美丽又残忍……它使你感到空间的无限和时间的永恒,使你产生一种敬畏。他画了很多的树,椰子树、榕树、火焰花、鳄梨……所有那些我天天看到的;但是这些树经他画出来,我再看时就完全不同了,我仿佛看到它们都有了灵魂,都各自有一个只属于自己的秘密,仿佛它们的灵魂和秘密眼看就要被我抓到手里,但又总是被它们逃脱掉。那些颜色都是我熟悉的颜色,可是它们又都有自己独特的个性。而那些赤身裸体的男男女女,他们既都是尘世的、是造物主用来揉捏他们的尘土,又是具有神性的。人的最原始的天性赤裸裸地呈现在你眼前,你看到的时候不禁会感到震撼,为之敬畏,因为你看到的就是你自己。"

库特拉斯医生耸了一下肩,脸上露出笑容。

"你会笑我的。我是个功利主义者,长得又蠢又胖——有点儿像福斯塔夫[①],对不对?——抒情诗式的情绪不适合我。我这是在惹人发笑。但真的还从没有过哪幅画给我留下这么深的印象。说实话,我看这幅画时的感觉,完全就像进了罗马塞斯廷小教堂一样。在那里我也是感到在天花板上绘画的那个画家非常伟大,又钦佩又畏服。那真是天才的画,气势磅礴,让人感到头晕目眩。在这样伟大的壁画面前,我感到自己非常渺小,小到微不足道。但是人们对米开朗琪罗的伟大还是有心理准备的,而在这样一个土人住的小木房子里,远离文明世界,在俯瞰塔拉瓦奥村庄的群山怀抱里,我却根本没想到会看到这样令人震惊的艺术作品。另外,米开朗琪罗神智健全,身体健康。他的那些伟大作品给人以崇高、肃穆的感觉。但是在这里,虽然我看到的也是美,却叫我心神不安。我不知道那究竟是什么,但它确实叫我无法安宁。它给我一种印象,仿佛我正坐在一间空荡荡的屋子隔壁,我知道那间屋子是空的,但奇怪的是又觉得里面有一个人,这让我惶恐,让我害怕。我在心里责备自己,你该骂你自己吧;你知道这只不过是你的心

---

① 莎士比亚戏剧《亨利四世》中的人物,身体肥胖,喜爱吹牛。

理在作祟——但是，但……过一小会儿，你就再也不能抗拒那紧紧捕捉住你的恐惧了。你被握在一种恐怖的无形掌心里，无法逃脱。是的，我承认当我听到这些奇异的杰作被毁掉时，我觉得遗憾。"

"毁掉了？"我叫出声来。

"是啊。你不知道吗？"

"我怎么会知道？我都没听说过这幅作品，在你这是第一次听说。我还以为它们落到某个私人收藏家手里去了呢。斯特里克兰究竟画了多少画儿，直到今天始终没有人编制出目录来。"

"据说自从眼睛瞎了后，他就总是一动不动地坐在那两间画着壁画的屋子里一坐就是几个钟头。他用失明的眼睛望着自己的作品，也许那时他看到的比他一生中看到的还要多。艾塔告诉我，他对自己的命运从来也没抱怨过，也从不感到沮丧。直到生命最后一刻，他的心智一直是安详、恬静的。但是他叫艾塔发誓，在她把他埋葬后——我告诉你没有，他的墓穴是我亲手挖的，因为没有一个土人肯走近这所沾染了病菌的房子，我们俩把他埋葬在那棵杧果树底下，我同艾塔，他的尸体是用三块帕利欧缝在一起包裹起来的——放火把房子烧掉，而且要她亲眼看着房子烧光，在每一根木头都烧尽前不要走开。"

我好长时间说不出话来；我陷入沉思，最后我说：

"这么说来，他至死也没有变啊。"

"你了解他吗？我必须告诉你，当时我觉得自己有责任劝阻她，叫她不要这么做。"

"后来你真是这样说了吗？"

"是的。因为我知道这是一幅伟大天才的杰作，而且我认为，我们没有权力让人类失去它。但艾塔不听。她已经答应过他了。我不愿意继续待在那儿，亲眼看着那野蛮的破坏。只是事后我才听人说她是怎样干的。她在干燥的地板上和草席上倒上煤油，点起一把火来。没过半晌，这座房子就变成了焦炭，一幅伟大的杰作就这样化为灰烬了。"

"我想斯特里克兰也知道这是一幅杰作。他已经得到了自己所追求的东西。可以说死而无憾了。他创造了一个世界，也看到了自己的创造多么美好。之后，在骄傲和轻蔑的心态下，他又把它毁掉了。"

"我还是得让你看看我的画。"库特拉斯医生边说边继续往前走。

"艾塔同他们的孩子后来怎样了?"

"他们搬到马尔奎撒群岛去了。她那里有亲属。我听说他们的孩子在一艘喀麦隆的双桅帆船上当水手。人们都说他长得很像死去的父亲。"

从回廊走到诊疗室的门口,库特拉斯医生站住,对我笑了笑。

"我的这幅是一幅水果静物画。你也许觉得诊疗室里挂着这样一幅画不很适宜,但是我妻子却绝对不让它挂在客厅里。她说这张画给人一种猥琐感。"

"水果静物会叫人感到猥琐?"我吃惊地喊起来。

我们走进屋子,我的眼睛立刻落到这幅画上,很久很久一直看着它。

画的是一堆水果:杧果、香蕉、橘子,还有一些我叫不出名字的东西。第一眼望去,这幅画一点儿也没什么怪异的地方。如果摆在后期印象派的画展上,一个不经心的人会认为这是张蛮不错、但也并非有什么独特之处的画,从风格上讲,同这一画派也没有什么不同。但谁要是仔细看过后,很可能这幅画就会牢牢印刻在他的记忆里,甚至连他自己也不知道原因。我估计从此他就再也不能把它忘掉。

这幅画的着色非常怪异,让人心神不宁。那种感觉其实很难说清。它那忧郁的蓝色是不透明的,很像精雕细琢过的混青金石碗,但又闪烁着淡淡光泽,令人想到生命中那种神秘的悸动;紫色像原始生物腐烂的肉似的使人感到恶心难受,但与此同时又勾起强烈的欲望,令人仿佛看到的是黑利阿迦巴鲁斯①统治下的罗马帝国;红色如同红酒般鲜艳刺目,有如冬青灌木结的小浆果——让人联想到英国圣诞节时的皑皑白雪,还有孩子们的欢声笑语——但画家又运用自己的魔笔,使这种光泽柔和下来,让它呈现出有如乳鸽胸脯样的柔嫩,叫人心驰神往;深黄色出人意料地转化成了绿色,使人感受到了春天的芳香和溅着泡沫的清澈山泉。谁知道呢,是怎样一种苦痛的幻想创造出的这些果实?该不是看管金苹果园的赫斯珀里德斯三姐妹②在波利尼西亚果园中培植出来的吧!这些果实如同有生命一般,仿佛是在混沌初开时被创造出来,那时候任何事物都还不具备固定的形体,它们丰硕饱满,散发着浓郁的热带气息,同时拥有一种独特的忧郁。它们是被施了魔

---

① 黑利阿迦巴鲁斯(205?—222),罗马帝国皇帝。
② 据希腊神话传说,赫斯珀里德斯姐妹负责看管赫拉女神的金苹果树,并有巨龙拉冬帮助。

法的果子，任何人尝了就能打开通向神秘灵魂所在的门，可以走进一座奇幻的宫殿。同时，它们蕴含了难以预知的危险，咬一口就可能把一个人变成野兽，但也说不定会变成神灵。一切健康的、正常的东西，淳朴人们所具有的美好的情感、朴素的欢乐都远远避开了它们；但它们又具有如此巨大的诱惑力，就像伊甸园中的智慧果，能把人带进未知的境界。

最后，我离开了这幅画。我觉得斯特里克兰把他的秘密带进了坟墓。

"喂，雷纳，亲爱的，"外面传来了库特拉斯太太兴高采烈的响亮声音，"这么半天你在干什么？开胃酒已经准备好了。问问那位先生愿意不愿意喝一小杯奎纳皮杜邦纳酒。"

"当然愿意，夫人。"我一边说一边走到阳台上去。

图画的魅力也就此被打破了。

五十八

离开大溪地的日子到了。根据岛上好客的风俗，凡是和我有过一面之缘的人，无论是不是萍水相逢，临别时都要送给我一些礼物——椰子树叶编的筐子、露兜树叶织的席、扇子……蒂阿瑞送给我的是三粒小珍珠还有她一双胖手亲自做的三罐番石榴酱。最后，当在码头停泊了二十四小时的从惠灵顿开往旧金山的邮船汽笛长鸣，召唤旅客上船时，蒂阿瑞把我搂在她硕大无朋的胸脯里（我有一种掉在波涛汹涌的大海中的感觉），眼里闪着泪光，把她的红嘴唇贴在我的嘴上。轮船缓缓驶出咸水湖，从珊瑚礁间的一个通道小心翼翼地驶向开阔的海面，这时，忧伤突然袭上我的心头。空气中仍然弥漫着从陆地飘来的令人心醉的芳香，大溪地离我越来越远。我知道我再也不会看到它了。我生命的一页就此翻过；同时，我感觉到自己距离那谁也逃脱不掉的死亡又近了一步。

一个月零几天后我回到了伦敦。把几件亟待处理的事办好后，我突然想到斯特里克兰太太，或许她想知道她丈夫最后几年的情况，便给她写了一封信。从大战前开始至今，我跟她有很长一段日子没有见面了，我不知道她现在住在什么地方，只好翻了一下电话簿找到她的地址。她在回信里约定了一个日子，到了那一天，我便到她在坎普登山的新居——一所很整齐的小房子——去登门造访。这时斯特里克兰太太已经快六十岁了，但她的相貌一点儿也不显老，谁也不会相信她是五十开外的人。她的脸比较瘦，皱纹不多，是那种很难被岁月镌刻上痕迹的面容，你一眼就会觉得年轻时她一定是个美人，比她实际相貌要漂亮得多。她的头发没有完全灰白，梳理得符合她的身份，身上的黑色长衫样子非常时兴。我好像在哪听人说过，她的姐姐麦克安德鲁太太在丈夫死后几年也去世了，留给斯特里克兰太太一笔遗产。从她现在的住房和给我们开门的使女整齐利落的样子来看，我猜想这笔钱足够叫这位寡妇过着小康的日子。

我被领进客厅后才发现屋里还有一位客人。当我了解了这位客人的身份后，我猜想斯特里克兰太太约我在这个时间来，不是没有目的的。这位来客是一位美国人，凡·布舍·泰勒先生；斯特里克兰太太对这位先生露出可爱的笑容，一边表示歉意。她详细地给我介绍了这位先生。

"你知道，我们英国人狭隘，喜欢少见多怪，简直太可怕了。如果我不得不做些解释，你一定得原谅我。"她转过来对我说，"凡·布舍·泰勒先生是美国最有名的评论家。如果你没有读过他的著作，你的见识未免有点少了；你必须立刻着手弥补上。泰勒先生现在正在写一本关于亲爱的查理斯的书。他特地来我这看看我能不能帮他的忙。"

凡·布舍·泰勒先生身材消瘦，生着一个大秃脑袋，骨头支棱着，头皮闪闪发亮；大宽脑门下一张脸面色焦黄，满是皱纹。他举止文雅彬彬有礼，说话时带着些新英格兰口音。这个人给我的印象非常僵硬刻板，毫无热情；我真不知道他怎么会想到要研究查理斯·斯特里克兰的。斯特里克兰太太在提到她死去的丈夫时，语气非常温柔，我暗自觉得好笑。在这两人谈话的当儿，我把我所在的客厅打量了一番。斯特里克兰太太是个紧跟时尚的人。她在阿什利花园旧居时那些室内装饰都不见了，墙上糊的不再是莫里斯墙纸，家具上套的也不再是色彩朴素的印花布，旧日装饰着客厅四壁的阿伦德尔图片也都撤了下去。现在这间客厅里的色彩一片光怪陆离，我很怀疑，她知不知道她把屋子装饰得五颜六色的这种风格，都是因为南海岛屿上一个可怜的画家有过这种幻梦。对我的这个疑问她自己作了回答。

"你这些靠垫真是太了不起了。"凡·布舍·泰勒先生说。

"你喜欢吗？"她笑着说，"这都是巴克斯特①设计的，你知道他的风格。"

---

① 雷昂·尼古拉耶维奇·巴克斯特（1866—1924），俄罗斯画家和舞台设计家。

但墙上还挂着几张斯特里克兰的最好画作的彩色复制品；这该归功于柏林一家颇具野心的印刷商。

"你在看我的画呢，"看到我在盯着那几幅复制品，她说，"当然了，他的原画我无法弄到手，但是有了这些也足够了。这是出版商主动送给我的。对我来说真是莫大的安慰。"

"每天能欣赏这些画，实在是很大的快慰。"凡·布施·泰勒先生说。

"一点儿不错。这些画极有装饰意义。"

"这也是我的一个最基本的看法，"凡·布舍·泰勒先生说，"伟大的艺术品从来就是最富有装饰价值的。"

他们的目光落在一个给孩子喂奶的裸体女人身上，女人身旁还有一个年轻女孩子跪着给小孩递去一朵花，小孩却根本不去注意。一个满脸皱纹、皮包骨的老太婆在旁边看着她们。这是斯特里克兰画的大溪地的他那个家庭。我想画中人物都是他在塔拉瓦奥村附近峡谷中那所房子里的寄居者，喂奶的女人和她怀里的婴儿就是艾塔和他们的第一个孩子。我很想知道斯特里克兰太太对这些事是不是也略知一二。

谈话继续下去。我非常佩服凡·布舍·泰勒先生的老练；凡是令人感到尴尬的话题，他都能很巧妙地回避掉。我也非常惊奇斯特里克兰太太的圆滑；尽管她没有说一句不真实的话，却足够暗示她同自己丈夫的关系非常和睦，从来没有任何嫌隙。最后，凡·布舍·泰勒先生起身告辞，他握着女主人的手，向她说了一大通优美动听、但未免过于造作的感谢词后，就离开了我们。

"我希望这个人没有使你感到厌烦。"当门在凡·布舍·泰勒的身后关上后，斯特里克兰太太说，"当然了，有时候也实在让人讨厌，但我总觉得，有人来了解查理斯的情况，我应该尽量把知道的提供给人家。作为一个伟大天才的未亡人，这该是一种义务吧。"

她用她那对可爱的眼睛望着我，她的目光非常真挚，非常亲切，同二十多年前完全一样。我有点怀疑她是不是在耍弄我。

"你那个打字所大概早就停业了吧？"我说。

"啊，当然了，"她大大咧咧地说，"当年我开那家打字所主要也是觉得好玩，没有其他什么原因。后来我的两个孩子都劝我把它出让给别人。他们认为太耗损我的精力了。"

斯特里克兰太太似乎已经忘记了自己曾不得不自食其力的那一段对她来说不是很光彩的历史。与任何一个正派女人一样，她真实地相信，只有依靠别人养活自己才是最符合社会规则的行为。

"他们都在家，"她说，"我想让你给他们讲讲他们父亲的事，他们一定很愿意听。你还记得罗伯特吧？我很高兴能够告诉你，他的名字已经提交上去，就快要领陆军十字勋章了。"

有来客了，她走到门口去招呼。走进来一个穿卡其服的男人，脖子上系着牧师的硬领。这人身材魁梧，有一种健壮的美，一双眼睛仍然和他童年时一样真挚明朗。跟在他后面的是他妹妹；她这时一定同我初次见到她母亲时年龄相仿。她长得非常像她母亲，同样给人这样的错觉：小时候长得一定要比实际上更漂亮。

"我想你一定一点儿也不记得他俩了。"斯特里克兰太太骄傲地笑笑，"我的女儿现在是罗纳尔森太太了，她丈夫是炮兵团的少校。"

"他是一个真正从士兵出身的军人，"罗纳尔森太太高兴地说，"所以现在刚刚是个少校。"

我想起很久前我的预言：她将来一定会嫁给一个军人。看来这件事早已注定了。她的气质天生就是为做军人妻子而生的。她对人和蔼亲切，但另一方面她几乎毫不掩饰自己的感受，她认为自己不同于一般人。而罗伯特的情绪非常高。

"真是太巧了，你这次来正赶上我在伦敦，"他说，"我只有三天假。"

"他一心想赶回去。"他母亲说。

"啊，这我承认，我在前线过得可太有趣了。我交了不少朋友。那里的生活真是棒极了。当然，战争是可怕的，那些事大家都非常清楚。但战争确实能展现一个人的优秀，这一点谁也不能否认。"

一阵寒暄之后，我把我所了解到的查理斯·斯特里克兰在大溪地的情形讲给了他们。我认为没有必要提到艾塔和她生的孩子，但其余的事我都如实说了。在我讲完他惨死的情形后，我就没有再往下说。有一两分钟大家都没说话。后来罗伯特·斯特里克兰划了根火柴，点着一支纸烟。

"上帝的磨盘转动很慢，却磨得很细。"罗伯特说，很有些道貌岸然。

斯特里克兰太太和罗纳尔森太太虔诚地垂下头。我一点儿也不怀疑，这母女两人之所以表现得这么虔诚,是因为她们都认为罗伯特刚才是引用的《圣经》中的一句话[①]。说实话,就连罗伯特本人是否也这样认为,我不敢肯定。不知为什么,我突然想到艾塔给斯特里克兰生的那个孩子。听别人说,那是个活泼、开朗、快快活活的小伙子。在想象中,我仿佛看见一艘双桅大帆船,那个年轻人正在船上干活,他浑身赤裸,只在腰间围着一块粗蓝布;天黑了,船儿被清风吹动着轻快地在海面上滑行,水手们聚集在上层甲板,船长和一个管货的人坐在帆布椅上自由自在地抽着烟斗。斯特里克兰的孩子同另一个小伙子跳起舞来,在嘶哑的手风琴声中,他们疯狂地跳着。头顶是一片深蓝色夜空,群星闪烁,太平洋烟波浩渺,浩瀚无垠。

《圣经》中的一句话也到了我的唇边,但我却控制着自己没有说出来,因为我知道牧师不喜欢俗人侵犯他们的领域,他们认为这有渎神明。我的亨利叔叔在惠斯特布尔教区做了二十七年牧师,遇到这种时候就会说:"魔鬼要干坏事总可以引证《圣经》。"他怎么都没法忘了一个先令就可以买到十三只大牡蛎的那些日子。

[①] 罗伯特所说的"上帝的磨盘"一语,许多外国诗人学者都曾讲过。美国诗人朗费罗也写过类似的诗句,并非出自《圣经》。

作者简介

◆ 威廉·萨默塞特·毛姆（William Somerset Maugham）于 1874 年 1 月 25 日出生在巴黎。父亲是律师，当时在英国驻法使馆供职。小毛姆不满十岁时，父母就先后去世，他被送回英国由伯父抚养，后进入坎特伯雷皇家公学就学。

毛姆当年因为身材矮小，有很严重的口吃，经常受到比他大的孩子的欺凌，有时还遭到一些教员的羞辱。因此他的孤寂凄清的童年生活是不太幸运的，这对他的心理上造成了很大伤害。毛姆性格孤僻、敏感、内向。幼年的经历对他的世界观和文学创作产生了深刻影响。

◆ 1892 年初，在德国海德堡大学学习一年。他接触到了德国哲学史家昆诺·费希尔的哲学思想和以易卜生为代表的新戏剧潮流。同年返回英国，在伦敦一家会计师事务所做了六个星期的练习生，随后即进入伦敦圣托马斯医学院学医。

五年的学医生涯，让他有机会了解底层民众的生活现状，也使他学会像用解剖刀一样剖析人生和社会。他用从医实习期间的见闻写成了他的第一部小说《兰贝斯的丽莎》。

◆ 1897 年起，毛姆放弃从医转为专业文学创作。接下来的几年时间，他相继写出了几部小说，但用毛姆自己的话来说，没有一部能够"使泰晤士河起火"。于是他转向戏剧创作，获得成功，红极一时。最多时，伦敦舞台同时上演他的四个剧本。

《弗雷德里克夫人》是他的第十个剧本，连续上演达一年之久。据说只有著名剧作家萧伯纳才能与之比肩。但幼年那些经历一直梦魇似的郁积在他心头，让他没法有片刻安宁，几乎是逼迫着他去通过创作获得缓解。他暂时中断了戏剧创作，用两年时间写作酝酿已久的小说《人生的枷锁》。

◆ 一战期间，毛姆先在贝尔热火线救护伤员，后加入英国情报部门，到过瑞士、俄国和远东等地。这段经历为他提供了间谍小说《埃申登》的素材。战后他重游远东和南太平洋诸岛；1920年到过中国，写了一卷《中国见闻录》。1928年毛姆定居在地中海之滨的里维埃拉，直至1940年纳粹入侵时，才仓促离去。

◆ 两次大战的间隙期，是毛姆创作精力最旺盛的时期。20世纪20年代及30年代初期，他创作了一系列描述上流社会堕落、丑态的作品，如《周而复始》《比我们高贵的人们》和《坚贞的妻子》等。这三个剧本被公认是毛姆最好的剧作。1933年完稿的《谢佩》是他的最后一个剧本。

毛姆的戏剧作品情节紧凑曲折，冲突激烈而合乎情理；所写人物形象鲜明突出；对话生动自然，幽默俏皮，使人感到清新有力。但总体来说，在内容和人物刻画的深度上，比不上他的长、短篇小说，尽管他的小说作品也算不上深刻。这一时期的重要小说有：《月亮与六便士》《寻欢作乐》；以及以东方殖民地为背景、充满异国情调的短篇集《叶之震颤》等。短篇小说在毛姆的创作活动中占有重要位置。他的短篇小说风格接近莫泊桑，结构严谨，语言简洁。

◆ 二战期间，毛姆到了美国，在南卡罗莱纳、纽约和文亚德岛等地待了六年。1944年发表长篇小说《刀锋》。在这部作品里，作家试图通过一个青年人探求人生哲理的故事，揭示精神与实利主义之间的矛盾冲突。小说出版后反响强烈，特别受到当时置身于战火的英、美现役军人的欢迎。

◆ 1946年，毛姆回到法国里维埃拉。1948年写出最后一部小说《卡塔丽娜》。此后仅限于写回忆录和文艺评论，同时对自己的旧作进行整理。

毛姆晚年享有很高的声誉。1954年，英国牛津大学和法国图鲁兹大学分别授予他颇为显赫的"荣誉团骑士"称号。同年1月25日，英国著名的嘉里克文学俱乐部特地设宴庆贺他的八十寿辰；在英国文学史上同样受到这种礼遇的，只有狄更斯、萨克雷、特罗洛普三位作家。1961年，他的母校，德国海德堡大学授予他"名誉校董"称号。

◆ 1965年12月15日，毛姆在法国里维埃拉去世，享年91岁。骨灰安葬在坎特伯雷皇家公学内。死后，美国著名的耶鲁大学为他建立了档案馆以资纪念。